folio
junior

Erik L'Homme

# Les Maîtres des Brisants

## 1. Chien-de-la-lune
## 2. Le Secret des abîmes

Illustrations de Benjamin Carré

GALLIMARD JEUNESSE

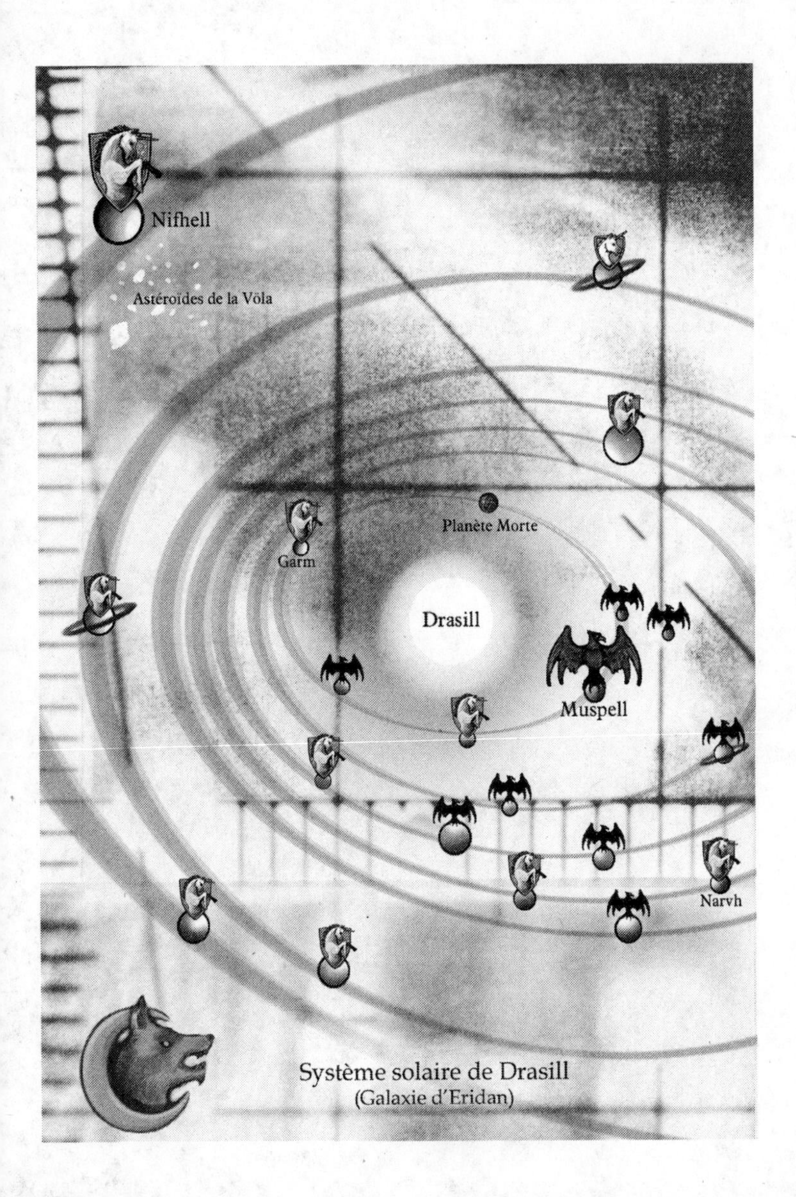

Système solaire de Drasill
(Galaxie d'Eridan)

# Chien-de-la-lune

*À mon cousin Frédéric,*
*en souvenir d'une longue discussion,*
*un soir d'hiver devant la cheminée,*
*au cours de laquelle naquirent*
*Vrânk et l'idée des Brisants...*

*À Albator,*
*le capitaine corsaire.*

# 1
# Planète Morte

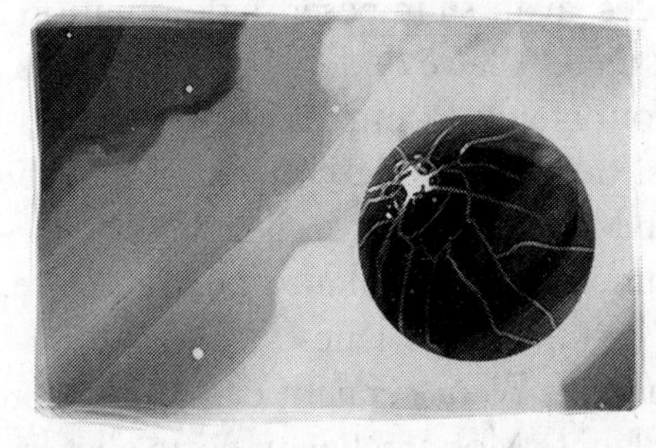

Le commandant Brînx Vobranx laissa son regard se perdre dans les étoiles, bien au-delà des murs de polyverre. Les lumières artificielles baignaient les bâtiments métalliques d'un halo bleuté. Il faisait toujours nuit sur la base impériale de Planète Morte.

Brînx éprouva un pincement au cœur. Nifhell paraissait si loin ! L'image de son petit garçon et de son épouse, qu'il n'avait pas revus depuis six mois, surgit devant ses yeux. Le jeune officier poussa un soupir. Bien sûr, commander une garnison de cette importance représentait un grand honneur. Mais Planète Morte était si triste ! Le temps y passait si lentement…

Il ne put s'empêcher de tourner les pages du paléocalendrier qui trônait sur l'ordibureau, et de compter une nouvelle fois le nombre de jours restant avant l'arrivée de la relève.

Trois mois encore.

Il respira à fond et essaya de se ressaisir. Qu'étaient donc trois mois de sa petite vie, comparés aux trois siècles de grandeur de l'empire des Généraux-comtes de Nifhell ? Nifhell, planète des confins balayée par les vents glacés, avait su imposer sa domination à la moitié du système solaire de Drasill grâce à des hommes durs et courageux. Et elle devait à d'autres hommes tout aussi déterminés de contenir les ambitions du khanat de Muspell.

Notamment en contrôlant Planète Morte. Planète Morte et les Chemins Blancs.

Les Chemins Blancs étaient des couloirs qui, transitant par Planète Morte, reliaient entre elles les planètes de Drasill, les mettant à quelques heures les unes des autres, au lieu de plusieurs années auparavant. Quelques heures d'un voyage tranquille, porté par les flux d'énergie que produisait le cœur de Planète Morte. Contre plusieurs années d'un périple incertain dans l'espace que partout on appelait les Brisants, exposé au danger des Tumultes, ces redoutables tempêtes stellaires.

L'officier s'en voulut de sa faiblesse.

Il se promit de ne plus se laisser aller ainsi…

On frappa à la porte.

Un jeune garçon entra, portant sous le bras des cartes roulées.

– Commandant Brînx, le lieutenant-cartographe m'a demandé de vous remettre les derniers relevés effectués par l'équipe au sol.

Brînx sourit. Sous prétexte que les voyages et les expériences formaient la jeunesse mieux que de trop nombreuses heures sur les bancs de l'école, l'empire Comtal envoyait des stagiaires dans tous les services, aux quatre coins du système solaire ; leur sérieux l'amusait beaucoup.

C'était une tradition aussi vieille que l'empire lui-même : de treize à seize ans, les garçons et les filles de Nifhell interrompaient leurs études et partaient en stage. Ils étaient affectés à des services variés, en fonction de leurs aptitudes et de leurs aspirations. Ensuite, les stagiaires pouvaient continuer cette forme d'éducation et apprendre ainsi un métier, ou bien retourner à l'école.

Brînx se remémora ses années de stage, effectuées sur Garm, la planète des vacanciers, dans les services de la sécurité.

Il retrouva sa bonne humeur.

– Comment t'appelles-tu, mon garçon ?

– Rôlan Atkoll, mon commandant.

Rôlan, suivant la mode alors en vogue chez les jeunes de l'empire, avait les cheveux teints moitié en noir et moitié en blanc, et portait sur les yeux des lentilles de couleur rouge.

Ses vêtements, plus sobres, arboraient une licorne dressée, le symbole de Nifhell, et, juste à côté, l'insigne des stagiaires, un sablier qui rappelait à son porteur que le temps passait quoi que l'on fasse, et qu'il valait donc mieux l'utiliser de façon constructive !

Seuls ces écussons étaient obligatoires. Les stagiaires

s'habillaient à leur convenance, ou à celle de leur employeur.

Brînx lissa sa fine moustache blonde.

– Tu as été affecté au service de la cartographie, c'est bien ça ?

– Oui, mon commandant.

– Tu t'y plais ?

Rôlan retint à grand-peine une grimace.

– Oui, mon commandant.

– Sois franc avec moi, garçon.

– Oui, mon commandant… C'est-à-dire non, mon commandant. En fait, je…

Brînx rit sous cape devant l'embarras du stagiaire. Il termina à sa place :

– En fait, tu t'es retrouvé là sans l'avoir demandé !

– Oui, mon commandant, dit Rôlan soulagé.

– Quel était ton choix, au départ ?

– Je voulais entrer dans la fanfare des générauxcomtes…

– Ah, tiens ! Et… de quel instrument joues-tu ?

– Du tambour ultrasonique.

– Tu en as joué devant les maîtres de la fanfare ?

– Oui… Le lendemain, j'ai reçu mon ordre d'affectation sur Planète Morte, chez les cartographes.

Le commandant se retint pour ne pas éclater de rire.

– Mais, dis-moi, Rôlan, ton tambour… Tu l'as emporté avec toi ?

– Oui, mon commandant, répondit le stagiaire. Seulement, l'officier-bagagiste de Planète Morte m'a dit que les instruments de musique de ce genre étaient contraires au règlement, et il l'a gardé en consigne. Il m'a appris que, sur Planète Morte, on ne devait absolument pas faire de bruit, que c'était une règle militaire très importante.

– Oui, hum, c'est exact, s'étouffa Brînx en se promettant de féliciter l'officier-bagagiste pour sa vivacité d'esprit. Le règlement… est très strict sur ce point !

Le commandant allait congédier le stagiaire, puis il se ravisa et le retint encore un moment.

– Je comprends que tu sois déçu, Rôlan Atkoll, dit-il d'un ton paternel. Mais tu es là, c'est comme ça. C'est à toi de choisir maintenant (il fit un geste en direction du sablier cousu en écusson sur la poitrine du garçon) : soit tu rumines ta déception, tu fais ta mauvaise tête et tu perds trois ans de ta vie ; soit tu acceptes ce coup du sort contre lequel tu ne peux rien et tu essayes de tirer le meilleur parti de la situation… Allons, je suis sûr que le lieutenant-cartographe n'est pas un mauvais homme, et que tu peux apprendre beaucoup de lui et de son équipe !

– Oui, mon commandant, acquiesça gravement Rôlan avant de quitter la pièce. C'est sûrement un bon conseil. Merci !

« Tant que Nifhell fournira des jeunes gens volontaires et enthousiastes, l'empire Comtal continuera à dominer Drasill », pensa Brînx joyeusement.

Rendu à sa solitude, le commandant se pencha sur les cartes que lui avait apportées le stagiaire. Les cartographes avaient bien travaillé.

Lorsqu'il avait pris le commandement de la garnison, Brînx Vobranx s'était aperçu que de nombreuses zones de Planète Morte restaient mal connues.

C'était une planète sans atmosphère, totalement inhabitée. Rien n'y poussait, sinon les rochers et la poussière !

La base, qui comprenait un modeste astroport et quelques bâtiments dans lesquels vivaient et travaillaient soldats et techniciens de l'empire, avait été bâtie à l'abri des terribles rayons du soleil trop proche, sur la face sombre de la planète. Sous la base, un réseau de galeries, naturelles et artificielles, s'enfonçaient profondément dans le sol. Le reste était mort. Planète Morte ressemblait d'ailleurs bien plus à une lune qu'à une planète !

Mais Brînx, d'un tempérament consciencieux, avait tenu à compléter la carte de ce petit bout de la galaxie dont il était responsable, et avait pour cela énergiquement sollicité une équipe peu habituée à tant d'activité.

Le commandant sourit en repensant à la stupeur du lieutenant-cartographe quand il lui avait donné l'ordre de vérifier l'état des casques à oxygène de ses hommes et de se préparer à des sorties quotidiennes sur le terrain…

L'attention de Brînx fut soudain attirée par une lueur inhabituelle dans le ciel.

Il fronça les sourcils et augmenta la transparence du polyverre pour mieux voir.

Un point lumineux, qui semblait suivi par une multitude d'autres, approchait rapidement de Planète Morte.

Brînx crut tout d'abord à une pluie de météorites et

il se demanda comment le polyverre résisterait si l'une d'elles venait à atteindre la base.

Une sonnerie discrète retentit.

Il sortit de la poche de sa veste d'uniforme un technophone pas plus gros qu'un briquet. Le technophone permettait de joindre des correspondants partout dans le système solaire, grâce à l'extraordinaire réseau des Chemins Blancs.

– Service des détections, mon commandant, lui dit une voix féminine dans le combiné. Nous vous signalons qu'une flotte entière approche de Planète Morte ! Nous comptons déjà plus de deux cents vaisseaux.

– Par la corne du Gôndül ! s'exclama Brînx Vobranx. Pouvez-vous… pouvez-vous les identifier ?

– Oui, commandant : ils arborent tous l'oiseau rouge du khan de Muspell. Et…

– Et ?

– Un pavillon flotte sur l'antenne du navire amiral, commandant. C'est une énorme pieuvre…

Brînx coupa la communication et épongea d'un revers de manche la sueur qui commençait à perler sur son front.

– Une attaque, c'est une attaque… Le khan de Muspell est fou de défier l'empire en menaçant Planète Morte…

Brînx Vobranx composa sur son technophone le numéro direct des généraux-comtes de Nifhell. Puis il annonça d'une voix rauque que Muspell venait de rompre la trêve et s'apprêtait à prendre d'assaut Planète Morte…

# 2
# De verre et de métal

Vrânken de Xaintrailles foulait d'un pas joyeux les dalles de pierre noire de l'interminable couloir conduisant à la salle du Conseil.

Ce n'est pas qu'il appréciait particulièrement le palais Comtal, qui dressait sa silhouette sombre et sans grâce au cœur de Kenningar, la capitale de Nifhell. Mais il avait été convoqué par les généraux-comtes, et cela signifiait qu'il allait bientôt repartir dans l'espace !

Il rongeait son frein depuis trop longtemps, dans la vieille demeure des Xaintrailles, au pied des montagnes de Skadi…

Le capitaine Vrânken de Xaintrailles, que ses amis appelaient Vrânk et ses ennemis Chien-de-la-lune – à cause du blason de sa famille : un chien montrant les crocs à l'intérieur d'un croissant de lune –, venait de fêter ses trente ans.

Il était de taille moyenne, mais son allure le faisait paraître plus grand. Sous la chemise noire bouffante, le pantalon de toile anthracite, les bottes de cuir et le manteau pourpre des jeunes nobles de l'empire, on devinait des muscles habitués aux exercices quotidiens.

De fait, quand il était à terre, Vrânken trompait son attente et sa solitude dans le manoir ancestral en ferraillant le matin avec un vieux maître d'armes, et en bravant l'après-midi le vent glacé des pentes enneigées de la montagne. Le soir, selon son humeur, il restait à lire devant le feu, dans un vieux fauteuil de cuir, ou bien il gagnait une taverne et vidait quelques chopes de l'épaisse bière locale avec les jeunes gens du village.

Heureusement, les escales n'étaient jamais longues. L'empire Comtal aimait l'action, et Vrânken était un capitaine demandé !

Vrânken coiffa de la main ses cheveux blonds qu'il portait jusqu'aux épaules.

Il posa ses yeux bleus sur l'emperogarde en faction devant la porte monumentale.

Puis son regard s'attarda sur le fusil en polymétal que l'homme tenait entre les mains. Il avait toujours été fasciné par cet alliage, aux possibilités multiples, dont l'empire gardait jalousement le secret.

Il finit par s'arracher à sa contemplation.

– Capitaine de Xaintrailles, annonça-t-il au soldat. Je suis attendu.

L'emperogarde hocha la tête sans pour autant relâcher sa vigilance.

Vrânken comprit immédiatement qu'il se passait quelque chose d'inhabituel. Il frémit et en éprouva une excitation supplémentaire.

Les lourdes portes de polymétal s'ouvrirent. Le capitaine entra d'un pas décidé dans la vaste salle où de gigantesques murs de pierre sombre alternaient avec d'épais panneaux de polyverre.

Les neuf généraux-comtes qui veillaient à la destinée de l'empire étaient assis autour d'une table ronde faite d'orichalque et de bronze, deux paléométaux aujourd'hui délaissés.

Sur le tablier étaient gravées les vingt et une planètes gravitant autour du soleil de Drasill.

Les généraux-comtes étaient vêtus d'une armure de polymétal noir. L'un d'entre eux se leva et fit signe à Vrânken d'approcher.

– Venez vous asseoir, capitaine, dit simplement l'homme.

Son visage était dur, sa silhouette puissante, et seuls des cheveux blancs trahissaient son âge.

Vrânken prit place à ses côtés.

Il avait reconnu le général-comte Egîl Skinir, qui avait été élu par ses pairs quelques années auparavant à la tête du conseil des Neuf. Le fait qu'Egîl Skinir s'adresse à lui personnellement porta la curiosité de Vrânken à son paroxysme.

– Xaintrailles, continua Egîl Skinir, l'empire Comtal est confronté depuis la nuit dernière à un problème… préoccupant.

Vrânken sentit une gêne dans sa voix, comme si le général-comte se sentait pris en faute.

– La garnison chargée d'assurer la garde de Planète Morte ne répond plus. Je vais vous faire écouter le dernier message que nous avons reçu, il y a quelques heures, de l'officier responsable.

Il tapa dans ses mains. Aussitôt, une voix altérée emplit la pièce :

– Général-comte Skinir ! Ici le commandant Brînx Vobranx, de Planète Morte. Nous subissons actuellement une attaque ! Deux cents vaisseaux de guerre portant la marque de Muspell ! Le navire amiral…

– Ça suffit, dit le général-comte Rân Gragass qui représentait le comté marécageux de Sungr, en interrompant l'enregistrement. Je connais les Vobranx. C'est une vieille et honnête famille. Quant à l'officier Brînx, il a toujours été très bien noté par ses supérieurs. On peut donc penser que ce message est sérieux.

Egîl Skinir abattit rageusement son poing sur la table.

– Ces barbares de Muspell ! Nous défier de la sorte ! Quelle audace ! Capitaine !

Vrânken, l'instant de stupeur passé, s'était tassé au fond de son siège et semblait réfléchir.

– Capitaine, reprit Egîl Skinir, nous voudrions que vous preniez la tête de la contre-offensive que nous allons lancer sur Planète Morte. Il est inutile, je pense, de vous rappeler nos intérêts dans cette affaire…

Vrânken ne répondit pas tout de suite. Le général-comte haussa un sourcil.

– Eh bien, Xaintrailles ? Votre réponse…

– Trois choses m'étonnent, commença Vrânken en sortant de son silence.

– Nous vous écoutons, Xaintrailles.

– Tout d'abord, quel intérêt aurait le khan de Muspell à attaquer Planète Morte ? L'empire n'a jamais empêché Muspell d'utiliser les Chemins Blancs pour ses voyages interplanétaires. L'accord est tacite depuis cent cinquante ans : nous contrôlons Planète Morte mais tout le monde peut emprunter les Chemins Blancs, pour voyager, communiquer ou commercer. Muspell y trouve son compte, et a autant besoin des Chemins que nous. Pourquoi cette fripouille d'Atli Blodox prend-il le risque d'une confrontation directe avec l'empire ?

– Nous nous posons également la question, dit Egîl Skinir. Les gens de Muspell sont imprévisibles. Ce sont des barbares, qui ont toujours considéré comme insultant de n'avoir que neuf planètes tandis que nous en possédons douze. Peut-être pensent-ils que le temps est venu de prendre leur revanche. Ou alors, plus simplement, le khan fait-il le fanfaron pour asseoir un peu plus son autorité à Muspell !

– Peut-être, poursuivit Vrânken songeur. Je me demandais également pourquoi vous m'aviez choisi, moi. Nifhell compte d'autres capitaines plus prestigieux.

Nifhell, qui n'était habitée que partiellement à cause des mauvaises conditions climatiques (la planète se trouvait très éloignée du soleil), comportait neuf comtés. Chaque comté élisait pour neuf ans un général-comte qui siégeait au palais Comtal de Kenningar. Les généraux-comtes, qui ne dirigeaient autrefois qu'une planète, se trouvaient depuis trois siècles à la tête d'un empire contrôlant plus de la moitié du système solaire de Drasill, en bordure de la galaxie d'Eridan.

Les bases de l'empire Comtal reposaient sur un solide socle traditionnel, et sur une aristocratie ancienne dont les droits et les devoirs se transmettaient de génération en génération. Chez les Xaintrailles, on commandait des navires depuis toujours. Vrânken, comme beaucoup d'autres à Nifhell, n'avait fait que prendre le relais et hériter de l'antique vaisseau familial.

La différence, c'est qu'il s'était toujours montré excellent à ce jeu-là, et les généraux-comtes le savaient bien ! Le capitaine Vrânken de Xaintrailles avait de l'instinct et du génie, et cela le désignait tout naturellement pour devenir l'homme clé d'une situation difficile...

– Soyons francs, répondit Egîl Skinir. Ni moi ni le général-comte Arvâk Augentyr, qui représente votre comté de Skadi, ne l'ignorons : malgré votre jeune âge, vous êtes le stratège le plus brillant de l'empire. C'est vous qu'il nous faut ! Vous allez bientôt comprendre...

Egîl Skinir relança l'enregistrement et la voix de Brînx Vobranx résonna à nouveau dans la pièce :

– ... le navire amiral arbore le signe de la Pieuvre ! Venez à notre aide ! Par la corne du...

La phrase s'arrêtait net.

– La communication a été interrompue là. Il est vraisemblable que...

Mais Vrânken n'écoutait plus. Il s'efforçait de conserver son calme. Les événements prenaient une autre dimension : la Pieuvre dirigeait l'attaque contre Planète Morte !

La Pieuvre. Ce stratège étonnant était soudainement apparu quatre ans plus tôt. Depuis, il ridiculisait les navires de l'empire dans toutes les escarmouches qui opposaient Nifhell à Muspell. Il avait gagné son surnom au cours d'un audacieux coup de main aux abords de la planète Narvh, où il avait utilisé les vaisseaux du khan comme des tentacules pour arracher à l'empire un convoi de prisonniers. Cette façon de faire s'était ensuite affinée, et l'évocation de son nom provoquait à présent l'effroi chez les marins de Nifhell.

Jamais encore la Pieuvre n'avait été battue…

Un frisson parcourut l'échine de Vrânken, comme chaque fois qu'il se sentait défié. Il se fendit d'un sourire et se tourna vers Egîl Skinir, qui attendait sa réponse.

– J'espère que vous aimez les beignets de calamar, général-comte !

L'assemblée accueillit la boutade avec soulagement. Il y eut même quelques rires.

– Parfait, Xaintrailles, dit Egîl Skinir en lui serrant vigoureusement la main. Nous sommes heureux que vous acceptiez ! Le départ aura lieu dans deux ou trois jours, le temps de réunir suffisamment de vaisseaux. Cela dit, dès qu'on vous saura à la tête de l'opération, je ne doute pas que l'on se bouscule à l'astroport !

Contrairement au khanat de Muspell, qui disposait en permanence d'une flotte de navires de guerre, l'empire ne pouvait compter que sur des équipages indépendants qui choisissaient de leur plein gré de participer ou non à une campagne.

Cette indépendance était défendue farouchement par les marins de Nifhell et, au-delà, par une population qui considérait depuis longtemps la liberté comme une valeur fondamentale.

Cet état d'esprit, tout de fierté et d'enthousiasme, était à la fois la force et la faiblesse de l'empire…

Vrânken se leva pour prendre congé.

– Encore un instant, Xaintrailles, dit Egîl Skinir. Vous nous avez dit que trois choses vous étonnaient dans cette affaire. Peut-on connaître la troisième ?

Vrânken eut un nouveau sourire, moqueur cette fois.

– Avant, c'est un général-comte qui prenait la tête de chaque expédition. Je constate que cette époque est définitivement révolue !

Egîl Skinir haussa les épaules. Il se contenta de faire signe au jeune capitaine de quitter la pièce.

– N'oubliez pas, Xaintrailles. Dans trois jours, à l'astroport de Kenningar !

– Ne vous en faites pas. Mon navire y sera amarré dès demain…

Vrânken salua les neuf généraux-comtes et tourna les talons. Il exultait.

# 3
# De laine et de soie

Une brise légère caressait le feutre de la grande tente dressée au centre du campement.

Drasill n'était pas encore très haut dans le ciel, mais il dardait déjà de redoutables rayons sur la grande steppe de Muspell. Car la planète des tribus du khan était aussi chaude que celle des généraux-comtes était froide.

Un oiseau déplia ses grandes ailes rouges et quitta son nid de pierres, tapissé de laine, construit au sommet d'un amas rocheux.

Profitant des courants d'air matinaux, il s'éleva rapidement au-dessus de la plaine d'herbe jaune. Il vit bientôt un troupeau de zoghs, grosses chèvres brunes qui donnaient aux gens de Muspell la laine, le lait et la viande dont ils avaient besoin. L'oiseau tournoya un moment au-dessus des bêtes à la recherche d'un jeune isolé, mais les grondements des chiens-lions l'incitèrent à aller voir ailleurs.

Il prit de la hauteur.

En quelques battements d'ailes, il fut loin. Il surplomba d'imposantes montagnes arides, où les hommes avaient creusé des mines qui fournissaient le sel, le fer et le charbon. Il passa rapidement au-dessus des usines qui, enfouies dans la terre, fabriquaient l'acier et élaboraient les vaisseaux qui avaient permis aux premiers khans de partir à la conquête des étoiles. Quelques cheminées crachèrent un nuage sale. L'oiseau ne s'attarda pas. Il ne jeta même pas un regard sur les tours d'acier effilées de l'astroport qui, à flanc de montagne, bruissait d'une activité incessante.

Il survola d'autres steppes immenses, d'autres troupeaux, d'autres villages de tentes serrées autour de puits. Il fit demi-tour à l'approche du désert qui délimitait la steppe des hauts plateaux aussi sûrement que l'océan cernait la terre. À l'instar de la glace sur Nifhell, le feu du soleil rendait Muspell inhabitable aux trois quarts.

À proximité d'une forêt de mûriers nains, domaine des vers qui tissaient la célèbre soie noire de Muspell, l'oiseau rouge dénicha enfin ce qu'il cherchait.

Son bec s'ouvrit sur un cri strident.

Il se laissa tomber comme une pierre en direction du sol. Le lapin-taupe n'eut pas le temps de comprendre ce qui se passait. Il fut happé et emporté par les serres puissantes du rapace.

Ainsi était la vie sur Muspell : sauvage et précaire...

Atli Blodox se sentait d'excellente humeur. Assis en tailleur sur le tapis de laine et de soie qui couvrait le sol de la tente, il échangeait des sourires entendus avec les chefs de tribu qu'il avait convoqués.

Le khan était de petite taille, mais trapu et étonnamment fort. Son regard gris laissait transparaître une intelligence aiguë et une inflexible volonté. Son crâne était rasé, comme l'était celui de tous les hommes de Muspell. Il portait sur le torse, à côté d'un oiseau rouge tatoué, une longue cicatrice blanchâtre, souvenir des combats qui l'avaient opposé aux autres prétendants au trône, vingt ans auparavant.

Dans la tradition de Muspell, le khan n'était ni élu ni fils de khan. À la mort du khan, chaque tribu désignait un champion, et celui-ci devait prouver qu'il était le plus fort et le plus digne d'occuper la place vacante…

Vingt-sept tribus se partageaient la steppe, et tous les quatre ans fournissaient au khan un contingent de guerriers qui étaient envoyés, soit en garnison sur les planètes occupées, soit en service sur les navires de la flotte stellaire. Leur devoir accompli, ils retournaient pour la plupart à la steppe, à leurs troupeaux et à leur façon de vivre ancestrale. Les autres devenaient cadres et formaient les nouvelles recrues.

– Mes frères, commença Atli Blodox. À cette heure, les vaisseaux à l'oiseau rouge doivent être en vue de Planète Morte.

La voix du khan était chaude et grave.

– Nous allons enfin prendre notre revanche, dit en

serrant ses poings énormes un colosse dont le visage était couturé de cicatrices.

– Et mettre un terme à l'arrogance des généraux-comtes, ajouta un chef de tribu grand et sec comme un héron.

– L'empire ne sait pas ce qui l'attend, conclut joyeusement le khan.

Trois servants firent leur apparition avec des plateaux et commencèrent à servir du thé et des pâtisseries aux amandes.

À l'inverse de l'empire Comtal qui se contentait d'exiger des planètes conquises un impôt et des emplacements réservés aux navires impériaux dans les astroports, le khanat de Muspell exploitait sans vergogne les populations sous son contrôle…

Une sonnerie retentit dans la tente. Atli Blodox porta à son oreille son technophone et conversa un moment à voix basse.

– Victoire, mes frères ! annonça le khan triomphant. L'opération a parfaitement réussi.

– Nos guerriers ont-ils pris le contrôle des Chemins Blancs ? demanda un vieillard fripé comme une pomme.

– Pas encore. Il y a des poches de résistance dans les sous-sols. Mais, pour l'instant, cet aspect des choses n'est pas le plus important !

Atli Blodox partit dans un grand rire, imité par les chefs de tribu.

Peu après, alors que les hommes les plus puissants de Muspell achevaient de manger la viande apportée dans des plats de terre cuite, un individu fit son apparition sous la tente.

Il était grand et maigre, dans un état de saleté repoussant. Il s'appuyait sur un bâton gravé, couvert de signes incompréhensibles.

Les conversations moururent.

Atli Blodox lui-même inclina la tête en signe de respect : il s'agissait d'un otchigin, un prince du feu, un chaman.

Chaque tribu avait son chaman, son sorcier, qui interrogeait au cours de transes sacrées les esprits du Tengri, du ciel et de la terre.

L'otchigin qui venait d'entrer dans la tente était considéré comme le plus puissant des vingt-sept chamans de Muspell.

– Ô grand khan, commença-t-il d'une voix caverneuse, je viens à ta demande pour questionner les Puissances. Es-tu prêt à entendre ce qu'elles ont à te révéler sur l'avenir ?

– Je suis prêt, otchigin.

Le chaman ferma les yeux.

Il marmonna quelques paroles indistinctes et tapa sur le sol avec son bâton. Aussitôt, un feu de flammes froides naquit de la poussière sous les exclamations étouffées.

Le chaman sortit ensuite une poignée d'herbes de la poche de son manteau rapiécé et la jeta dans les flammes. Une fumée épaisse envahit la tente, provoquant quelques toussotements et raclements de gorge. Il se pencha au-dessus et la respira goulûment. Puis il rejeta la tête en arrière et commença à se balancer de gauche à droite.

Lorsqu'il reprit la parole, on aurait dit que quelqu'un d'autre parlait par sa bouche :

– Il y a des lueurs dans le ciel... Les tentacules de la Pieuvre resserrent leur étreinte... J'entends des cris de douleur... Beaucoup de morts... Une ombre s'approche... L'ombre d'un chien qui gronde... Le Tengri retient son souffle... Seul le Tumulte peut savoir...

Le chaman haletait. Il gémit puis secoua la tête, comme pour se débarrasser d'une présence envahissante.

Il rouvrit les yeux.

Un silence tendu régnait dans la tente.

D'un geste de son bâton, il éteignit les flammes et balaya la fumée.

– Otchigin, demanda Atli Blodox, as-tu vu ce que tu as décrit ?

– J'ai décrit ce qui sera peut-être, grand khan. L'avenir n'est pas figé comme le passé. Les Puissances elles-mêmes lui sont soumises.

– Mais dis-moi : était-ce un bon ou un mauvais présage ?

– C'était un bon et un mauvais présage.

Sur cette phrase énigmatique, l'otchigin s'éclipsa aussi discrètement qu'il était arrivé.

– Alors, mon khan ? s'inquiéta l'homme le plus proche de lui.

– Vous avez entendu comme moi, dit Atli Blodox en se resservant de l'alcool de blé. Les dieux eux-mêmes ne savent rien. Tout est possible, tout reste ouvert. Mes frères, je propose que nous levions nos verres à la réussite de notre entreprise ! Que le Tengri nous garde !

– Que le Tengri nous garde ! répétèrent les chefs de tribu.

– Maintenant, rugit le khan, amusons-nous ! Faites entrer les musiciens ! Les incertitudes de l'avenir doivent nous inciter à profiter pleinement du présent !

Dehors, le vent s'était levé et déplaçait de petits nuages de sable. À l'abri du feutre de la grande tente, les hommes accompagnaient de leurs chants les flûtes et les tambours.

Comme avant eux leurs ancêtres, à la différence qu'aujourd'hui le ciel au-dessus de leur tête n'appartenait plus seulement aux dieux…

# 4
# À l'école des Frä Daüda

– *D'abord… L'abîme existait seul. Ni mer ni sable, ni ciel profond, ni herbe ni arbre. Il n'y avait rien d'autre que l'abîme. Et l'abîme était empli de forces désordonnées. Et l'abîme attendait. Une brume glacée s'éleva d'un côté de l'abîme, et de l'autre souffla un vent brûlant. De leur rencontre naquit la galaxie d'Eridan. Les planètes, les étoiles, et l'espace que l'on nomme aujourd'hui les Brisants…* S'il te plaît, Mörgane, continue.

Une jeune fille qui rêvassait sursauta et leva la tête vers la devineresse. Ses camarades, rassemblées autour de Frä Ülfidas sous la ramure de l'arbre artificiel en polyverre, pouffèrent.

L'élève prise en faute rougit légèrement.

Elle était plutôt grande, maigre comme peut l'être une fille surprise par l'adolescence. Sa longue chevelure châtain flottait sans retenue sur la robe brune des novices de l'ordre féminin des Frä Daüda. Ses yeux clairs étaient immenses.

Mörgane fixa son attention sur la source de polymétal liquide, qui jaillissait au pied de l'arbre translucide, et se concentra.

– *Ensuite*..., récita-t-elle d'une voix monocorde, *ce fut le règne des sales monstres, celui des titans et celui des Puissances. Les Brisants étaient le domaine des terrifiants Gôndüls, comme les océans de Nifhell sont aujourd'hui le repaire des requins noirs aux dents acérées et à l'haleine fétide. Les planètes abritaient les trôlls, des géants puants et cruels, des ëlfes et d'innombrables esprits. Quant aux étoiles, elles nourrissaient dans leur ombre le grand serpent stellaire. Comme l'univers était jeune alors !...*

– Mörgane..., l'interrompit Frä Ülfidas, pourquoi te crois-tu obligée d'ajouter des adjectifs de ton invention à un récit qui satisfait les novices depuis près de mille ans ?

Mörgane prit l'air le plus innocent qu'elle put.

– C'est un moyen que j'ai trouvé pour rendre l'histoire plus vivante. Vous voyez, Frä Ülfidas, si l'on répète bêtement ce que disent les textes sacrés, que je respecte bien sûr ! eh bien ils ne parlent que de planètes qui abritaient des trôlls. Si l'on précise que c'était des géants puants et cruels, on s'en fait une image plus précise !

La vieille devineresse ne cacha plus son sourire.

– Dans un sens, tu as raison, Mörgane. Mais comment peux-tu être sûre que les trôlls étaient puants et cruels ? Qui te dit qu'ils n'étaient pas doux et qu'ils ne se lavaient pas tous les jours ?

Mörgane chercha vainement quelque chose à répondre, avant de baisser la tête d'un air penaud.

– Vois-tu, Mörgane, voyez-vous, mes enfants, continua la devineresse en s'adressant à la douzaine de jeunes filles assises autour d'elle dans la vaste salle de cours, il faut veiller à respecter la vérité. Et la vérité est souvent mieux servie lorsqu'elle est nue. Nous ne savons rien des géants qui peuplèrent les planètes avant nous. Nous les avons simplement appelés trôlls. Gardons-nous de les définir, même pour rendre une histoire plus vivante. Nous ne sommes pas des poètes, notre école n'est pas celle des troubadours, dont l'art est d'inventer et d'enjoliver des récits pour captiver un auditoire ! Nous sommes au contraire la mémoire et la clairvoyance de cet univers. Nous apprenons à entendre le passé et à voir l'avenir. Avez-vous compris ?

Toutes hochèrent la tête, même Mörgane que regardait plus particulièrement le vieux professeur.

Mörgane aimait sincèrement Frä Ülfidas et détestait lui faire de la peine. Elle regrettait simplement qu'il n'y ait pas plus de place pour la fantaisie chez les Frä Daüda.

Ses parents, comme ceux de la plupart de ses amies novices, avaient péri au cours de l'une des guerres qui opposaient régulièrement Nifhell à Muspell, ou bien à l'occasion de l'un des raids féroces qu'effectuaient fréquemment les pirates des Brisants sur les planètes de Drasill. Elle ne savait pas exactement.

Ensuite, l'ordre des Frä Daüda l'avait recueillie et était devenu sa seule famille. Elle avait endossé la robe des novices à l'âge de sept ans et, malgré son caractère rebelle, elle était aujourd'hui appréciée par l'ensemble de ses professeurs. Même si elle n'était pas la plus studieuse recrue de l'ordre, elle avait su y faire sa place.

À treize ans, il lui semblait, avec l'orgueil caractéristique de la jeunesse, qu'elle n'avait plus grand-chose à apprendre sur les mystères des Frä Daüda…

– Xändrine, reprit la devineresse en s'adressant à une jeune fille aux cheveux noirs, veux-tu bien poursuivre ?

– *Ensuite… Quelque chose vint de l'extérieur. L'univers hésitait alors entre l'ordre et le chaos. Quelque chose vint et repartit, bouleversant tout sur son passage, provoquant la disparition d'êtres anciens et l'apparition d'êtres nouveaux. Les trôlls et les ëlfes cédèrent la place aux hommes. Les Gôndüls se raréfièrent. De nombreux esprits quittèrent les planètes pour les étoiles. Le grand serpent envahit les Brisants, et ses soubresauts donnèrent naissance aux tempêtes meurtrières que l'on appelle aujourd'hui les Tumultes. Surtout, surtout, dans son sillage, la chose de l'extérieur laissa le temps, qui engendra le passé, le présent et l'avenir…*

– Gäranze, commanda Frä Ülfidas.

Une autre élève prit timidement la suite :

– *Ensuite… L'équilibre de l'univers fut rompu. Grouillant comme des fourmis folles, les hommes se répandirent à travers la galaxie. Les premières guerres eurent lieu. Fracas des armes, cris d'agonie. Silence. Battements d'ailes des corbeaux. Les frères s'entre-tuèrent, la peur domina les êtres, temps des haches et des épées, temps des tempêtes et temps des loups. Les Brisants gagnèrent sur les terres, les étoiles se voilèrent, le ciel entier sembla réduit en cendres…*

Frä Ülfidas termina elle-même :

*– Enfin... En bordure d'Eridan ravagée, un soleil neuf se leva que l'on appela Drasill. Il éclairait vingt et une planètes sauvées du désastre. Des guerres reprirent entre les hommes qui avaient échappé à la fureur du chaos, guerres bien dérisoires au regard de celles qui furent. Bientôt un équilibre s'instaura, comtes et khans se partagèrent les marches de la galaxie. Sous le feuillage du grand arbre, les devineresses évoquent le passé et les secrets anciens. Penchées au-dessus de la source, elles plongent leurs regards dans l'avenir mystérieux. Elles se souviennent et elles devinent. Elles s'approprient le temps. Nées à Nifhell, les Frä Daüda sont devenues l'âme de l'empire, tout comme les otchigins incarnent le souffle du khanat...*

La devineresse se leva et tapa dans ses mains.

– Allez, les filles, c'est fini pour ce matin. N'oubliez pas de faire vos exercices de concentration avant de vous rendre au réfectoire !

Les élèves s'égaillèrent joyeusement.

Chaque novice possédait une chambre personnelle, où elle était libre de s'isoler quand elle le souhaitait. Les lieux de rencontre ne manquaient pas : le grand réfectoire, les gymnases, les saunas et les innombrables bibliothèques résonnaient fréquemment du bruit des conversations !

L'école des Frä Daüda, en vieille pierre pour sa partie la plus ancienne, en polyverre pour les bâtiments les plus récents, occupait un quartier entier d'Urd, capitale du comté du même nom situé au bord de l'océan gelé qui couvrait le nord de la planète.

C'était, avec le palais Comtal et l'Académie spatiale de Kenningar, le lieu le plus prestigieux de Nifhell...

Mörgane s'apprêtait à rejoindre Xändrine pour aller disputer une partie de paléotennis quand elle fut arrêtée dans son élan par Frä Ülfidas.

– Mörgane, reste un moment je te prie. J'ai à te parler.

La jeune fille fit signe à son amie de ne pas l'attendre et s'approcha de la devineresse.

– Oui, Frä Ülfidas ?

La vieille femme couvrit Mörgane d'un regard plein de tendresse.

L'âge avait ridé sa peau, avait fait fondre sa chair et avait tordu ses doigts, mais il n'avait pu courber son dos ni éteindre le feu qui brûlait dans ses prunelles. Elle se tenait droite dans sa robe grise de devineresse. Mörgane lui rappelait de façon poignante la fille qu'elle-même avait été à son âge…

– Mörgane, tu auras treize ans demain.

– Ah çà, je le sais bien ! J'ai déjà prévu une sacrée fête ! Pourquoi ? Vous… Vous voulez venir ?

– Mörgane. Cela fait longtemps que les lois de l'empire ne touchent plus les Frä Daüda. Est-ce une erreur ? Moi, je le crois.

La jeune fille sentit l'anxiété la gagner. Treize ans demain, les lois de l'empire ! Se pourrait-il que… ? Non, ce n'était pas possible. Cela faisait si longtemps qu'aucune novice n'était partie !

– Ma chère petite, poursuivit la devineresse. Je suis navrée pour ta fête mais, demain, tu partiras en stage…

Mörgane sentit une boule grandir dans sa gorge.

– Frä Ülfidas, parvint-elle à dire d'une voix tremblante, je ne comprends pas…

– Il existe des traditions dont on oublie l'importance. La présence des devineresses à bord des vaisseaux de Nifhell est l'une de celles-là.

La jeune fille posa sur la vieille femme un regard suppliant.

– Ma décision est irrévocable, continua-t-elle. Tu seras l'assistante de Frä Drümar sur un vaisseau qui s'apprête à partir en campagne. Sa mission semble importante. Elle m'a demandé de choisir une stagiaire parmi mes meilleurs éléments.

Mörgane accusa le coup.

– Frä Ülfidas… Pour mon anniversaire, je me réjouissais tellement…

La devineresse fit semblant de ne pas avoir entendu.

– J'attends beaucoup de toi, ma fille. Frä Drümar fut aussi l'une de mes meilleures élèves, il y a longtemps. Tu apprendras beaucoup auprès d'elle. Tâche de l'assister de ton mieux.

Mörgane ne put se retenir plus longtemps. Elle éclata en sanglots.

– Écoute, Mörgane. Je pense sincèrement que ces trois années loin d'Urd te seront profitables. C'est une chance que je t'offre. Prends-la et sers-t'en pour devenir celle que tu dois être…

– Je ne veux… pas partir, hoqueta-t-elle. Ma place est ici… Ici !

Mörgane s'écarta brutalement de la vieille femme et se mit à courir vers les bâtiments qui abritaient les chambres des novices.

Frä Ülfidas soupira.

Elle comprenait quel déchirement cela pouvait être pour la jeune fille de quitter ses amies et l'univers qui avait été le sien toute sa vie. Mais elle était convaincue d'avoir fait le bon choix. Pour tout le monde.

Dans une prière muette, elle demanda à l'arbre sacré de veiller sur sa protégée.

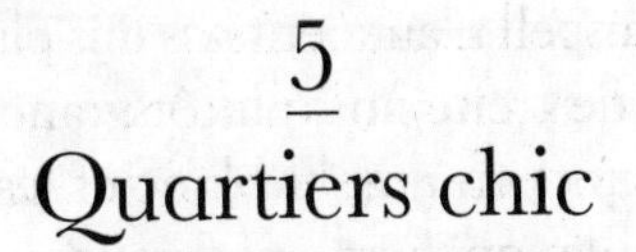

# 5
# Quartiers chic

– Maman ! Est-ce que tu as vu mon pull noir ? Je ne le trouve pas !

– Tu as regardé partout, mon chéri ? Tu es sûr ?

– Oui !

Lëna Augentyr abandonna son livre et se dirigea vers l'élévateur. Elle prit place dans le tube de polyverre et demanda à voix haute d'être déposée au premier étage.

Elle trouva la vitesse trop élevée et prit le temps de la régler. Elle remit en place sa chevelure ambrée, marcha ensuite d'un pas rapide jusqu'à la chambre de son fils.

– Xâvier ! Qu'est-ce que c'est que ça ?

La pièce, ouverte sur les bouleaux du parc à l'arrière de la maison, était sens dessus dessous. Le lit ressemblait à un champ de bataille, une paire de chaussettes gisait sur l'ordibureau et plusieurs piles de livres s'étaient effondrées sur le sol antipoussière imitation bois. Des barbares de Muspell n'auraient pas mis plus de désordre !

Un garçon de treize ans, plutôt grand pour son âge, les cheveux teints en noir et blanc et les yeux rouges à cause des lentilles qui faisaient fureur au collège depuis la rentrée, tourna vers Lëna un visage suppliant.

– Maman !... J'ai a-bso-lu-ment besoin de ce pull ! C'est mon préféré !

Lëna Augentyr s'attendrit devant la détresse de son fils. Ce pull était donc si important ? Puis elle réalisa qu'il le cherchait pour pouvoir l'emporter et son cœur se serra. Elle avait fini par ne plus y penser tant cette idée lui était insupportable : son Xâvier venait d'avoir treize ans et, tout fils de général-comte qu'il était, il devait se plier à la tradition en vigueur à Nifhell. Il allait donc partir en stage pour trois ans, et elle ne le reverrait plus qu'à l'occasion des vacances que le service où il serait affecté voudrait bien lui concéder.

Un sanglot lui monta dans la gorge et l'empêcha presque de respirer. Elle n'avait jamais été séparée de lui. Ne pouvait-il pas y avoir d'exceptions ? Pour se calmer, elle se promit d'obtenir de son mari que Xâvier soit le plus souvent possible à Kenningar.

– Maman...

Ravalant son chagrin, Lëna fouilla dans l'armoire et ne tarda pas à en retirer le fameux pull. Xâvier la remercia à peine, le fourra dans son sac de voyage qui commençait à prendre des proportions volumineuses et se mit en quête d'autre chose.

– Comment s'appelle le bâtiment sur lequel tu vas faire ton stage, mon chéri ? J'ai déjà oublié !

– *Le Rongeur d'Os*, maman. C'est un vaisseau célèbre, tu sais ! Il appartient au meilleur capitaine de Nifhell. Papa m'a dit que j'allais être attaché à son service personnel. Tu aurais vu la tête des copains quand je leur ai annoncé la nouvelle !

« *Le Rongeur d'Os*… Ridicule ! pensa Lëna. J'espère seulement que ce capitaine n'est pas une tête brûlée et, surtout, qu'il traitera mon fils avec les égards qui lui sont dus. Sinon, il s'en mordra les doigts. Parole de femme de général-comte… »

Lëna croisa les bras, nerveuse, et s'approcha du garçon.

– Tu embarques demain ?

– Aujourd'hui. Maman ! Je te l'ai déjà dit au moins cent fois !

– Tu es donc si pressé de me quitter ?

– Ça n'a rien à voir ! Tu mélanges tout ! Je t'aime-je t'aime-je t'aime ! Mais enfin, je pars en stage, c'est comme ça pour tout le monde !

Elle faillit se mettre à hurler qu'il n'était pas tout le monde, qu'il était son fils à elle, et le fils d'un général-comte ! Puis elle vit à quel point il était excité par son départ proche. Le moment était mal choisi pour exprimer ses sentiments.

Elle essaya de se rappeler ses propres années de stage, qu'elle avait effectuées comme infirmière à l'hôpital de Kenningar et qui ne lui avaient pas laissé beaucoup de souvenirs.

À l'époque, elle voulait devenir médecin. Elle voulait

aller sur des planètes lointaines. Elle voulait rencontrer toutes sortes de gens.

C'était il y a si longtemps !

– Je remonte, chéri. Si tu as besoin de moi, appelle.

– Merci, maman !

Elle quitta le premier étage que son fils occupait seul et qui comportait chambre, salle de cinéma, gymnase et piscine. Le rez-de-chaussée servait aux réceptions, à l'accueil des invités et des amis. Le deuxième étage était le sien et celui de son mari.

Bien que le général-comte Arvâk Augentyr représentât le comté de Skadi, qui l'avait élu, elle l'avait poussé à venir habiter la capitale, arguant des études de Xâvier qui allait alors entrer au collège. En réalité, étant elle-même originaire de Kenningar, elle ne supportait plus l'isolement et la rudesse du comté montagneux.

Les neufs comtés de Nifhell avaient ceci en commun qu'ils étaient tous froids, ventés et brumeux. Mais certains l'étaient davantage que d'autres ! À commencer par le comté de Skadi, constamment balayé par les vents. Le comté de Sungr, lui, plein de lacs et de marais, était particulièrement humide. Celui d'Urd, le plus septentrional, où vivaient les devineresses, au bord de l'océan gelé, était glacé. Le comté d'Alsvin, aux forêts couvertes de givre, abritait encore toutes sortes de bêtes féroces. Celui de Vermal était une île du Sud, au bord de l'océan Libre ; c'était le plus petit de tous, mais aussi le plus riche car son sous-sol regorgeait du minerai qui entrait dans la composition du polymétal. Il y avait aussi l'industrieux comté de Grudal, le comté de Menglod, que l'on surnommait comté des Marchands, celui de Gerd, réputé pour la beauté de ses femmes, et enfin celui de Kenningar.

Kenningar était la seule véritable ville de Nifhell. La plupart des capitales de comté n'étaient que des bourgades où se tenaient les marchés, où avaient lieu les fêtes et les cérémonies, où résidaient quelques gros commerçants et l'administration impériale. Elles possédaient parfois un petit astroport, une université ou un hôpital. Mais l'essentiel de la vie se passait ailleurs. Quelque part entre les hauts murs des villages et les maisons fortifiées, entre les forêts enneigées, les serres de polyverre et les torrents glacés. Nifhell abritait à l'origine un peuple de paysans et de marins, d'hommes fiers et libres, farouchement attachés à leur terre, leur famille et leurs amis. À l'ère de l'empire interplanétaire, les choses n'avaient guère changé, et l'on ne venait finalement à Kenningar que pour régler une affaire importante, prendre un vaisseau à l'astroport, profiter d'un concert et d'un bon restaurant, ou bien poursuivre de hautes études.

C'était comme cela que Lëna Augentyr avait réussi à convaincre son fils de quitter sans trop de regrets ses amis de Skadi : en lui faisant miroiter la célèbre Académie spatiale de Kenningar.

Les Augentyr avaient ensuite élu domicile sur les hauteurs de la ville, dans les quartiers chic. Xâvier était entré dans le meilleur établissement de Kenningar et fréquentait depuis, pour la plus grande satisfaction de sa mère, la bonne société de Nifhell…

Xâvier Augentyr s'acharna un long moment contre la fermeture de son sac, puis se jeta sur son lit, en sueur. Il était prêt !

Les yeux au plafond, il s'imagina à bord du *Rongeur d'Os*, combattant les pirates des Brisants, échappant aux féroces navires de Muspell. Nul doute qu'un jour il devienne à son tour capitaine. Son père avait la fortune nécessaire pour lui procurer un vaisseau. Quant à lui-même… N'était-il pas le premier de sa classe en mathématiques appliquées et en stratégie spatiale ?

Il songea à l'avenir radieux qui était le sien et son cœur se mit à battre plus fort.

Puis il revint au *Rongeur d'Os* et à son capitaine. Il avait vu sa photo dans le magazine *Simulations et théories*, un journal d'actualités sur les guerres dans l'espace. L'article rapportait dans le détail ses onze victoires éclatantes sur la flotte du khan de Muspell.

Xâvier était impressionné. Le palmarès de ce capitaine égalait presque celui de la Pieuvre, le génial amiral de Muspell, dont l'étonnante stratégie venait de faire l'objet d'un jeu virtuel ! Jeu qu'il s'était bien sûr empressé d'acquérir.

Enfin, l'article du magazine laissait également sous-entendre que le propriétaire du *Rongeur d'Os* n'hésitait pas à s'aventurer parfois dans les Brisants…

Les Brisants. C'était le nom que les habitants du système solaire de Drasill donnaient à l'espace. Un espace qui les fascinait et qui les effrayait autant que les océans avaient pu effrayer et fasciner leurs ancêtres, avant que commence la grande aventure interplanétaire.

Depuis la découverte des propriétés de Planète Morte, qui avaient permis de concevoir les Chemins Blancs, rares étaient ceux qui choisissaient d'affronter les Brisants et ses dangers, pirates ou tempêtes stellaires.

D'autant qu'un voyage d'un an à travers les Brisants pouvait être accompli en seulement une heure par les Chemins Blancs ! Il fallait vraiment être fou pour s'en écarter. Ce capitaine était assurément un drôle de personnage.

Son père semblait le tenir en haute estime. C'est pour cela qu'il avait usé de toute son influence pour le faire accepter en stage près de lui…

Xâvier se leva et inspecta sa chambre. C'est vrai, il avait un peu exagéré ! Un bref instant, il fut tenté de la ranger. Mais il se rappela que les employés de maison viendraient demain : ils s'en occuperaient !

Il laissa donc tout en l'état, ôta simplement les chaussettes de son ordibureau, alluma l'écran holographique et commença une bataille spatiale en trois dimensions.

# 6
# L'astroport

L'astroport de Kenningar était situé en dehors de la ville, sur une hauteur qui le mettait partiellement à l'abri des brumes montant de l'océan, fréquentes en hiver et au printemps.

Des hangars gigantesques dressaient leur ossature de polymétal à côté des quais d'envol baignés de la lumière bleue réglementaire. Des tours de contrôle s'élançant vers le ciel côtoyaient les auberges de transit blotties sur le pourtour de la colline.

Construit au fur et à mesure des besoins de l'empire, l'astroport était plus impressionnant que beau, et l'on sentait bien, derrière l'apparente rigueur militaire, la désinvolture et l'esprit de liberté propres aux gens de Nifhell.

L'électrobus reparti, Mârk resta un long moment à contempler l'incroyable enchevêtrement de bâtiments.

C'était la première fois qu'il venait à l'astroport, et rien dans sa courte vie ne l'avait préparé à cela.

Une légère brise se mit à souffler. C'était l'été à Nifhell, mais il faisait froid. Il remonta le col de la veste élimée, trop grande pour lui, que son grand-père avait absolument tenu à lui donner pour qu'il fasse bonne impression. En pensant à lui, Mârk fut pris d'une bouffée de tristesse. Peut-être aurait-il dû refuser de partir…

Mârk Glabar était un garçon petit et trapu, dont les cheveux noirs et les yeux sombres contrastaient avec la blancheur de sa peau. Son pull était raccommodé mais propre.

Le matin même, à l'aube, après des cours qui avaient duré une partie de la nuit, il avait quitté le quartier du vieux port de Kenningar, où se trouvait le centre d'apprentissage, pour celui des tisserands, adossé à une colline. C'était l'un des nombreux quartiers populaires de la capitale. Il en connaissait chaque rue par cœur et aurait presque pu citer le nom de tous les habitants.

Une boulangère l'avait arrêté et lui avait donné une miche de pain toute chaude, en le chargeant de saluer son grand-père. Il l'avait remerciée poliment.

« Ce n'est pas parce que l'on est pauvre que l'on est un voyou, lui disait souvent le vieil homme. Au contraire, bien des riches sont de vrais truands, qui confondent ce qu'ils possèdent avec ce qu'ils sont. Le pauvre, lui, n'a que ce qu'il est. Sois toujours digne, petit, et protège ton honneur. Il est ta seule richesse ! »

À la mort de ses parents, Mârk avait été recueilli par

son grand-père, un docker cloué depuis longtemps dans un fauteuil par un accident de travail. Il avait fait toute son éducation.

Bien que bon élève, Mârk avait rapidement compris que la petite pension de son grand-père ne lui permettrait jamais de poursuivre de longues études. Il avait alors décidé d'entrer en apprentissage, et avait choisi la cuisine, dans l'espoir de pouvoir un jour monter son propre restaurant dans le quartier qui l'avait vu naître.

Mârk avait grimpé quatre à quatre les escaliers conduisant au modeste appartement qu'ils occupaient dans un immeuble appartenant à l'empire.

Même si les généraux-comtes ne prêtaient guère d'attention au petit peuple de Nifhell, ils ne l'avaient cependant jamais abandonné. Ils veillaient à la salubrité des bas quartiers et subvenaient aux besoins des plus démunis. Grâce à cela, si la pauvreté était courante à Kenningar, la misère y avait toujours été absente, et chacun continuait à porter un regard favorable sur le régime en place à Nifhell depuis près de mille ans.

– Grand-père, c'est moi ! avait-il annoncé en pénétrant dans l'appartement.

Il avait posé le pain sur la table en polyverre de la cuisine et s'était dirigé vers le salon, qui servait aussi de chambre au vieil homme.

Mârk l'avait trouvé en larmes dans son fauteuil. Il tenait une lettre entre ses mains.

– Grand-père ! s'était exclamé Mârk en se précipitant vers lui. Qu'est-ce qui se passe ?

L'homme semblait incapable de prononcer un mot. De sa main tremblante, il avait tendu le papier au garçon.

Mârk l'avait lu.

C'était une convocation. Le garçon était appelé à rejoindre avant neuf heures l'astroport de Kenningar, pour accomplir son stage dans les cuisines d'un navire en partance.

Le visage de Mârk s'était durci.

– Je vais refuser d'y aller, avait-il déclaré. Tant pis s'ils me classent comme déserteur !

– Je te l'interdis, tu entends ? avait alors rugi son grand-père en se raidissant dans son fauteuil. Je ne veux pas que l'on dise que mon petit-fils a fui son devoir et renoncé à son droit ! Car partir en stage est un droit pour tous les jeunes gens de Nifhell. Riches ou pauvres, forts ou faibles, c'est la seule égalité promise et garantie par l'empire à tous ses citoyens !

Mârk avait tourné vers lui un regard douloureux.

– Mais grand-père, qui s'occupera de toi ?

– Je suis assez grand pour m'occuper de moi tout seul ! Et puis nous avons des voisins compréhensifs.

Mârk s'était tu, submergé par l'émotion. La voix de son grand-père s'était adoucie.

– Tu vas beaucoup me manquer, avait repris le vieil homme, ça c'est sûr. Mais je suis très fier que tu fasses ton stage sur un vaisseau spatial. N'oublie pas de nous faire honneur.

– Je n'oublierai pas, grand-père, avait-il répondu, bouleversé comme il ne l'avait jamais été…

Mârk respira à fond pour se donner du courage. Puis il prit sa valise qui tenait fermée grâce à un bout de corde et pénétra dans l'enceinte de l'astroport.

Il se rendit dans le hall central et avisa un grand panneau « Accueil ». L'hôtesse souriante n'avait aucune information concernant les navires sur le départ, mais elle lui conseilla de se rendre au quai central, qui avait été réquisitionné par les généraux-comtes.

Il s'y rendit au pas de course. Il était en retard…

Sur le chemin de l'astroport, Mârk s'était fait coincer par la bande de Gueule-en-Biais, des mécaniciens en dernière année d'apprentissage qui fréquentaient le centre, comme lui. Il était devenu leur ennemi le jour où il avait refusé de se faire racketter et où il avait poussé ses camarades à la résistance. C'était trop bête ! Il avait jusque-là réussi à les éviter. Cette fois, à un contre quatre, sans possibilité de fuite, il était cuit.

Il avait grommelé quelque chose qui ressemblait à un « tant pis » et s'était préparé à l'attaque. La rue était une jungle qui possédait ses propres lois, des lois surtout favorables aux plus forts. Mârk le savait, et c'est pour cela qu'il avait fréquenté assidûment le gymnase vétuste du centre d'apprentissage, se liant peu à peu d'amitié avec le gardien. L'homme, un ancien emperogarde, avait fini par lui apprendre « deux ou trois trucs qui pouvaient s'avérer utiles un jour ».

Gueule-en-Biais avait fait un pas en avant. Il avait acquis ce surnom après avoir été défiguré par une pièce de moteur mal ajustée.

Plus âgé que Mârk de quelques années, il était aussi plus grand et plus lourd.

– On dirait que ça se gâte pour toi, Mârk, avait-il dit d'un ton moqueur.

Sa voix sortait déformée de ses lèvres, à moitié soudées entre elles. L'espace d'un instant, Mârk avait éprouvé de la pitié pour celui qui s'apprêtait à le massacrer.

– Finissons-en, avait-il grondé.

– Comme tu voudras, avait ricané Gueule-en-Biais en faisant signe à ses acolytes.

Les trois grands apprentis, trop sûrs d'eux, s'étaient jetés sur Mârk.

Il avait donné un premier coup de pied dans le ventre de l'un des agresseurs. Tout en remerciant mentalement son ami du gymnase pour ses « deux ou trois trucs utiles », il avait accueilli le suivant avec un autre coup de pied, à la tête cette fois, puis abattu le troisième d'un coup de poing.

La bagarre n'avait pas duré dix secondes.

Une profonde surprise avait marqué les traits déformés de Gueule-en-Biais. Une surprise qui laissa vite la place à l'irritation…

– Monsieur joue aux durs, avait-il sifflé. Très bien !

Il avait fait jaillir un couteau de sa poche et s'était précipité sur Mârk.

Le garçon, pris au dépourvu, n'avait pu éviter complètement le coup que Gueule-en-Biais lui portait au visage. Il avait senti une vive brûlure et le sang s'était mis à couler sur sa joue. Il avait porté les doigts à sa blessure, d'abord incrédule.

Puis une colère froide l'avait envahi. Gueule-en-Biais allait trop loin. C'était aussi ce que devaient penser ses camarades qui, s'étant relevés péniblement, discutaient entre eux à voix basse.

Désapprouvant visiblement leur chef, la bande avait décampé.

Mârk avait décidé de profiter de l'occasion. D'un coup brusque, il avait écarté le couteau que Gueule-en-Biais tenait toujours dans la main. Puis il l'avait frappé à la gorge.

Son adversaire avait émis un gargouillis étonné avant de perdre connaissance et de s'effondrer lourdement.

Mârk n'avait pas attendu de voir s'il se relevait. Il avait pris ses jambes à son cou.

Plus loin, il avait nettoyé sa blessure avec un mouchoir trempé dans une fontaine…

Tout en marchant dans le couloir de l'astroport, il toucha sa joue de sa main libre. L'estafilade, profonde, le lançait encore. Mais il s'en moquait. Il avait mis à terre quatre adversaires, et avait échappé à la mort. Ce n'était pas rien pour un garçon de treize ans !

Au grand étonnement des voyageurs de l'astroport, il se mit à rire tout seul en se rappelant cette phrase de son grand-père : « Il arrive un moment où il ne sert plus à rien de parler. Seuls comptent alors les actes. Ces actes parlent pour toi… »

Au début, il avait essayé de discuter avec la bande de Gueule-en-Biais pour qu'elle cesse son racket. Sans succès. Les actes avaient donc succédé aux mots, et les actes avaient parlé !

C'était ça, la vie : une jungle et, au milieu de cette jungle, d'interminables confrontations.

En se faisant cette réflexion, Mârk déboucha sur le quai central.

# 7
# L'embarquement

Le quai central pouvait accueillir trois cents vaisseaux. Il était plein. L'annonce de la campagne de libération de Planète Morte et la nomination de Vrânken de Xaintrailles comme capitaine en chef avaient attiré de nombreux volontaires. La zone grouillait de monde.

Mârk hésita. Il finit par intercepter un homme portant l'uniforme de l'empire, qui lui indiqua une salle d'attente en bout de quai.

Mârk s'y rendit, inquiet. Il se détendit en apercevant dans la pièce une pancarte portant l'inscription « Stagiaires ». En s'approchant, il découvrit deux jeunes gens de son âge, chacun dans un coin.

L'un était un garçon plus grand que lui, qui se tenait raide comme un piquet devant un énorme sac de voyage. Mârk lui lança un « Salut ! » qui resta sans réponse. Il comprit immédiatement, aux cheveux teints en noir et blanc, aux lentilles rouges et aux vêtements luxueux, à quel milieu il pouvait appartenir. Il haussa les épaules et s'intéressa à l'autre.

C'était une fille plutôt mignonne, avec de longs cheveux et des yeux bleus qui lui mangeaient la figure. Elle portait une robe de laine toute simple, brune, et était assise sur un petit sac. Mârk tiqua. Il avait déjà vu des devineresses avec leurs novices, du côté du vieux port, où elles venaient discuter avec les anciens des bas quartiers. Il s'était toujours méfié des Frä Daüda, qu'il jugeait trop étranges. Il lança quand même un autre « Salut… », auquel la jeune fille répondit par un geste de la main. Il soupira intérieurement. Pourvu que ces deux-là ne fassent pas leur stage sur le même navire que lui !

Il repéra une chaise, posa sa valise et attendit.

Xâvier sentit venir une crampe. Cela faisait une heure au moins qu'il se forçait à rester debout et qu'il affichait de manière ostentatoire le détachement qu'il croyait propre à l'élite sociale de Nifhell. Depuis que cette fille était arrivée, plus exactement. Plutôt jolie, il fallait l'avouer. Mais si mal habillée ! Que pouvait-elle faire là ? Quant à l'autre, qui venait, c'était certain, tout droit des bas quartiers, et qui lui avait adressé la parole comme à l'un de ses congénères… Pour qui se prenait-il ? Si par malchance ce pouilleux montait lui aussi sur *Le Rongeur d'Os*, il lui ferait vite voir le fossé qui les séparait !

N'en pouvant plus, Xâvier se mit à marcher avec nonchalance, feignant de s'intéresser à l'architecture de la salle d'attente.

« Alors c'est ça des garçons “délurés” ? pensa Mörgane vaguement amusée en regardant distraitement l'un et l'autre. Ils seront peut-être avec moi. Même s'ils ont l'air de parfaits idiots, c'est toujours mieux que de se retrouver toute seule… »

Bien sûr, Mörgane avait déjà fréquenté des garçons. L'école des Frä Daüda n'était ni un couvent ni une prison ! Mais elle se moquait en elle-même des recommandations que lui avaient adressées les vieilles devineresses avant son départ, notamment en ce qui concernait les garçons « délurés » qu'elle serait amenée à côtoyer pendant son stage.

Pour l'heure, l'annulation de sa fête d'anniversaire et les adieux à ses amies lui laissaient encore un goût amer. Elle n'était pas d'humeur à engager la conversation !

Un homme vêtu comme un marin, avec des bottes de cuir, un solide pantalon de toile et un pull de laine, fit brutalement irruption dans la pièce.

– Vous êtes les stagiaires du *Rongeur d'Os* ?

– Oui ! répondirent d'une seule voix Mârk, Mörgane et Xâvier, avant de se dévisager avec étonnement.

– Alors suivez-moi.

Mârk et Mörgane se levèrent sans un mot et prirent leur bagage.

Xâvier fit un pas en avant et dit d'une voix assurée :

– Je suis Xâvier Augentyr, fils du général-comte Augentyr. Il n'y a personne pour prendre mon sac ?

Le marin regarda le garçon d'un air amusé et éclata de rire.

– Si mon gars, il y a quelqu'un : toi ! Et ne t'avise pas de traîner.

Xâvier ouvrit la bouche de stupéfaction. Il allait répliquer quand le marin tourna les talons et se dirigea d'un pas rapide vers le quai, suivi par Mörgane et par Mârk, qui lui décocha au passage un sourire narquois.

Xâvier se renfrogna, chargea son sac sur ses épaules en ahanant puis se dépêcha de rattraper le petit groupe.

Ils marchèrent cinq cents mètres environ puis le marin s'arrêta.

– Voici *Le Rongeur d'Os*, les petits gars !

Amarré le long du quai, flottant dans l'air, se tenait le navire de guerre le plus étrange qu'ils avaient jamais vu.

Il était énorme.

Sa silhouette n'était ni gracieuse ni impressionnante : alors que les navires étaient d'ordinaire fins et élancés comme des oiseaux, ou bien puissants et trapus comme des squales, celui qu'ils avaient sous les yeux ressemblait à un gros tube, à un sous-marin des livres d'histoire.

C'était exactement cela : *Le Rongeur d'Os* était un navire des premiers temps, un crève-Brisants, construit sur le modèle des antiques submersibles !

Tout en haut, au sommet d'une antenne, flottait la licorne dressée du drapeau de Nifhell. Cela signifiait que le bâtiment était en mission pour le compte de l'empire.

Les flancs du *Rongeur d'Os*, recouverts d'une étrange matière semblable au cuir, étaient parcourus de tubes et de tuyaux qui se croisaient et se chevauchaient de façon anarchique.

L'arrière s'ouvrait sur un réacteur gigantesque.

L'avant arborait une tête monstrueuse.

– Qu'est-ce que c'est ? demanda Mârk au marin, fasciné par la proue.

– C'est une tête de Gôndül sculptée, dit le marin avec fierté. Impressionnant, hein ? Elle a été mise là pour effrayer les ennemis !

– Eh bien, confirma le garçon en frissonnant, c'est réussi ! Brrrr...

L'artisan qui avait réalisé cette œuvre avait bien travaillé. On aurait pu croire le terrible animal endormi. Protégés par des arcades saillantes et surplombés d'une corne effilée, les yeux fermés au-dessus du bec puissant semblaient prêts à s'ouvrir.

– Est-ce que... heu..., commença Xâvier, ce vaisseau n'est pas, comment dire... un peu vieux ?

– Tu as raison, mon gars. Il est même très vieux ! C'est un navire de la première génération, celle qui a permis à l'empire Comtal de se lancer à la conquête de Drasill.

– Et cette matière, s'enquit Mörgane en désignant le cuir étrange qui recouvrait la tête du Gôndül et l'ensemble du vaisseau, c'est quoi ? Ça ne ressemble à rien de connu.

– Et pour cause, ma petite ! *Le Rongeur d'Os* a été construit avant l'invention du polymétal et du polyverre ! Je ne suis pas assez calé pour vous en dire plus.

Mârk hocha la tête. Le vaisseau dégageait une impression de robustesse qui le mettait en confiance. Et comme il n'avait encore jamais mis les pieds dans l'espace, cela lui suffisait amplement !

Xâvier, lui, était horriblement déçu. Il s'attendait à voir un navire extraordinaire, magnifique, rutilant ! Et quoi ? *Le Rongeur d'Os* était un tas de ferraille, bon pour la casse ! Il se mordit les lèvres. Dès qu'il en aurait l'occasion, il appellerait son père pour lui demander des explications…

Mörgane ne se posa pas de questions. De bonnes ondes émanaient du navire. Et si Frä Ülfidas avait choisi de l'envoyer là, elle avait ses raisons. La jeune fille avait bien essayé de la faire changer d'avis, mais en vain. Sur les conseils de sa meilleure amie Xändrine, Mörgane avait finalement décidé d'accepter son sort et de faire confiance à la devineresse. Pour le meilleur et pour le pire…

Le marin leur fit signe de le suivre. Ils empruntèrent la passerelle et pénétrèrent dans le vaisseau.

# 8
# À bord du Rongeur d'Os

Entre la proue et la poupe, le vieux navire s'élevait sur trois niveaux que reliaient entre eux des escaliers métalliques.

La poupe hébergeait les mécaniciens, la machinerie qui renouvelait l'atmosphère du bord et le moteur à propulsion photonique. La proue, curieusement tronquée, abritait le système de guidage utilisé pour emprunter les Chemins Blancs.

Au premier niveau se trouvaient les locaux techniques, les citernes d'eau, la chambre froide et les celliers, sans oublier les exochaloupes de sauvetage. Le deuxième niveau était constitué pour l'essentiel des pièces de vie : cantine, cuisine, salle de jeux, salle de repos et cabines des emperogardes. Les logements de l'équipage partageaient le troisième niveau avec les postes des canonniers. On accédait plus haut à la salle de pilotage, qui faisait une saillie sur le dos du navire.

Enfin, au centre du bâtiment, on venait buter contre une pièce mystérieuse qui traversait tous les niveaux. Les marins la surnommaient en chuchotant « le Temple »…

Bien entendu, Xâvier, Mörgane et Mârk ne purent voir tout cela. Ils furent escortés à travers le vaisseau et finalement abandonnés dans une grande salle pourvue de tables et de chaises, qui devait être la cantine.

Ils avaient pu constater, en suivant les coursives et en jetant des regards curieux dans les pièces ouvertes, que le bâtiment était résolument spartiate, sans fioritures ni quoi que ce soit d'inutile. C'était un navire de guerre, construit dans un but d'efficacité, sans aucune concession au confort. Un navire austère, pour un équipage rude.

Xâvier se renfrogna un peu plus. Les seuls vaisseaux qu'il avait empruntés jusque-là étaient des navires d'apparat, au luxe inouï, appartenant à des amis de son père. Déçu par l'aspect du *Rongeur d'Os*, il s'était imaginé qu'au moins l'intérieur serait éblouissant ! Il prit sa décision : il joindrait son père à la première occasion et réclamerait une autre affectation…

Mörgane, de son côté, refusait de se faire une opinion sur le navire qui allait l'héberger pendant trois ans. Mais, déjà, son dépouillement ne lui déplaisait pas. À l'école des Frä Daüda, ses endroits préférés étaient les plus simples, les plus anciens et les plus nus.

Elle n'avait jamais partagé avec ses amies le goût de ce qui brillait…

Mârk, quant à lui, s'était contenté de taper discrètement du pied sur les sols métalliques, pour vérifier leur solidité. Une fois dans l'espace, c'était la seule chose qu'ils auraient sous leurs pieds…

Ils furent bientôt rejoints par trois personnes : le matelot qui les avait accompagnés, un homme à la figure ronde et joviale dont le tablier blanc cachait mal le ventre énorme et une femme d'un âge indéfinissable, au visage fermé et dur, vêtue d'une longue robe grise.

Mörgane fut la première à s'avancer dans leur direction. Ignorant les deux hommes, elle sourit à la devineresse et, s'inclinant légèrement, lui prit la main droite qu'elle approcha de ses lèvres. La femme embrassa à son tour la main de Mörgane, sans lui rendre son sourire.

Le rituel se répéta trois fois, sous le regard intrigué des autres.

– Bienvenue à toi, Mörgane, déclara la devineresse d'une voix cassante. Je suis Frä Drümar.

– Je suis très heureuse, et très honorée, de vous avoir comme guide, Frä Drümar, répondit la novice dans un murmure, en baissant les yeux.

La froideur de l'accueil que lui réservait la devineresse la pétrifiait, mais elle prit sur elle de ne pas montrer son trouble.

Elles quittèrent rapidement la salle.

– Tu es Mârk Glabar ? demanda l'homme au tablier en adressant un sourire chaleureux au garçon à la veste rapiécée.

– Oui.

– Tant mieux ! dit-il en jetant un regard à Xâvier. Je suis Brâg Svipdag, le cuisinier du *Rongeur d'Os*. Ici, tout le monde m'appelle « le Gros ».

L'homme éclata de rire. Mârk ressentit une sympathie immédiate pour le cuisinier. Sans doute allait-il travailler sous ses ordres. Il se surprit en tout cas à l'espérer !

Il récupéra sa valise et partit avec lui.

Xâvier resta seul avec le matelot.

– Suis-moi, le capitaine veut te voir.

Xâvier hocha la tête, soulagé. Les choses allaient peut-être se décider à redevenir normales !

Déstabilisé un moment par le comportement effronté de tous à son égard, il retrouva aussitôt son assurance : le capitaine allait certainement lui présenter des excuses. Grand prince, il les accepterait ! D'autant qu'il n'allait pas rester longtemps à bord...

Ils grimpèrent sur le pont supérieur et arpentèrent de nouvelles coursives. Le garçon traînait la jambe, alourdi par son sac et essoufflé par le rythme rapide de son guide.

Puis ils empruntèrent des escaliers métalliques un peu raides et débouchèrent sous un vaste dôme de verre posé sur le dos du vaisseau.

C'était le poste de pilotage. La vue n'était gênée par rien et portait de tous les côtés. Une énorme roue tenait lieu de barre, devant les pupitres de commandes qui permettaient au capitaine de contrôler son navire.

Vrânken de Xaintrailles se tenait là, habillé d'un pull noir à col roulé et d'un pantalon de toile, noir également. Il portait un poignard de combat à la ceinture ainsi qu'une paire de paléopistolets à cartouches. Ses bottes de cuir brillaient.

À ses côtés se tenait un géant à la barbe hirsute et aux cheveux gris noués en arrière, qui le dominait d'une bonne tête. L'homme avait une jambe artificielle en polymétal.

Sur son épaule, un cyber-rat, moitié animal moitié machine, fixait Xâvier de son œil unique.

Le marin s'approcha de Vrânken et lui dit quelque chose à voix basse.

Le capitaine du *Rongeur d'Os* tourna son regard bleu vers un Xâvier intimidé.

– Xâvier Augentyr ? demanda-t-il d'une voix forte.

Le garçon prit son courage à deux mains et avança de quelques pas.

– Oui, capitaine ! Stagiaire nommé à vos côtés sur *Le Rongeur d'Os*, pour vous servir !

Il y eut un moment de silence. Puis le géant éclata de rire, suivi par Vrânken. En retrait, le marin arborait un franc sourire.

– Tout ceci est bien théâtral, mon garçon, dit le capitaine. Plus de simplicité, allons ! Bien. Je te présente Rymôr Ercildur (le géant inclina légèrement la tête). C'est mon second, et le maître d'équipage. Seul maître à bord après moi, les Puissances… et le destin ! Les matelots l'appellent chef. Tu peux aussi lui donner du monsieur si tu le désires. Tu dépendras de Rymôr pendant ton stage.

– Si je peux me permettre, capitaine, mon père m'avait dit que…

– Je sais qui est ton père, le coupa Vrânken sèchement. Sur Nifhell, il est tout. Ici, il n'est rien. Sur *Le Rongeur d'Os*, il n'y aura que toi. Tu seras traité ni mieux ni moins bien que n'importe lequel de mes hommes. Et tu seras récompensé selon tes seuls mérites. Si tu vaux quelque chose, tant mieux, sinon tant pis. À toi de nous montrer ce que tu as dans le ventre !

– Mais, capitaine, je proteste ! Ce n'est pas du tout ce que…

– Silence ! rugit Rymôr. Comment oses-tu ?

Vrânken leva la main pour calmer le maître d'équipage. Sur l'épaule du géant, le cyber-rat s'était dressé et sifflait méchamment en direction de Xâvier.

Le capitaine sortit une feuille de sa poche et l'agita devant le garçon.

– Ceci est une lettre que le comte Augentyr m'a remise personnellement. Sais-tu ce qui y est écrit ?

Xâvier déglutit et secoua la tête.

– Ton père me demande expressément de te traiter comme n'importe lequel de mes stagiaires. Il ajoute même qu'il souhaite que cette expérience fasse de toi un homme.

Le cœur du garçon manqua se décrocher dans sa poitrine. Il sentit ses jambes flageoler.

Ce n'était pas possible ! Il vivait un cauchemar ! Il

allait se réveiller. Sa mère entrerait bientôt dans sa chambre, avec un bon chocolat bien chaud…

– Matelot ? dit encore Vrânken en se tournant vers le marin.

– Oui, capitaine !

– Conduisez le stagiaire dans sa cabine. Le maître d'équipage viendra le voir plus tard pour lui assigner les tâches qui seront les siennes.

Xâvier, effondré, suivit le matelot en baissant la tête.

Au moment où il allait quitter le dôme, Vrânken s'adressa une dernière fois à lui :

– J'allais oublier, garçon ! Tu me feras le plaisir de te laver les cheveux et d'enlever ces vilaines lentilles rouges ! On est sur un bâtiment de guerre, ici ! Pas dans le dernier bar à la mode de Kenningar !

Xâvier marqua un temps d'arrêt puis reprit sa marche comme un zombie.

Dès qu'il eut disparu, Rymôr et Vrânken éclatèrent de rire.

– Quel toupet, ce gamin ! Il n'y a plus de jeunesse ! s'exclama le géant.

– Bah ! Pour l'instant c'est le fils de ses parents et rien d'autre, dit Vrânken. Un gosse qui n'a encore rien vécu par lui-même. Attendons la fin de la campagne sur Planète Morte pour nous faire un jugement !

– En tout cas, son père a l'air d'un gars bien, reconnut Rymôr en caressant le rat qui enfouit sa tête dans le cou du géant. La lettre qu'il t'a donnée révèle de bons principes…

– Tu veux parler de ça ? demanda Vrânken en sortant

la feuille de sa poche. C'est la liste des cartes qui nous manquent !

Rymôr ouvrit la bouche de surprise. Il eut à nouveau un rire énorme et envoya une claque sur l'épaule de Vrânken.

– Eh bien, toi, tu ne manques pas d'air !

– Si j'étais le père de ce garçon, c'est exactement la lettre que je me serais envoyée ! Bon, tu as fini de rire ? On a beaucoup de choses sérieuses à régler avant le départ !

Le capitaine et son second se remirent au travail. Rymôr ne pouvait s'empêcher de repenser au visage déconfit du stagiaire, et dut étouffer plusieurs fous rires. Mais une question de Vrânken lui fit retrouver toute sa gravité.

– Où en est-on du contact avec Planète Morte ?

– On essaye toujours de joindre la garnison, Vrânk. J'ai mis mon meilleur transmetteur sur le coup ! Hélas, personne ne répond. J'ai bien peur que…

– On continue, le coupa durement Vrânken. Leur chance de capter nos messages est infime et s'amenuise d'heure en heure, je sais. Mais j'aimerais tant que ces braves sachent que l'empire ne les a pas abandonnés !

# 9
# La caverne

Rôlan hurla en vidant son chargeur sur les guerriers de Muspell qui tentaient de prendre position dans les corridors du sous-sol. Le commandant avait été blessé et les rescapés de la garnison impériale l'avaient entraîné plus loin. Le garçon était resté avec quelques soldats pour couvrir leur retraite.

Les balles d'acier ricochaient autour de lui.

Rôlan Atkoll s'en moquait. Seul comptait le temps qu'ils gagnaient et qui permettrait aux autres de se mettre à l'abri. Dans le feu de l'action, ses lentilles étaient tombées, dévoilant des yeux clairs qui brillaient de détermination. Ses cheveux étaient devenus gris de poussière.

Un officier hurla un ordre.

Ils décrochèrent.

Rôlan fermait la marche, jetant de rapides coups d'œil derrière lui. Il vit trop tard le corps gisant au milieu du couloir et s'étala. Il se releva en jurant et tenta de reprendre sa course. Des cliquetis métalliques l'arrêtèrent dans son élan : les guerriers de Muspell l'avaient rattrapé et pointaient leurs armes sur lui. Il jeta par terre son fusil d'un geste rageur et leva les bras. Il pensa au commandant, espérant de toutes ses forces qu'il était hors de danger…

Brînx Vobranx s'arrêta de courir.

Il sortit un mouchoir de sa poche et le pressa contre la blessure qui poissait sa tempe. Un centimètre plus à gauche et la balle du tireur de Muspell lui perforait le crâne. La douleur était supportable, mais le sang qui coulait le gênait.

Il y eut un bruit de cavalcade. Les soldats restés en arrière pour couvrir sa fuite les rejoignirent.

Brînx s'adressa à ce qui restait de la garnison de Planète Morte :

– Nous approchons des installations principales… Nos ennemis ne doivent en aucun cas y accéder. Nous les défendrons jusqu'à notre dernier souffle !

Il y eut quelques rugissements approbateurs, et tous les regards qui se portèrent sur Brînx montraient une détermination sans faille.

Depuis le début de l'assaut, le commandant pensait à sa femme et à son fils qu'il ne reverrait certainement pas, mais également à l'empire Comtal et à la responsabilité qui était la sienne.

Leurs agresseurs, supérieurs en force et en nombre, s'étaient emparés facilement de la base de surface. Après un bref instant de désarroi, Brînx s'était ressaisi et avait ordonné le repli dans la partie souterraine. Là, à la tête de ses hommes, à un contre dix, ils avaient défendu chaque mètre de couloir, chaque salle, chaque porte.

Avec l'espoir non pas de vaincre ou même d'en réchapper, mais de tenir suffisamment longtemps pour permettre aux renforts d'arriver de Nifhell. Planète Morte ne devait pas tomber entre d'autres mains que celles de l'empire !

Et Brînx, comme chacun des hommes présents à ses côtés, savait avec une conscience aiguë que leurs vies se trouvaient désormais au centre du grand échiquier des Puissances...

– Rôlan n'est pas là ? Qui a vu Rôlan Atkoll, le jeune stagiaire ?

Le commandant venait seulement de remarquer l'absence du garçon.

– Il était... avec nous..., répondit un des hommes, qui avait du mal à retrouver son souffle. Je crois... qu'il ne nous a pas... suivis...

Brînx eut un mouvement de rage. Il s'était particulièrement attaché au stagiaire, qui s'était dès le début battu comme un lion contre les guerriers de Muspell. Où avait-il trouvé le courage de foncer tête baissée dans la bataille ? Dans l'admiration que le garçon lui portait, peut-être. Parce qu'il lui avait parlé comme à un fils la première fois qu'il l'avait vu. Parce que Rôlan, affublé comme tant d'autres de parents trop absents, avait toujours eu besoin d'un père à respecter…

Brînx se ressaisit. Il ne devait pas se laisser aller à l'émotion. Il n'en avait pas le droit. Beaucoup de choses encore dépendaient de lui.

Il donna le signal du départ et ils reprirent leur course dans le couloir creusé à même la roche.

Ils parvinrent bientôt devant une porte monumentale et ronde, qui ressemblait à celle d'un gigantesque coffre-fort. Brînx se précipita sur le panneau de commande et présenta son œil droit et la paume de sa main gauche aux technocontrôles. Puis il tapa un code sur un clavier et demanda l'ouverture de la porte à voix haute. Celle-ci s'ouvrit dans un chuintement, dévoilant une vaste caverne entièrement tapissée de polymétal.

Quand tout le monde eut pénétré à l'intérieur, le commandant ferma la porte et en condamna l'ouverture. Puis il poussa un soupir de soulagement.

Ils étaient à l'abri car lui seul avait accès au cœur du dispositif.

Bien sûr, il était toujours possible de forcer le passage. Mais percer une porte ou des murs en polymétal demanderait du temps. Beaucoup de temps.

Suffisamment sans doute pour permettre aux vaisseaux des généraux-comtes de venir à leur aide…

La plus grosse partie de la caverne était occupée par la machinerie complexe qui permettait aux Chemins Blancs de fonctionner. Des tubes gigantesques s'enfonçaient dans le sol jusqu'au noyau de la planète, que l'impressionnante installation maintenait en activité.

Les machines fonctionnaient seules. En autonomie complète. Les techniciens ne se rendaient dans la caverne qu'occasionnellement, pour vérifier que tout allait bien.

Il en était ainsi depuis plus de cent cinquante ans, depuis que les astrosavants de l'empire avaient découvert les propriétés de Planète Morte et qu'ils avaient élaboré le système capable de les exploiter.

Inaugurant une ère faste pour l'empire, qui avait ouvert à tous les Chemins Blancs, à la condition tacite de respecter son autorité sur Drasill…

Brînx exigea de ses hommes qu'ils prennent du repos, ce qu'ils firent, jusqu'à ce qu'ils entendent les premiers chocs sourds contre la porte.

Il était encore trop tôt, mais les hommes de Brînx Vobranx s'éparpillèrent dans la salle et se préparèrent au dernier assaut.

Le commandant s'isola derrière un coffre de polymétal massif. Là, serrant son arme contre lui, à l'abri du regard de ses hommes, il fit défiler dans sa tête les visages de sa femme et de son fils. De Rôlan. Puis il pleura en silence.

# 10
# Chasse sauvage

Le cheval-serpent du khan avançait au pas dans les herbes hautes de la steppe.

C'était une journée anormalement fraîche. Il avait plu la veille, et cela avait suffi pour faire baisser la température de quelques degrés.

Le khan avait fêté cette pluie providentielle avec sa tribu. Ils avaient tous beaucoup dansé, et passablement bu. En fin de soirée, l'otchigin était venu. Il avait donné de bonnes nouvelles. L'avenir s'annonçait bien.

Tout à sa joie, le khan avait décidé de partir le lendemain à la chasse. La chasse au phurr, le plus gros prédateur de la steppe. Il y avait plusieurs façons d'en venir à bout : avec quelques hommes, on pouvait l'attaquer à la lance ou bien le cribler de flèches. À condition d'être bien accompagné, on ne prenait alors que des risques limités. Mais il existait une manière plus noble d'affronter l'animal : seul, avec son sabre. On appelait cela la « chasse sauvage »…

Ce matin-là, tous les sens d'Atli Blodox étaient en éveil. Il valait mieux ne pas se laisser surprendre par le phurr ! Il ne put empêcher, pourtant, ses pensées de s'échapper. L'odeur d'humidité qui montait du sol réveillait des souvenirs enfouis. Il se revit enfant, riant et courant après les zoghs de son père. Il se rappela la grande marche, entreprise avec ses meilleurs amis pendant son adolescence, à travers la steppe, et sa surprise en découvrant pour la première fois le désert immense. Il entendit les murmures à son oreille de la première fille qu'il avait embrassée. C'était si lointain ! Un court instant, Atli Blodox se sentit nostalgique. Mais il chassa vite cette émotion. Aujourd'hui il était khan, après avoir prouvé sa valeur. Il était le guide et le protecteur de son peuple. Et il allait entrer dans l'histoire, lui imposer sa marque comme une signature indélébile ! Lui, le khan des khans !

Soudain, le cheval-serpent se cabra et fouetta le sol de sa queue couverte d'écailles.

Le khan aperçut entre les herbes la fourrure jaune mouchetée de blanc du grand fauve.

Il calma aussitôt sa monture en la grattant derrière la crête. Si elle sifflait, le phurr serait sur eux en quelques secondes, avec ses griffes et ses crocs acérés.

Heureusement, ils étaient à bon vent.

Sans quitter des yeux l'endroit où dormait le redoutable animal, il empoigna son sabre de la main droite et le fit glisser du fourreau qu'il portait dans le dos. Puis il sauta souplement à terre.

Atli Blodox s'approcha du phurr, silencieux comme une ombre, prêt au combat.

Il s'arrêta à quelques pas de l'animal. Il aurait pu l'attaquer et le tuer facilement en profitant de l'effet de surprise. Mais, s'il ne dédaignait pas l'usage de la ruse pour parvenir à ses fins, le khan souhaitait aujourd'hui un affrontement direct.

Il interpella donc le fauve :

– Debout, mon frère de la steppe ! Je suis Atli Blodox, khan des khans, et je te défie ! Montrons aux esprits qui de nous deux est le plus fort !

Au premier mot, le phurr s'était réveillé dans un rugissement et s'était levé sur ses pattes arrière. On aurait dit un croisement entre un ours, dont il avait l'allure puissante, et un tigre aux dents tranchantes.

En une fraction de seconde, le fauve se jeta sur l'inconscient qui l'avait dérangé.

Atli Blodox para l'attaque. Il s'effaça sur le côté, aussi rapide que l'animal lui-même et, d'un mouvement presque imperceptible, trancha la patte qui le menaçait.

Le phurr feula de douleur. Il se dressa de toute sa hauteur, dominant l'homme d'un bon mètre.

– Tu te laisses emporter par la colère, mon frère sauvage ! dit le khan en criant pour couvrir les rugissements. Tu n'as plus aucune chance contre moi !

D'un bond, il s'élança en avant et se fendit. La lame

du sabre s'enfonça dans la poitrine du fauve, transperçant le cœur.

Le phurr s'écroula au sol, foudroyé.

Atli Blodox essuya son arme sur la manche de sa chemise. Puis il s'agenouilla devant sa victime et inclina la tête, en signe de respect.

– Tu t'es bien battu, mon frère de Muspell. Je sais que ta vaillance a plu aux esprits. Je te souhaite d'être heureux avec eux dans le Tengri.

Il détacha une griffe de l'une des pattes du phurr. Elle trouverait une place sur le collier déjà bien rempli qu'il aimait porter au cours des cérémonies.

Son technophone sonna.

– Vous êtes bloqués devant la dernière porte ? répéta machinalement Atli Blodox. Non, surtout pas ! Vous avez fait des prisonniers ? Très bien, utilisez-les comme monnaie d'échange. Cette salle doit tomber intacte entre nos mains. Et rapidement, maintenant. C'est compris ?

Le khan coupa la communication. Il était soucieux. Le contrôle des Chemins Blancs était essentiel dans son plan…

Il adressa une prière muette aux esprits du Tengri puis appela son cheval-serpent.

Il partit au galop sur la steppe.

# 11
# Rymôr Ercildur

Rymôr Ercildur marchait en sifflotant dans les coursives du *Rongeur d'Os*.

Le colosse devait se baisser pour passer certaines portes, et sa jambe artificielle heurtait le sol avec un bruit métallique qui annonçait son arrivée longtemps à l'avance.

Il aurait pu circuler dans le vaisseau les yeux fermés. Tout ce qui s'y trouvait, tout ce qui s'y passait était sous sa responsabilité, du plus insignifiant écrou au chef mécanicien, de la petite dispute à la grosse défaillance technique.

Si Vrânken était l'âme du vaisseau et les matelots les membres, Rymôr en était le cœur…

Le capitaine du *Rongeur d'Os* avait déniché son second par hasard.

À l'époque où Vrânken n'était qu'un brillant étudiant de l'Académie spatiale et le jeune héritier du navire de son père, Rymôr Ercildur était déjà vétéran de deux guerres menées pour l'empire contre les pirates. De graves blessures l'avaient renvoyé sur Nifhell, où il se morfondait.

Il passait son temps dans une taverne de Kenningar, interpellant les clients et leur offrant à boire en échange d'un peu de leur temps. À ceux qui acceptaient, il racontait alors ses exploits dans l'espace.

C'est comme cela que Vrânken l'avait rencontré.

Impressionné par ce géant encore plein d'énergie, il lui avait proposé une prothèse pour sa jambe et un emploi sur *Le Rongeur d'Os*. Le vieux matelot, ému, avait immédiatement accepté.

Dix ans d'aventures les avaient ensuite soudés…

– On va aller rendre visite au moussaillon peinturluré, hein Bumposh ? dit Rymôr au cyber-rat sur son épaule. Je veux voir ce qu'il a dans le ventre, ce petit.

Il gratta la tête de l'animal qui couina de joie.

Le géant barbu était craint de l'équipage, mais son rat l'était encore plus.

Son œil noir et la bille d'acier qui remplaçait celui crevé, le rictus qu'il avait lorsqu'il regardait les hommes, provoquaient d'irrépressibles frissons.

La moitié inférieure de son corps était constituée de tubes et de plaques en polymétal.

Une légende courait dans le vaisseau, qui disait que le cyber-rat de Rymôr était télépathe. Ainsi, devant le maître d'équipage, chacun se pétrifiait. Par respect d'abord, parce que, si on craignait le géant, on admirait également son courage personnel et son sens de la justice. Mais surtout, chacun se concentrait pour essayer de dissimuler ses pensées à l'animal !

Rymôr le savait, et il en riait souvent avec Vrânken, le soir, autour d'une eau-de-vie de prune, dans le poste de pilotage.

Pour le maître d'équipage, peu importait que ses hommes ne l'aiment pas. Lui-même, il ne les aimait pas tous ! Du moment que régnait une estime mutuelle et que chacun faisait de son mieux pour tenir son rôle, rien d'autre ne lui semblait important.

Xâvier se frictionna rageusement la tête. Il s'était lavé les cheveux et avait jeté ses lentilles rouges à la poubelle.

La lettre que le capitaine lui avait lue avait agi comme un électrochoc.

Il avait d'abord ressenti un horrible sentiment de solitude. Son père l'avait abandonné ! Il l'avait livré en pâture à un capitaine cynique et cruel ! Et tout le monde allait prendre un malin plaisir, pendant trois ans, à l'humilier et à le faire souffrir !

Une fois dans sa cabine, il s'était jeté sur un matelas et avait pleuré d'humiliation.

Puis il s'était apaisé et avait essayé de réfléchir. C'était ce qu'il avait l'habitude de faire lorsque les choses déraillaient. Et il avait fini par comprendre une chose : sur ce navire, faire son malin ne payait pas !

Il contempla son reflet dans le miroir écaillé de la petite salle d'eau attenante à la chambre. Sans son apparence habituelle, il avait de la peine à se reconnaître. Surtout, il se sentait nu et vulnérable. Il était redevenu le garçon blond aux yeux marron que sa mère avait mis au monde…

Il retint un nouveau sanglot.

Rymôr parvint à l'arrière du bâtiment, là où il faisait le plus chaud et où le bruit du moteur photonique était le plus fort.

De tout temps, les Xaintrailles avaient logé leurs stagiaires à cet endroit, considérant que l'on ne pouvait jouir d'aucun avantage tant que l'on n'avait pas montré ce dont on était capable.

Il frappa à la porte, qui rendit un son sourd.

Xâvier découvrit avec surprise la silhouette massive du maître d'équipage.

– C'est bien, mon garçon, commenta Rymôr de sa grosse voix en se courbant et en entrant dans la petite pièce. Tu as repris une apparence humaine !

Le colosse s'assit sur une couchette.

Le sac de Xâvier gisait comme éventré au milieu de la cabine ; ses affaires traînaient déjà partout.

– Il faudra me ranger ça, hein ? J'ai horreur du désordre. Vivre nombreux dans un espace confiné, cela demande de la discipline !

Xâvier baissa la tête, penaud, et ramassa quelques vêtements sur le sol.

– Alors petit, quoi de neuf depuis tout à l'heure ?

Xâvier ne répondit pas. Il se mordit la lèvre, le menton tremblant.

Rymôr s'en aperçut et adoucit sa voix :

– Allons, Xâvier ! Tu es intelligent, plein de bonne volonté. Tu manques juste de l'habitude de te débrouiller seul. Mais, fais-moi confiance, c'est quelque chose qui vient vite sur un bâtiment de guerre !

Il se leva et tapota la joue du garçon.

– Ton premier travail sera d'explorer *Le Rongeur d'Os* de fond en comble. Je veux que, dès ce soir, tu sois capable d'aller et venir entre tous les niveaux sans te perdre. Je te donne juste un conseil : profites-en pour repérer la cantine et la salle de jeux. Personne ne viendra te chercher pour manger ou te distraire !

– Et… pour les écussons ? s'enquit faiblement le garçon. La licorne et le sablier des stagiaires ?

Rymôr eut un geste de dédain.

– Je pourrai t'en avoir si tu le veux vraiment, mais le capitaine pense que ce n'est pas très utile, la première année en tout cas. Un jeune stagiaire, c'est facile à reconnaître : c'est haut comme trois pommes et ça a toujours l'air perdu !

Il partit de son rire tonitruant et cette fois Xâvier l'imita, soulagé.

Le maître d'équipage allait quitter la cabine, mais il se ravisa.

– Dis-moi, garçon, c'est une impression ou tu n'as pas peur de Bumposh, mon cyber-rat ?

– Il s'appelle Bumposh ? Je le trouve marrant, dit

Xâvier en approchant sa main de l'animal qui se réfugia sous la barbe de son maître. À la maison, j'avais un cyber-chat qui s'appelait Poreik. Maman l'avait acheté pour qu'il nous débarrasse des souris, mais il passait son temps à dormir. J'avais fait croire à mes copains de classe qu'il était comme ça parce qu'il était télépathe, et qu'il repérait pendant la journée les souris qu'il allait chasser la nuit. Ça les impressionnait beaucoup !

Rymôr eut une moue amusée.

– Je comprends… N'oublie pas que l'on se voit demain. Je veux que le plan du vaisseau soit gravé dans ton crâne !

– Il le sera, chef, promis, dit Xâvier d'un ton presque joyeux.

Le maître d'équipage s'éloigna dans le couloir en boitant légèrement.

– Pas mal, hein ? murmura-t-il à l'oreille de Bumposh. Vrânken avait raison. Il faut lui donner sa chance à ce petit gars !

L'animal émit plusieurs petits cris. Il semblait approuver.

# 12
# Frä Drümar

– Nous voici chez nous, dit Frä Drümar en fermant la porte blindée derrière la jeune stagiaire.

Mörgane écarquilla les yeux : la pièce dans laquelle elle venait de pénétrer était tout à fait inattendue.

Située au cœur du *Rongeur d'Os*, elle était plus vaste et plus haute que n'importe quelle autre cabine du navire.

Surtout, au centre, se dressait l'exacte réplique – en réduction bien sûr – de l'arbre artificiel de l'école !

Mörgane s'en approcha.

Le tronc en polyverre ne prenait pas appui sur une souche de bois millénaire, mais sur une tige métallique qui semblait plonger dans les entrailles du bâtiment. Entre les racines translucides de l'arbre sacré, non plus mêlée à de l'eau comme sur Nifhell mais à une étrange substance noire, coulait la source familière de polymétal liquide…

– Nous sommes dans le Temple du vaisseau, expliqua Frä Drümar. C'est, en quelque sorte, une annexe du poste de pilotage : le capitaine Vrânken scrute l'espace, les Frä Daüda observent le temps. Enfin, elles essayent !

Sa dernière phrase s'était teintée d'une ironie qui plut à la jeune fille. Si Frä Drümar était capable de se moquer d'elle-même, peut-être n'était-elle pas aussi terrible qu'elle en avait l'air ! Mörgane remarqua également qu'elle avait prononcé le nom du capitaine avec une certaine émotion.

– Tu dormiras là, à côté de moi, continua-t-elle en entraînant la stagiaire derrière elle et en montrant deux matelas et quelques couvertures dans un coin de la pièce. La porte que tu vois au fond mène à la salle d'eau. Nous prenons nos repas tantôt seules, tantôt avec l'équipage…

Mörgane l'observa avec attention pendant qu'elle parlait.

Elle n'était pas si vieille que ça. Elle avait quarante ans, quarante-cinq peut-être. C'était l'air dur qu'elle arborait qui la vieillissait. Son visage était encore beau, ses yeux clairs et profonds, ses cheveux presque gris. Elle n'était pas très grande, et l'on devinait à ses mains une maigreur que cachait la robe de l'ordre.

Un changement de ton dans la voix de la devineresse sortit Mörgane de ses rêveries :

– Frä Ülfidas pense que tu es brillante. J'attends quant à moi de voir. Voir pour croire : plutôt paradoxal pour une devineresse, non ?

Toujours cette ironie, ce recul…

Sans se démonter, Mörgane fit semblant de prendre la remarque de Frä Drümar pour une vraie question :

– Paradoxal ? Ça dépend ! Bien sûr, il faut croire aux mystères de l'ordre pour voir l'avenir. Mais je vois souvent des devineresses qui ne croient pas, et d'autres, encore plus nombreuses, qui croient qu'elles voient quelque chose !

Frä Drümar ouvrit la bouche de surprise. Elle examina longuement la stagiaire.

– Eh bien, au moins tu n'as pas ta langue dans ta poche. Brillante ? J'ai dû mal entendre, Frä Ülfidas disait sûrement insolente !

Mörgane vit le visage de la devineresse perdre un peu de sa dureté.

– Assieds-toi près de la source. Je prépare du thé et j'arrive. Nous serons mieux là-bas pour parler.

Mörgane s'installa au pied de l'arbre, sous la ramure et les feuilles de polyverre. En attendant Frä Drümar, elle mit de l'ordre dans sa robe, sortit une barrette de sa poche et arrangea sa chevelure.

La devineresse ne tarda pas à la rejoindre, une théière à la main.

– Ma fille…, dit Frä Drümar en remplissant les tasses d'un liquide chaud et ambré.

En entendant ces deux mots presque affectueux dans la bouche de la devineresse, Mörgane retint difficilement un soupir de soulagement.

– Ma fille, reprit Frä Drümar, peut-être es-tu intriguée par ce lieu. Ou plutôt, par la présence d'un tel lieu sur ce navire. Il faut savoir qu'autrefois, au temps des conquêtes qui envoyèrent dans les Brisants les forces vives de Nifhell, chaque vaisseau possédait son temple et sa Frä Daüda. Sans l'aide de notre ordre, rien de ce qui a été accompli n'aurait été possible.

– Je sais tout ça, Frä Drümar, dit Mörgane en retenant un bâillement.

– Ce que tu ne sais sans doute pas, petite effrontée, continua la devineresse, c'est qu'aujourd'hui, rares sont les bâtiments à posséder un temple et à héberger une Frä Daüda ! Et les comtes eux-mêmes perdent le sourire lorsqu'ils voient traîner des devineresses à Kenningar !

Il y avait de l'amertume dans les paroles de la devineresse.

– Mais Frä Drümar, dit Mörgane interloquée, l'empire Comtal voue un grand respect à notre ordre !

Frä Drümar reposa sa tasse.

– Chère petite ! Si on nous respecte aujourd'hui, c'est en souvenir de ce que nous avons été, non pas pour ce que nous pouvons être encore. L'empire nous craint, il nous tolère mais, sois-en sûre, il ne nous aime plus...

Mörgane était atterrée. Les paroles que Frä Ülfidas avait prononcées la veille de son départ, et qu'elle n'avait pas comprises, trouvaient un écho dans celles de son nouveau professeur. Les lois de l'empire qui évitaient de s'appliquer à l'ordre, les traditions importantes qui n'étaient plus respectées... Frä Drümar allait encore plus loin : les Frä Daüda n'étaient plus que des reliques du passé ! Comment aurait-elle pu imaginer cela ?

Élevée à l'école d'Urd, dans le saint des saints, elle était jusqu'alors persuadée que l'ordre n'était que puissance, une puissance au moins égale à celle des générauxcomtes et supérieure à tout le reste !

Elle tombait de haut.

– Mais pourquoi ? articula-t-elle.

– Les Chemins Blancs, ma fille, répondit Frä Daüda en buvant de petites gorgées de thé. Avant eux, la navigation dans les Brisants était pleine de dangers et semée d'embûches. Le rôle des devineresses était capital. Depuis la création des couloirs sécurisés, où les voyages ne durent plus que quelques heures, ce rôle est devenu beaucoup moins évident. On a commencé par supprimer les temples pour mettre plus de marchandises ou de soldats. Puis des voix se sont élevées pour protester contre la présence à bord des devineresses qui, soi-disant, perturbaient l'équipage. Ridicule !

– Pourquoi… Pourquoi me dites-vous tout cela, à moi ? Je ne suis qu'une novice ! s'étonna Mörgane.

– Les illusions sont un obstacle sur le chemin de la clairvoyance, répondit mystérieusement la devineresse. Je n'ai pas besoin d'une assistante aveugle !

– Je comprends ce que vous essayez de me dire. Enfin, je crois… Mais je ne saisis pas l'attitude de l'empire à notre égard, avoua Mörgane. Nous ne prédisons pas seulement l'avenir ! Nous sommes également les gardiennes du passé, la mémoire de Nifhell, et même de Drasill ! Les comtes doivent le savoir, non ?

– Brave petite, tu as bien appris ta leçon, répondit Frä Drümar d'un ton qui doucha instantanément l'enthousiasme de la novice. Vois-tu, les souvenirs sont parfois encombrants et de nombreuses personnes influentes à

Nifhell voudraient pouvoir s'affranchir du passé pour modeler l'avenir à leur guise. Heureusement, d'autres considèrent encore les Frä Daüda comme indissociables de la grandeur de l'empire…

– D'autres, comme le capitaine de Xaintrailles, par exemple ?

– Comme lui, absolument ! Vrânken a tout compris. Il faut dire qu'il fait partie des rares capitaines à s'aventurer encore dans les Brisants, à l'heure des Chemins Blancs. La première fois qu'il l'a fait, c'était pour me tester, peu de temps après avoir reçu ce navire en héritage. J'étais la devineresse de son père. Il ne me connaissait pas bien, il voulait savoir.

– Et alors ? pressa Mörgane, prise par le récit.

– Alors, jeune novice trop curieuse, éluda Frä Drümar, nous sommes rentrés vivants à l'astroport de Skadi. Depuis, Vrânken n'a plus jamais remis en question la présence du Temple et d'une devineresse à bord de son vaisseau.

Mörgane aurait bien aimé en apprendre davantage, mais la devineresse ne semblait pas disposée à poursuivre son histoire. La jeune fille sentit qu'elle cachait quelque chose.

Frä Drümar la ramena à la réalité.

– Maintenant, Mörgane, dis-moi ce que tu vois.

Mörgane comprit que les choses sérieuses commençaient. Elle s'attendait depuis le début à un examen de passage, ou à un truc de ce genre !

Prise au dépourvu malgré tout, elle consacra quelques minutes à se concentrer.

Puis elle prit une profonde inspiration et plongea son regard dans le petit bassin qui recueillait le métal liquide de la source.

Au début, elle ne vit que son reflet, ses yeux bleus grands ouverts, ses cheveux retenus par la barrette, le col de sa robe brune de novice.

Puis, petit à petit, au fur et à mesure qu'elle ouvrait son esprit, canalisées par l'arbre qui faisait office d'antenne mystique, des images lui apparurent. Furtives. Floues. Elle n'avait jusqu'à présent pas réussi à obtenir mieux.

Elle communiqua à Frä Drümar ce qu'elle avait pu voir.

Le professeur hocha la tête.

– Nous allons travailler. Beaucoup travailler. Bientôt, tu verras plus de choses et tu les verras bien.

Mörgane acquiesça. Elle ressentait une furieuse envie d'apprendre. Pour étonner Frä Ülfidas lorsqu'elle reviendrait à Urd, pour faire honneur aux Frä Daüda, pour montrer à l'empire que l'ordre restait important ! Ou tout simplement par curiosité, la curiosité d'une jeune fille confrontée aux mystères de l'avenir…

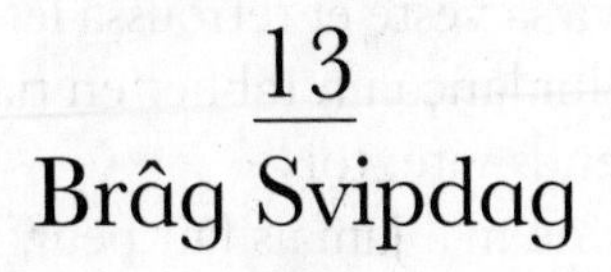

# 13
# Brâg Svipdag

Comme il l'avait espéré, Mârk fut confié au corpulent cuisinier.

Brâg Svipdag, que l'équipage appelait le Gros avec plus d'affection que de méchanceté, l'entraîna immédiatement dans la cuisine.

– Mon royaume, annonça-t-il fièrement en prenant Mârk par les épaules.

La pièce était sombre. De grands fours rougeoyaient dans le fond. Une ampoule unique peinait à éclairer un vaste plan de travail métallique, et projetait des reflets sur une batterie de casseroles et de poêles méticuleusement alignées contre le mur. Mârk mit un moment à habituer ses yeux à la pénombre. Il régnait une chaleur épouvantable.

– La lumière me fatigue, glousa le Gros. Par contre, j'aime avoir chaud !

– Ça me va, dit Mârk.

Le garçon abandonna sa valise contre une énorme marmite, enleva sa veste et retroussa les manches de sa chemise. Brâg lui lança un tablier en riant.

– Tu comprends vite, toi !

– Transpirer ne m'a jamais fait peur, répondit Mârk sur un ton de défi.

– On t'a appris à cuisiner, dans ton centre d'apprentissage ?

– Vous allez voir !

Mârk se mit immédiatement au travail, sous le regard bienveillant de son nouveau patron.

Il prépara, à l'aide d'un couteau effilé comme un rasoir, d'énormes poulets à crête bleue de Narvh, puis passa le reste de la journée à faire rôtir les volailles dans l'un des fours. Derrière lui, Brâg Svipdag se démenait comme un beau diable autour d'un gigantesque gratin de patates rouges.

Mârk était en sueur. En s'épongeant le front avec un torchon, il jetait des coups d'œil curieux autour de lui. Cette cuisine donnait l'impression d'être à la fois en pagaille et parfaitement rangée ! Curieusement, il s'y sentait bien. Son regard accrocha, entre l'armoire des assiettes et un réfrigérateur cabossé, une cible en bois couverte d'impacts.

– Quand je m'ennuie, expliqua le Gros qui avait surpris le regard du stagiaire, je m'amuse à lancer des couteaux. Mais cela n'arrive pas souvent !

Il partit d'un grand rire et prit un couteau pointu posé sur le plan de travail. Avec adresse, il le lança contre la cible. La lame s'enfonça tout près du centre.

– Je peux essayer ? demanda Mârk avec un sourire qui allait en s'élargissant.

– Bien sûr ! Mais attention de ne pas l'envoyer contre mon pauvre frigo ! Il est assez abîmé comme ça !

Le garçon s'empara du couteau qui lui avait servi à vider les poulets. Il le trouvait bien équilibré. Il le fit sauter dans sa main, le saisit par la lame et, d'un geste précis, l'envoya sur la cible. Le couteau se planta avec un bruit franc juste à côté de celui de Brâg.

Le cuisinier émit un sifflement admiratif.

– Bravo, petit ! Tu sais que tu me plais de plus en plus ? Mais… Où as-tu appris à faire ça ?

– Au centre d'apprentissage, répondit modestement Mârk. Nous aussi, il nous arrive de nous embêter dans la cuisine !

Le Gros lui donna une claque retentissante sur l'épaule.

– Tu as bien mérité ton repas !

Il prit deux assiettes qu'il remplit de gratin. Ils mangèrent sur un coin de la table.

– Je suis content de toi, Mârk, dit le cuisinier. Tu n'es pas seulement un habile lanceur de couteaux : tu travailles vite et bien ! Bon, voici le programme pour les prochains jours : nous nous levons à l'aube pour préparer le petit déjeuner. Ensuite, on enchaîne sur le déjeuner. À midi, tu fais le service. L'après-midi, quartier libre ! Le soir, on remet ça. Pour la vaisselle, ne t'inquiète pas : ma cuisine peut sembler vétuste, mais elle est équipée de machines qui marchent très bien ! Tu as des questions ?

– Pour le petit déjeuner, je voulais savoir… Est-ce qu'il y a du nutella à bord ?

Le chef cuisinier éclata de rire. Ce goût immodéré des jeunes de l'empire pour cette paléopâte à tartiner l'étonnerait toujours.

– Bien sûr ! Avec trois stagiaires sur *Le Rongeur d'Os*, tu penses bien que je n'allais pas oublier !

Mârk sourit. Le séjour s'annonçait plutôt bien. Son patron lui faisait une bonne impression. De plus, il trouvait l'idée de l'après-midi libre épatante !

– Allons, continua le Gros, c'est assez pour aujourd'hui. Je m'occuperai du reste. Tu as gagné le droit d'aller te reposer.

Il lui expliqua comment se rendre dans sa cabine depuis la cuisine. Mârk le remercia, récupéra sa veste et sa valise, et partit.

Il déambula longuement sur le vaisseau et s'égara finalement dans le dédale des coursives.

Son errance le conduisit jusqu'au centre du navire où il buta contre une cloison blindée qui empêchait d'aller plus loin. Mârk soupira. « Bon, se dit-il, au moins je sais maintenant qu'il ne fallait pas prendre ce couloir ! »

Il fit demi-tour et faillit percuter un homme.

– Eh bien ? Qu'est-ce que tu fais là ? demanda une voix étonnée.

C'était Brâg Svipdag.

– Ah, c'est vous ! Vous m'avez fait peur ! Je cherche ma cabine ! Vous m'avez expliqué, mais je me suis perdu !

Le cuisinier gloussa.

– Tu n'as pas bien écouté, Mârk ! Ce n'est pas du tout la bonne direction !

– Je viens de m'en rendre compte, monsieur !

Brâg lui indiqua gentiment le chemin à suivre et l'accompagna même sur une partie du trajet. Mârk suivit ensuite scrupuleusement les indications du Gros et parvint enfin à la cabine.

Lorsqu'il poussa la porte, il vit qu'un garçon de son âge, un grand blond aux yeux marron, occupait déjà la chambre. Il mit un moment à reconnaître le snob de la salle d'attente de l'astroport. Il fallait avouer que, sans son déguisement, il avait l'air moins grotesque !

Cette fois-ci, Mârk l'ignora superbement.

– Je m'appelle Xâvier, dit le blond, gêné, en lui tendant la main.

Mârk haussa les sourcils.

– Ah bon ? répondit-il en regardant d'un air sceptique cette main qui s'offrait.

Xâvier la retira. Ne sachant qu'en faire, il se gratta la tête.

– Je me suis installé en bas, sur la couchette de gauche, essaya-t-il encore.

– Celle de droite me convient parfaitement, dit Mârk en posant sa valise à côté.

– La salle d'eau est petite, il n'y a que de l'eau froide, mais elle est propre.

Mârk ne répondit pas. Un silence s'installa entre eux.

– Ça s'est bien passé pour toi, aujourd'hui ? tenta Xâvier sans y croire.

– Pas trop mal, répondit-il après une hésitation. Je vais travailler en cuisine.

– Moi, je piloterai le vaisseau quand le capitaine sera trop fatigué pour le faire.

Mârk le regarda, dubitatif.

– Oui, enfin… dans mes rêves ! précisa Xâvier. Pour l'instant, je ne sais pas encore ce qui m'attend. Peut-être que l'on va me faire balayer les couloirs.

Il avait l'air si contrit que Mârk ne résista pas à l'envie de se moquer de lui.

– Si tu avais gardé ton déguisement, tu aurais pu être le bouffon du navire.

– Ce n'est pas un déguisement, s'insurgea Xâvier. À Kenningar, tous les élèves de mon collège s'habillent comme ça !

– Le collège des bouffons ?

Xâvier serra les poings. Mârk s'en aperçut et se raidit à son tour.

– Et toi, d'où tu viens pour être si drôle ?

– Du centre des apprentis, dans le vieux port, dit Mârk.

Xâvier écarquilla les yeux.

– Waou ! On raconte que les apprentis sont des durs de durs. C'est vrai ?

– Tu vois la blessure, sur ma joue ? Eh bien, c'est un coup de couteau, reçu pas plus tard qu'aujourd'hui.

– Tu te moques de moi… Tu cherches à m'impressionner !

Mârk ricana.

– Crois ce que tu veux, ça m'est égal. Par contre, je

vais me coucher, parce que je suis crevé et que ce soir j'ai du boulot. J'espère que tu n'es pas du genre à faire du bruit.

– Non, bien sûr que non !

– Autre chose : j'espère aussi que tu ne ronfles pas. J'ai horreur des ronfleurs, conclut l'apprenti cuisinier d'un ton menaçant en se jetant sur son matelas et en s'enroulant dans la couverture.

– Heu… Bonne sieste, alors ! répondit Xâvier en s'empressant de baisser la lumière.

# 14
# Une partie endiablée

Mârk se tournait et se retournait sur sa couchette. Il n'arrivait pas à dormir. Tout était trop étrange, trop nouveau ici. Pourtant, la matinée avait été rude ! Il soupira et choisit de se lever plutôt que de perdre son temps à essayer de trouver le sommeil. Un tour à la salle de jeux, dont Brâg Svipdag lui avait montré la porte, était peut-être la meilleure chose à faire en attendant le service du soir…

La salle de jeux était vide.

Il y avait des appareils de musculation rangés le long des murs, à côté d'un tas de tapis de gymnastique et d'un sac de frappe. Mârk s'amusa à donner quelques coups dedans.

Sur le sol, des lignes et des cercles délimitaient un

terrain de paléosioule, un sport énergique et viril qui faisait fureur dans l'empire.

Enfin, trônant au centre, une table de ping-pong flambant neuve attirait le regard.

– Génial ! dit Mârk à voix haute en empoignant une raquette.

Le ping-pong – un autre de ces paléosports qui avaient traversé les siècles – était l'un des jeux les plus populaires parmi la jeunesse de Nifhell et certainement le plus pratiqué dans les écoles. Toutes les écoles.

– Tiens ! Tu es là ?

Xâvier venait de surgir dans la pièce.

– Ça ne se voit pas ? rétorqua Mârk d'un ton acide.

– Pas tout de suite, à vrai dire, dit naïvement Xâvier en s'approchant. On t'aperçoit à peine, derrière la table.

Mârk resta interloqué. Ce gosse de riche était fou de le provoquer comme ça ! En tout cas, s'il cherchait la bagarre, il allait la trouver.

– On se fait une partie ? proposa Xâvier en prenant lui aussi une raquette.

– Tu rigoles ? Je ne joue pas avec les minables.

– Les minables ? s'offusqua Xâvier. Dis donc, j'ai été champion du grand collège de Kenningar !

Mârk prit le temps de réfléchir.

– Bon, d'accord pour la partie. Mais on parie quoi ?

– Parier ? Je ne sais pas, moi ! Une… une poignée de main ?

Mârk fit la moue.

– Tu n'as pas mieux à proposer ? Alors, disons que, si

je perds, je te serre la main et, si je gagne, tu fais le ménage de la cabine pendant un an.

– Aucun risque, accepta aussitôt Xâvier. Je marche !

– Allez, fils à papa, prépare-toi à ramasser la raclée de ta vie !

La partie s'engagea et se révéla âprement disputée. Les deux garçons étaient de même force.

– Je dois reconnaître, dit Xâvier en s'essuyant le front avec un coin de sa chemise, que tu te défends bien, et…

– La ferme, Xâvier le Clown ! Déballe tes tripes sur la table !

Les balles qui suivirent furent ponctuées de cris rageurs.

– Pas mal, pas mal du tout, gémit Xâvier. Je t'avais sous-estimé !

– Il faut avouer, renchérit Mârk en reprenant son souffle, que tu n'es pas qu'un vantard stupide. Prêt ? C'est à moi de servir…

– Je prends le gagnant !

Mârk et Xâvier sursautèrent.

À l'entrée se tenait la jeune fille aux grands yeux et aux longs cheveux châtains qui les avait accompagnés sur le navire.

– Je prends le gagnant, répéta-t-elle.

Les deux garçons se regardèrent et haussèrent les épaules. Ils grognèrent pour exprimer leur accord et reprirent la partie de plus belle. La présence de la fille avait apporté un nouvel enjeu. Les échanges étaient encore plus disputés.

Lorsque Mârk gagna le point décisif, Xâvier jura et jeta sa raquette sur la table.

– Tss, tss, fit la fille d'un ton réprobateur. Ce n'est pas bien d'être mauvais joueur !

Xâvier ne répondit pas et alla s'asseoir sur l'une des machines, contre le mur.

– Tu sais jouer, au moins ? s'inquiéta Mârk en la voyant prendre la raquette abandonnée.

– Ne t'en fais pas pour moi, rétorqua-t-elle d'une voix tranquille. Veux-tu te reposer un moment avant de reprendre ?

– Non, merci.

Mârk se sentit à la fois touché et vexé par cette attention.

– Je m'appelle Mârk, continua-t-il pour dissiper son malaise, et l'autre là-bas, c'est Xâvier.

– Enchantée ! Je suis Mörgane.

– Prête, Mörgane ?

– Prête.

La partie qui se déroula fut peut-être la plus courte de l'histoire du ping-pong. Le garçon ne marqua pas un point. En face de lui, une furie était sur toutes ses balles et les lui renvoyait avec une force et une précision incroyables.

– Ça alors ! s'étonna-t-il en serrant la main fine et nerveuse de Mörgane. Je n'ai jamais vu quelqu'un jouer comme toi !

– Bravo ! C'était magnifique ! s'exclama Xâvier qui, sous le coup de la surprise, avait oublié son dépit.

– Je n'ai pas beaucoup de mérite, s'excusa presque la

jeune fille. Je suis une Frä Daüda, je suis habituée à deviner les choses. Même les trajectoires des balles ! On s'entraîne souvent à ça, entre novices, à l'école.

– Tu veux dire... que tu devinais où j'allais envoyer mes balles ?

Mârk n'en revenait pas. Il avait entendu beaucoup d'histoires au sujet des Frä Daüda, mais il prenait conscience pour la première fois qu'elles pouvaient être vraies.

– En quelque sorte, oui. Très légèrement à l'avance. Suffisamment pour ne pas les rater !

– Bravo ! fut la seule chose que trouva à dire Xâvier.

– Si je comprends bien, résuma Mârk, tu es imbattable au ping-pong. Et aux autres jeux ?

– Je suis meilleure que vous partout, reconnut tranquillement Mörgane. Mais pas parce que je suis une Frä Daüda.

– Pourquoi, alors ?

– Parce que je suis une fille !

Xâvier et Mârk en restèrent estomaqués. Ils faisaient une telle tête que Mörgane éclata de rire.

– Allez, dit-elle en les entraînant par le bras, je vous offre à boire dans la salle de repos !

Ils discutèrent abondamment sur le chemin, chacun s'enquérant de ce que faisait l'autre et rapportant avec force détails le contenu de cette première journée passée à bord du *Rongeur d'Os*.

Ils parlèrent aussi beaucoup de cette guerre qu'ils allaient faire contre Muspell pour libérer Planète Morte. Mais l'insouciance de la jeunesse les préservait de la peur, et cette perspective ne fut qu'un sujet de conversation parmi les autres.

Lorsqu'ils parvinrent à la salle de repos, ils étaient presque devenus amis.

Mârk et Xâvier s'affalèrent dans les fauteuils. Mörgane alla chercher au distributeur trois verres de jus multifruité.

– Je suis bien contente que vous soyez là, avoua-t-elle en leur tendant les boissons. Même si Frä Drümar, mon professeur, est gentille, elle n'est pas très drôle ! Dès que vous aurez des moments de libres, on pourra se retrouver.

– Bonne idée, dit Xâvier. Je propose un toast : à nos futures retrouvailles !

– À nous, aux stagiaires ! ajouta Mörgane en levant son verre à son tour.

– Au *Rongeur d'Os*, aussi ! compléta Mârk un rien superstitieux. Et à son capitaine !

Ils burent.

– Au fait, demanda Mörgane, vous l'avez vu, le capitaine ? On m'a dit qu'il était mignon !

– Bof, il ne faut rien exagérer. Tu en penses quoi, Mârk ?

– Je ne l'ai pas encore vu. Sûr que c'est un excellent capitaine ! C'est en tout cas ce que dit mon patron. Mais mignon ? Pouah ! C'est bien un truc de fille, ça.

– Vous êtes trop bêtes, soupira Mörgane. Bon, c'est pas tout mais j'ai des exercices de concentration à finir, moi !

– Mince ! fit Xâvier en s'affolant. J'ai failli oublier mon rendez-vous avec le chef Rymôr !

– Laissez vos verres, je les finirai, conclut Mârk en saluant le départ précipité de ses amis avec un air moqueur et en s'étirant dans son fauteuil.

Brusquement, Xâvier fit demi-tour et revint vers lui.

– Heu, au fait, pour le ménage de la cabine, pendant un an… Tu plaisantais, hein ?

Mârk eut un sourire sadique.

– Non.

– Pauvre de moi ! gémit-il. Mais je n'ai jamais fait le ménage, même dans ma chambre !

– Bah, le consola Mârk en lui tapotant l'épaule, j'essayerai d'être gentil et de ne pas laisser tomber mon goûter par terre.

Xâvier lui jeta un regard de chien battu et gagna la sortie en traînant les pieds.

– Xâvier ? le retint Mârk, qui s'était levé et l'avait rejoint près de la porte.

– Oui ?

– Je sais que j'ai gagné, mais… serrons-nous la main quand même ! J'aime les adversaires qui savent perdre et, surtout, qui n'oublient pas leur promesse.

Il lui tendit la main. Xâvier la serra, retrouvant sa bonne humeur.

# 15
# Appareillage

Rymôr pénétra sous le dôme de verre. Vrânken se tenait debout dans le poste de pilotage et consultait la carte du système solaire de Drasill.

– Ça ne va pas, Vrânk ?

– Hum…

Le géant connaissait suffisamment son capitaine pour sentir quand quelque chose clochait.

– Mais encore ?

Vrânken garda encore le silence un moment, avant de répondre :

– Il y a quelque chose qui m'échappe dans toute cette histoire. Plus je réfléchis et moins je comprends le plan du khan.

– Il n'y a rien à comprendre, dit Rymôr en haussant les épaules. Muspell s'en est pris à Planète Morte parce que c'est un symbole, c'est tout ! Pour quelle autre raison ? Je ne sais pas. Le khan nous lance peut-être un défi, ou bien ça ne va pas fort sur Muspell et il cherche à impressionner son peuple…

– C'est ce que pensent les généraux-comtes, confirma Vrânken d'une voix songeuse.

– Alors, tu vois ! triompha le géant.

– Non, je ne vois pas, personne ne voit ! Et c'est bien le problème ! Les généraux-comtes ne sont pas infaillibles. Ils font même fausse route, si tu veux mon avis.

L'air ébahi de son second poussa Vrânken à préciser sa pensée :

– Les généraux-comtes se sont ramollis, l'empire tout entier s'est ramolli. Nous sommes trop sûrs de nous, pleins de suffisance, nous regardons l'avenir avec dédain. Nous avons oublié qu'il faut sans cesse prouver que l'on mérite ce dont on a hérité !

– Nous sommes quand même à la tête du plus grand empire du système solaire…

– Erreur, mon vieux Rymôr ! Tu peux déjà employer le passé. Nos ancêtres étaient des loups, ce sont eux qui ont bâti l'empire. Nous sommes aujourd'hui des moutons, à la tête d'un empire fragile, et tout Drasill le sent ! À Nifhell, nous confions le pouvoir à des vieillards pétris de mauvaises certitudes, et à des minets peinturlurés dont le seul mérite est d'être riches ou d'avoir un parent influent. Là-bas, à Muspell, les enfants doivent affronter des lions à mains nues pour être admis parmi les hommes. Imagine les épreuves qui attendent leurs officiers ! Quant au khan lui-même… Alors si un général-comte, élu pour ses beaux discours ou parce que son père était déjà général-comte, traite les gens de Muspell de barbares et leur plan d'insensé, moi je m'inquiète. Et je me demande ce qui se cache derrière.

Rymôr eut l'air ébranlé.

– Pourtant, Vrânk, tu as bien accepté cette mission…

– Parce que j'aime l'espace, mon vieil ami. J'aime le danger et la bataille ! Parce que je m'ennuie moins à bord de mon *Rongeur d'Os* que sur mes terres de Skadi. Et, surtout, termina-t-il avec un sourire de prédateur, parce qu'il y a du côté de Planète Morte un vaisseau qui arbore une pieuvre sur son étendard…

Le géant retrouva le sourire. Il préférait Vrânken en homme d'action plutôt que de discours !

– Est-ce que je fais monter les stagiaires ?

– Bien sûr ! C'est la tradition.

Rymôr héla depuis les escaliers métalliques Mârk, Mörgane et Xâvier, qui attendaient au niveau inférieur. Ils grimpèrent timidement et s'approchèrent à pas lents du capitaine, qui les accueillit avec un grand sourire.

– Jeunes gens, *Le Rongeur d'Os* va partir, et derrière lui tous les vaisseaux qui ont librement choisi de le suivre. Depuis toujours, les stagiaires viennent assister depuis le poste de pilotage à l'appareillage du navire. Profitez-en et ouvrez vos yeux : le spectacle en vaut la peine !

Vrânken gagna un pupitre de commande.

– Matelots ! Larguez les amarres ! ordonna-t-il dans un micro. Mécaniciens ! Moteur photonique à mi-régime !

Tournant le dos aux stagiaires, il prit ensuite place devant la barre.

Le navire s'ébranla dans un grincement sourd qui parcourut toute la carcasse métallique. Puis, avec pour unique fanfare le vacarme du réacteur brassant l'air humide de l'astroport, *Le Rongeur d'Os* s'éloigna du quai.

Le capitaine donna deux tours à la barre. Le vaisseau pointa sa proue vers les étoiles et prit lentement de la vitesse.

Mârk était impressionné. Presque effrayé. Décidément, son truc, c'était plutôt la terre ferme ! Heureusement, quelque chose dans les bruits du navire, dans l'attitude sereine du capitaine et dans le regard confiant du chef Rymôr le rassurait.

« Allons, se morigéna-t-il, tu vas passer trois ans de ta vie sur ce vaisseau. Il vaut mieux t'y faire tout de suite ! »

Il se força à respirer calmement.

Xâvier, lui, ressentait une émotion indescriptible. Le vaisseau semblait s'être animé, il n'était plus seulement un assemblage de machines et de tôles. Il grondait, bougeait, fonçait à travers le ciel ! Tous ses doutes, s'il en restait, s'envolèrent instantanément : il serait pilote, et peut-être capitaine s'il parvenait un jour à posséder son propre navire !

Il regardait Vrânken comme si un dieu était brusquement apparu sur *Le Rongeur d'Os*...

Il n'était pas le seul à garder les yeux fixés sur la silhouette du jeune capitaine.

« C'est vrai qu'il est beau ! » se disait Mörgane.

Et, de fait, dans ses vêtements noirs, avec sa chevelure blonde, son visage souriant et ses yeux clairs, il ressemblait plus à un ëlfe des légendes qu'à un homme.

Elle comprit tout à coup ce qui, chez Vrânken, pouvait fasciner Frä Drümar.

Le ciel tout autour du dôme transparent était devenu sombre et s'était rempli d'étoiles.

En dessous, de plus en plus lointaine, la planète Nifhell aux vastes étendues gelées et aux océans glacés ressemblait à une grosse boule blanche.

Juste derrière eux, ils pouvaient voir les lumières bleues de centaines d'autres navires.

Tous les trois sentirent leur cœur se gonfler.

– C'est beau, hein les petits gars ! dit Rymôr en s'approchant d'eux. La flotte des meilleurs vaisseaux de Nifhell, l'armada de l'empire ! Et puis là, devant nous, continua-t-il en se retournant et en balayant l'horizon de la main, les Brisants, Drasill, Eridan, l'espace infini !

Le géant aussi était ému.

– On ne se lasse jamais de ce spectacle, murmura-t-il en rejoignant Vrânken.

– Nous allons entrer dans les Chemins Blancs, annonça bientôt le capitaine.

En effet, comme surgi du néant, flottant dans le vide, un vortex apparut devant *Le Rongeur d'Os*. Cela ressemblait à un gigantesque entonnoir lumineux, à une spirale aux contours indistincts.

Vrânken y dirigea résolument son navire.

– Le trajet jusqu'à Planète Morte nous prendra seulement douze heures, au lieu de douze ans par les Brisants, expliqua à voix basse Xâvier à ses amis.

– Dis donc, Xâve, tu en sais des choses ! dit Mörgane admirative.

– Tu sais, les sciences spatiales, c'est ma matière préférée, alors…

– Oui, bon, ça va, grommela Mârk. Arrête un peu de frimer.

– Ça y est ! lança la jeune fille. Les Chemins Blancs !

Ils se turent.

Le temps sembla se figer.

Le ciel disparut autour du vaisseau, laissant la place à une intense lumière blanche.

– Waou ! s'exclamèrent-ils.

– Et voilà, dit Vrânken en lâchant la barre. Le système de guidage du *Rongeur d'Os* a maintenant pris le relais. Nous sommes comme sur des rails ! Nous arriverons ce soir devant Planète Morte. Je vous libère… Non, pas toi, Xâvier Augentyr : je veux te montrer plus en détail le poste de pilotage.

Xâvier déglutit de surprise puis acquiesça en hochant vigoureusement la tête.

Mârk et Mörgane quittèrent seuls le dôme.

– On va regarder un film en salle de repos ?

– J'aurais bien voulu, Mârk, mais Frä Drümar m'attend dans la salle de jeux ! Elle veut me faire faire je ne sais quel exercice…

– Tu es sûre ? Tu ne peux pas trouver une excuse ?

– Non, je ne peux pas, répondit-elle avec un gentil sourire. On se voit plus tard ?

– De toute façon, je n'ai pas le choix, hein ?

– Arrête un peu de râler ! le taquina-t-elle en s'éloignant dans la coursive. Je vais finir par croire que tu as mauvais caractère !

Mârk la regarda disparaître dans un angle.

– Maintenant, je me retrouve tout seul, alors qu'on a été avalés tout crus par ce machin flottant dans l'espace ! bougonna-t-il à voix basse. Merci les copains !

# 16
# Drôles de jeux

– Ici, ce sont les cadrans qui permettent de contrôler le niveau d'énergie dont dispose le vaisseau. Là, c'est l'astrocompteur qui t'indique notre vitesse. Là-bas, tu vois le clavier qui commande…

– … les technoscanners du navire, compléta Xâvier, le regard brillant.

Vrânken considéra d'un air amusé le fils du général-comte.

– Je n'ai plus rien à t'apprendre, je vois.

– Oh ! Je suis désolé, capitaine. J'ai simplement lu des trucs sur le sujet…

– Il ne faut pas se désoler de savoir des choses, mon garçon. Mais saurais-tu les mettre en application ?

– Je… en théorie, capitaine, répondit Xâvier penaud.

Vrânken éclata de rire.

– Et quel est ton domaine de compétence… théorique, jeune Augentyr ?

– Sciences et stratégie spatiales, capitaine. Avec les mathématiques et l'astrophysique, bien sûr.

– Bien sûr.

Vrânken réfléchissait. Ce garçon paraissait prometteur, Rymôr ne s'était peut-être pas trompé en lui racontant leur première entrevue, dans la cabine des stagiaires.

– J'ai envie de te proposer un marché.

– Capitaine ?

– Sais-tu jouer aux échecs ?

– Oui, capitaine !

– Si tu gagnes trois parties d'affilée contre moi, je t'accepte pour toute la durée de ton stage dans le poste de pilotage et je t'apprends des trucs que tu ne liras nulle part.

– Et si je perds ?

– Au bout de trois ans, tu seras passé maître dans l'art de balayer les coursives.

– Et si je refuse de jouer ?

– Le chef Rymôr continuera à te confier des tâches plus ou moins intéressantes.

– Vous voulez ma réponse quand ?

– Tout de suite.

Xâvier hésita, avant de hausser les épaules.

– D'accord.

Vrânken lui fit signe de l'accompagner jusqu'aux fauteuils disposés de part et d'autre d'une grande table opaque. Xâvier reconnut immédiatement un support magnétique : le jeu allait se dérouler en trois dimensions !

En effet, quand Vrânken effleura une touche, le plateau se mit à grésiller et à luire d'une faible lumière dorée.

Le capitaine saisit ensuite un exocube polymétallique, gravé aux armes de la famille Xaintrailles : un chien montrant les crocs à l'intérieur d'un croissant de lune.

Vrânken caressa du doigt l'animal. Un côté de l'exocube s'ouvrit et libéra des figurines en polymétal qui s'élevèrent rapidement dans le champ magnétique et prirent leur place au-dessus de la table.

Xâvier était impressionné. Il jouait fréquemment en trois dimensions, mais sur des écrans holographiques, avec des images lumineuses ! C'était la première fois qu'il voyait un jeu polymétallique à support magnétique. Comment le capitaine se l'était-il procuré ? Il devait valoir une fortune...

Le garçon observa l'exocube avec plus d'attention. Le métal était usé, poli par des générations de mains. Il était sûrement dans la famille Xaintrailles depuis très longtemps...

– Dans douze heures au plus tard, mon garçon, annonça Vrânken, tu auras un manche à balai entre les mains. Il ne nous reste plus qu'à savoir lequel...

Xâvier s'efforça de retrouver sa concentration.

Il ne ressentait pas d'appréhension. Juste de l'excitation, comme d'habitude avant d'entamer une partie de son jeu favori.

Il se cala dans son siège.

Peut-être aurait-il dû prévenir le capitaine qu'il avait

gagné deux années de suite le fameux tournoi d'échecs interplanétaire de Kenningar…

*

Après avoir hésité un moment sur ce qu'il allait faire pour oublier ces Chemins Blancs qui l'oppressaient, Mârk décida de regagner sa cabine et d'essayer de dormir.

Cependant, comme il avait le temps, il ne prit pas le chemin le plus direct et déambula dans le navire.

Il passa devant les cabines de l'équipage. Les matelots qui n'étaient pas de quart somnolaient, écrivaient à leur famille sur un ordibureau ou jouaient aux cartes, assis sur les lits. Ils adressèrent un salut amical au garçon, qui y répondit joyeusement.

Presque tout le monde à bord du *Rongeur d'Os* connaissait Mârk. Il fallait avouer que travailler en cuisine, et faire le service en accordant des portions énormes, contribuait à votre notoriété ! Mais le stagiaire avait su, en deux jours seulement, se faire apprécier aussi pour sa gouaille et son tempérament.

Puis son errance le conduisit du côté des dortoirs réservés à l'unité d'emperogardes embarquée à Kenningar pour la durée de l'expédition vers Planète Morte.

C'était un honneur que les généraux-comtes avaient accordé à Vrânken, en lui confiant ces hommes d'élite qui, d'ordinaire, étaient affectés à leur propre sécurité ! Ils avaient pour mission principale de défendre le navire du capitaine en chef si celui-ci était capturé.

Mais ils pouvaient aussi partir à l'abordage des vaisseaux ennemis.

Ils ne se mélangeaient pas à l'équipage et mangeaient à des heures différentes. Le Gros lui avait expliqué que c'était le capitaine Vrânken qui en avait décidé ainsi.

Mârk fit un signe de la main au lieutenant qui les commandait et poursuivit sa marche sans but.

Il descendit jusqu'à la salle des machines.

Il était hors de question pour lui d'y mettre les pieds : le chef mécanicien veillait jalousement sur son royaume et en interdisait l'accès à quiconque, hormis Vrânken et Rymôr. Mais Mârk aimait entendre le feulement du moteur photonique.

Il remonta ensuite sur le pont supérieur et passa par hasard à proximité de la salle de jeux. Il se rappela que Mörgane lui avait dit qu'elle y serait, pour faire des exercices avec son professeur. Il hésita. « Je glisserai juste un coup d'œil, se promit-il. Qu'est-ce qu'il y a de mal à ça ? La seule chose que je risque, c'est de me faire jeter dehors par la Frä Daüda… »

La porte était restée entrouverte. Il regarda à l'intérieur. Mörgane dansait, sous le regard attentif d'une femme vêtue d'une robe grise. Ou plutôt, elle enchaînait des postures, inspirait, expirait, se coulait sur le sol, se redressait, tout cela avec une grâce infinie. Mârk en eut le souffle coupé. Il n'avait jamais rien vu d'aussi beau.

La Frä Daüda finit par sentir sa présence. Elle tourna vers lui un regard acéré. Mörgane l'aperçut à son tour et se figea dans sa gestuelle.

Mârk recula précipitamment.

« Il ne faudrait pas que la vieille me jette un sort ! » s'inquiéta-t-il.

Il se dépêcha de quitter le secteur.

Mörgane dansait encore dans ses pensées lorsqu'il parvint jusqu'à la pièce blindée, qui occupait le centre du navire et que les matelots appelaient craintivement le Temple. C'est contre ces murs qu'il s'était heurté, au début, lorsqu'il cherchait la cabine des stagiaires.

Il savait que c'était là que la jeune fille passait le plus clair de son temps, et qu'elle pratiquait la magie mystérieuse des Frä Daüda.

Il ressentait une vraie fascination pour l'ordre des devineresses, une fascination mêlée de cette crainte superstitieuse répandue dans le bas peuple de Nifhell.

Mörgane, c'était différent.

C'était une fille de son âge, pas une de ces femmes sévères devant lesquelles on baissait le regard. À quelques détails près, elle semblait même normale. Et puis – Mârk eut un sourire de ravissement – elle était très, très jolie…

Il allait prendre enfin la direction de sa cabine lorsqu'il aperçut une silhouette qui s'approchait furtivement du Temple. Son instinct, aiguisé par une année de course-poursuite avec la bande de Gueule-en-Biais, l'incita à se fondre immédiatement dans l'ombre, dans un recoin du couloir.

Quelques instants plus tard, il reconnut Brâg Svipdag.

Celui-ci n'était plus du tout le cuisinier pataud, marchant pesamment, la bedaine en avant. Sa démarche était devenue étonnamment légère.

Il jetait des regards méfiants autour de lui.

Il s'immobilisa brusquement, dressa l'oreille puis, rassuré, s'intéressa à la porte du Temple. Il sortit de sa poche un bloc de résine mimétique qu'il appliqua contre la serrure. Il s'assura de la qualité du moulage et grogna de satisfaction.

Puis il repartit, aussi discrètement qu'il était arrivé.

Mârk souffla. Pour ne pas trahir sa présence, il avait presque cessé de respirer ! L'espace d'un instant, son patron, si gentil et compréhensif, lui avait fait peur.

Il secoua la tête. C'était étrange. Anormal. Pourquoi Brâg Svipdag se comportait-il comme un espion ? Pourquoi s'intéressait-il au Temple ? Son cœur faisait des bonds dans sa poitrine. Il y avait là un mystère, et même plus qu'un mystère à en croire ce qu'il avait vu : une menace !

Mârk regagna rapidement sa cabine. À qui devait-il parler de cette affaire ? Qui le croirait, le prendrait au sérieux ? Le Gros était l'ami de tout le monde sur *Le Rongeur d'Os* ! Et son personnage plaidait définitivement en faveur de son innocence…

Le visage franc de Xâvier et celui souriant de Mörgane s'imposèrent bientôt à son esprit.

# 17
# Face-à-face

– Alors, Mörgane, que vois-tu ?

Agenouillée au pied de l'arbre translucide, la jeune fille fixait la source de métal aux reflets noirs.

C'était la deuxième fois qu'elle y plongeait son regard, et elle constata tout de suite à quel point les exercices de Frä Drümar étaient efficaces. Sa concentration avait énormément gagné en rapidité et en qualité.

Des images lui apparurent nettement.

– Je vois une multitude de navires… Ils sont immobiles… Ils attendent… Derrière, il y a une planète… On dirait une lune…

– Oui, c'est bien, très bien, Mörgane. Il s'agit sans doute de la flotte de Muspell et de Planète Morte. Continue.

D'autres images se succédèrent, mais trop floues.

Soudain, elle vit quelque chose aussi clairement qu'elle avait vu les vaisseaux dans l'espace. Quelqu'un… quelqu'un se faisait tuer.

Une tache rouge envahit l'image et obscurcit sa vision.

Mörgane poussa un cri.

– Calme-toi, Mörgane, calme-toi, dit Frä Drümar en serrant contre elle la jeune fille qui s'était réfugiée dans ses bras.

– C'était… horrible…, hoqueta-t-elle au milieu d'un sanglot. On a assassiné une femme… sous mes yeux…

– Allons, calme-toi, répéta gentiment la devineresse. Ce que tu as vu n'arrivera sans doute jamais.

– Comment… comment ça ? renifla Mörgane.

– Même si tu commences à voir des choses, tu restes une novice, ne l'oublie pas ! Tu maîtrises encore mal tes visions. Réfléchis : que peux-tu dire sur cette femme que tu as vue ? De quelle planète est-elle ? De quelle époque ?

– Je… je ne sais pas.

Frä Drümar secoua gentiment la tête.

– Ce qui distingue une devineresse d'une novice, ma fille, ce n'est pas la qualité de sa vision. Certaines jeunes filles voient beaucoup mieux que nombre de vieilles devineresses. C'est un don de la nature, comme certaines ont des facilités pour dessiner ou pour courir. Non, la différence, c'est l'entraînement et l'expérience qui permettent d'interpréter une vision, de la situer, de lui donner un sens. Tu comprends ce que je te dis ?

– Oui, Frä Drümar, je comprends.

– D'autre part, Mörgane, la divination est un exercice

extrêmement complexe, et plein d'ombres. Tu vois l'avenir, mais l'avenir est rarement écrit à l'avance. Ces morceaux de futur que nous découvrons dans l'eau sacrée de nos sources sont des éléments, des pistes, des probabilités ; en aucun cas des certitudes. Plus l'avenir est lointain, moins il est inéluctable !

– Alors personne ne va tuer la femme que j'ai aperçue ?

– Je n'ai pas dit cela. Peut-être que quelqu'un la tuera. C'est ce « peut-être » qui est important ! Mais rassure-toi, je doute que tu sois déjà en mesure de lire l'avenir avec la clairvoyance nécessaire. C'est vrai, tu sembles posséder une acuité divinatoire très forte. Tu as en plus toute l'intelligence nécessaire pour comprendre ce que tu vois. Mais seul le travail te conduira à la maîtrise des mystères des Frä Daüda !

La jeune fille fit semblant de se contenter de l'explication de Frä Drümar. Pourquoi la devineresse ne la prenait-elle pas au sérieux ? Cette vision s'était imposée à elle avec une telle force !

Elle sécha ses larmes et acquiesça. Mais, au fond d'elle-même, elle était bouleversée.

*

*Le Rongeur d'Os* émergea le premier des Chemins Blancs. Derrière lui, l'un après l'autre, les navires de la flotte impériale se libérèrent du vortex lumineux.

– Je crois qu'on nous attend, commenta laconiquement Rymôr Ercildur.

Au-delà du dôme en verre du poste de pilotage, les vaisseaux du khan étaient rangés en ordre de bataille, interdisant l'accès à Planète Morte.

– Combien sont-ils ? demanda le géant en se tournant vers Vrânken.

Celui-ci haussa les épaules avec irritation.

– Demande au petit génie !

En caressant son cyber-rat, le chef s'approcha de Xâvier, qui ne parvenait pas à détacher son regard du spectacle grandiose.

– Il ne digère pas sa défaite aux échecs, hein mon garçon ?

– J'en ai bien l'impression. En d'autres circonstances, j'aurais pu le laisser gagner. C'est le capitaine après tout ! Mais là, je n'avais vraiment pas le choix…

– Bah, ne t'inquiète pas, continua Rymôr, que la situation amusait énormément. Il n'est ni méchant ni rancunier. Il a juste sa fierté, c'est tout.

– Je comprends ça ! dit douloureusement le stagiaire en jetant un rapide coup d'œil en direction de Vrânken. Mais je suis embêté. J'ai eu beau lui dire que je n'avais jamais rencontré d'adversaire aussi fort que lui, on… on dirait qu'il m'en veut quand même !

Le géant partit d'un rire énorme.

– Qu'en dis-tu, Bumposh ? demanda-t-il à son animal. Notre capitaine devrait se réjouir d'avoir enfin trouvé un stagiaire digne d'être formé. Eh bien, non, il boude dans son coin comme un gosse. Si la Pieuvre savait ça, elle attaquerait sans plus attendre !

Le rat couina. On aurait pu croire qu'il riait.

– Bon, ça va, soupira Vrânken. Mais, par les Puissances, personne ne m'avait encore battu aux échecs !

Il prit position devant la barre et observa attentivement les vaisseaux ennemis, immobiles à quelques spatio-encablures.

– Alors, Xâvier ? Le chef Rymôr voudrait une estimation de leur nombre !

– Oui, capitaine ! Je l'estime à environ deux cents...

– Ils sont deux cent onze exactement.

Xâvier eut l'air stupéfait. Vrânken se retourna avec un petit sourire et lui montra un vieux compteur que le garçon n'avait vu sur aucun autre bâtiment.

– Mon navire est comme toi, plein de surprises, jeune Augentyr. Maintenant, dis-moi : combien sommes-nous ?

– Heu... environ trois cents, capitaine.

– Trois cent trente. Les deux tiers de la flotte de Nifhell. Et, surtout, ses meilleurs éléments. Alors ?

– Alors ?

– Quels enseignements tires-tu de cette situation ?

– Nous sommes largement supérieurs en nombre, capitaine.

– Bravo. Cela devrait donc être facile de reprendre le contrôle de la situation, récupérer Planète Morte et renvoyer ces voyous d'où ils viennent, après leur avoir administré une solide correction pour leur ôter toute envie de recommencer ! Un commentaire ?

– Heu... Pourquoi le khan n'a-t-il pas envoyé de flotte plus importante ? Quand on attaque, on met toutes les chances de son côté.

– Plutôt futé le gamin, hein Rymôr ? dit Vrânken en se tournant vers le géant. C'est vrai, ça ! Comment cela se fait-il que les généraux-comtes aient réussi à mobiliser plus de vaisseaux que le grand khan ?

Xâvier attendait impatiemment que le capitaine livre la solution de ce mystère. Il fut cruellement déçu.

– Qu'est-ce que tu fais encore là, toi ?

– Heu, je… vous…

– Le chef Rymôr et moi avons à parler de choses qui ne te regardent pas. Tu as quartier libre.

– Mais…, objecta le garçon.

– Tu as entendu le capitaine ? répéta Rymôr. File !

Xâvier se renfrogna. Il jeta un regard désappointé à Vrânken et disparut dans les escaliers en raclant les pieds.

– On en fera quelque chose de ce petit, si les chiens ne le mangent pas ! Pas vrai, Vrânk ? dit le géant en lui faisant un clin d'œil.

– Bon, on peut travailler, maintenant ?

La gravité de Vrânken poussa Rymôr à retrouver son sérieux.

– Tu t'interroges toujours sur les motivations profondes du khan ?

Vrânken acquiesça, pensif, avant de poursuivre :

– On ne m'ôtera pas de la tête l'idée que quelque chose cloche dans tout ça. Bon, préparons-nous plutôt pour l'offensive : je ne vois rien de mieux à faire pour l'instant. Cependant… Prudence. Gardons l'œil ouvert !

# 18
# Premier affrontement

Le chef Rymôr avait réuni l'équipage dans la cantine pour lui donner les dernières consignes. Vrânken venait de faire de même, par radio, avec les capitaines des vaisseaux impériaux. L'action était imminente.

Le capitaine du *Rongeur d'Os* passa une main dans ses cheveux et considéra pensivement la flotte de guerre qui lui faisait face.

Cela faisait trois générations que Nifhell et Muspell ne s'étaient pas affrontées ouvertement. Escarmouches, attaques-surprises et embuscades étaient restées courantes, mais elles ne mettaient guère aux prises que quelques navires. Pas de quoi constituer un *casus belli*.

Aujourd'hui, c'était très différent.

L'histoire de Drasill entrait dans un nouveau cycle. Un cycle où l'autorité de l'empire Comtal serait systématiquement remise en question.

Il fallait donc frapper un grand coup et impressionner pour longtemps les opposants à Nifhell. Ce qui n'allait pas être facile. Car le khan n'avait pas dépêché n'importe qui. Il avait envoyé son meilleur général ! Le meilleur stratège de toute son histoire !

Il chercha des yeux le bâtiment qui arborait le pavillon de la Pieuvre et ne le trouva pas. Évidemment. Le chef de guerre de Muspell n'allait pas faciliter la tâche à ses adversaires en indiquant sa présence.

Il eut ensuite une pensée pour la garnison en poste sur Planète Morte.

– Courage, les gars, murmura Vrânken. On est là...

La silhouette massive de Rymôr émergea dans le poste de pilotage.

– Tout le monde est prêt, Vrânk. Les canonniers sont à leur poste, les emperogardes en état d'alerte. C'est quand tu veux.

Vrânken se sentit fouetté par une décharge d'adrénaline.

Il brancha le système de communication protégé qui le mettait en relation avec les trois cent vingt-neuf autres capitaines de vaisseaux de l'empire. Cette relation était à sens unique, pour éviter les contestations et les conseils qui ne manquaient jamais de fuser. Dans l'action, seul le stratège décidait.

Puis il vérifia que l'oreillette de son technophone fonctionnait bien.

– Frä Drümar ? chuchota-t-il. Vous m'entendez ?

– Aussi distinctement que l'eau de ma source, capitaine.

Rassuré, Vrânken se concentra sur ce qu'il allait faire. C'était un moment qu'il aimait entre tous.

Il se positionna au centre du poste de pilotage. Il s'accroupit et enfonça un bouton dissimulé dans le sol. Aussitôt, le plancher opaque se nimba d'un halo doré, et un léger champ magnétique se dessina dans la pièce.

Vrânken posa sur le sol l'exocube frappé aux armes des Xaintrailles. Il effleura la lune du blason. Jaillissant de l'étrange objet, des morceaux informes de polymétal commencèrent à tourbillonner autour du capitaine, dans l'attente d'informations. Les capteurs externes du navire tournèrent à plein régime. Le polymétal reproduisit bientôt dans l'espace magnétique la forme de Planète Morte et des astéroïdes gravitant autour d'elle.

Vrânken caressa ensuite le chien gravé sur l'exocube.

Libérées, les pièces du jeu d'échecs flottèrent en masse compacte au-dessus de sa tête. Les capteurs crépitèrent à nouveau. Le polymétal se désagrégea et donna naissance à des centaines de petites boules qui, imitant la position exacte des vaisseaux des deux flottes, prirent position devant Planète Morte.

Le théâtre des opérations était monté. « Parfait ! » songea Vrânken en portant un regard presque affectueux sur le polymétal en suspension.

Il s'adressa ensuite aux capitaines par l'intermédiaire du micro global :

– Messieurs, veuillez passer en mode cybercommandé. Que vos canonniers se tiennent prêts.

Une à une, les billes polymétalliques correspondant

aux navires impériaux se mirent à briller. Les autres restèrent sombres.

Vrânken fit bouger ses doigts pour les assouplir. Désormais, toute la flotte était directement soumise à ses décisions ! Il était le chef d'orchestre. Et la partition qu'il allait jouer était dans sa seule tête.

Il prit une inspiration.

Puis il commença à se mouvoir autour du champ de bataille en trois dimensions. Il saisissait les vaisseaux entre ses doigts, il les déplaçait, il en posait certains, en poussait d'autres. Et dans l'espace, dehors, répondant instantanément aux sollicitations du stratège grâce aux cybercommandes, les moteurs rugissaient et les navires bougeaient ! Les morceaux de polymétal représentant la flotte ennemie, quant à eux, se mouvaient sous les yeux de Vrânken en réponse à ses coups.

Les navires du khan étaient de vrais bâtiments de guerre. Leurs flancs étaient hérissés de canons, et ils portaient sur le dos d'impressionnantes tourelles. En face, les vaisseaux de l'empire ressemblaient davantage à des bâtiments commerciaux ou de croisière. Mais le polymétal qui les recouvrait, ainsi que la solide artillerie conçue pour repousser les pirates des Brisants, les rendaient tout aussi redoutables.

Les vaisseaux impériaux se déplaçaient dans l'espace par vagues. Leurs capitaines n'étaient plus aux commandes : depuis *Le Rongeur d'Os*, Vrânken seul décidait des manœuvres. Par contre, les canonniers conservaient toute leur indépendance.

Le *Loup-Garou*, l'un des trois cent trente bâtiments

de la flotte comtale, un navire de transport de bois aux lignes robustes, se retrouva par la volonté de Vrânken en face d'un vaisseau du khan qui cracha aussitôt sur lui une pluie d'obus. Dans l'impossibilité de se dégager, les canonniers répondirent hargneusement par des tirs serrés de boulets polymétalliques. L'un d'entre eux emporta une tourelle. Une fumée s'éleva du navire de guerre. Une clameur de victoire monta parmi les matelots de Nifhell. Mais deux autres navires s'approchèrent rapidement à la rescousse du bâtiment touché. Aussitôt, les moteurs du *Loup-Garou* se remirent en marche : sur son échiquier magnétique, Vrânken avait vu le danger…

– Capitaine ? dit la voix de Frä Drümar dans le technophone. Surveillez l'aile gauche…

Vrânken ne perdit pas de temps et déplaça de nouvelles pièces.

Comme l'avait prévu la devineresse, la flotte du khan s'avança puis, devant la réaction de Vrânken, s'arrêta. Celui-ci lança une contre-attaque.

Comme s'ils avaient su ce qu'il préparait, les bâtiments adverses firent immédiatement retraite.

– Ils doivent avoir un otchigin, expliqua la devineresse. Eux aussi anticipent nos actions ! Nous luttons à armes égales… Prenez garde, capitaine, des navires vont tenter de prendre par surprise notre flanc droit.

Les mains de Vrânken se déplacèrent rapidement dans le champ magnétique. Surgissant de l'ombre de Planète Morte, neuf vaisseaux ennemis fondirent sur eux. Ils furent repoussés sans ménagements.

Vrânken fut pris d'un sentiment d'admiration extrême

pour le stratège adverse. Sa réputation n'était nullement usurpée. Ses manœuvres étaient exécutées avec souplesse et rapidité. Vrânken devait vraiment lutter contre les tentacules d'un poulpe !

Il ressentit une excitation extraordinaire. Pour la première fois depuis longtemps, il avait en face de lui un adversaire qui le dépassait.

Lorsque, épuisé, Vrânken se résolut à mettre un terme à cette première confrontation, rares étaient les pertes à déplorer de part et d'autre.

Les deux flottes se firent à nouveau face.

Vrânken grimaça de déception. Même si aucun n'avait pris l'avantage sur l'autre, il avait le sentiment amer d'avoir perdu. Il avait obtenu un simple match nul, alors qu'il possédait l'équipe la plus nombreuse…

Non, en réalité, c'était Muspell qui avait gagné cette manche.

Le génie de l'amiral du khan lui apparut encore plus nettement lorsqu'il repassa dans sa tête les différentes phases de la bataille.

Il rangea les pièces de polymétal dans l'exocube et éteignit le champ magnétique. Puis il annonça dans le micro global :

– Temps mort, messieurs. Notre attaque n'a pas été décisive, mais nous n'avons rien cédé ni perdu. Je vous demande de rester en contact.

Son oreillette grésilla :

– Capitaine ?

– Oui, Frä Drümar ?

– Je ne vois pour l'instant rien d'inquiétant. Je vais prendre un peu de repos.

– Bien sûr. Mais gardez votre technophone branché, s'il vous plaît.

Rymôr s'approcha de sa démarche à la fois souple et claudicante.

– C'était magnifique, Vrânk. Chaque fois que je te vois t'agiter au sein du champ magnétique, c'est pareil : j'ai les tripes remuées. C'est toi le meilleur !

Vrânken répondit sur un ton maussade :

– Pas cette fois, vieux. Sur ma pierre tombale, on pourra mettre au registre des scores : Vrânk contre Muspell : onze victoires, une défaite.

– Bah, essaya de le réconforter Rymôr en se grattant le crâne, ce n'est que partie remise, pas vrai ?

Le capitaine ne répondit pas, laissant le géant embarrassé.

Frä Drümar s'assit contre l'arbre translucide. Elle ferma les yeux et laissa sa tête aller contre le tronc. Se concentrer aussi longtemps sur l'avenir était épuisant.

– Ça va, madame ?

– Oui, Mörgane, j'ai juste besoin d'un peu de repos, c'est tout.

La jeune fille avait suivi toute la bataille depuis le Temple.

Elle avait vu Frä Drümar scruter la source intensément, faire le tri entre les visions qui lui venaient, avertir le capitaine de menaces qui s'étaient toutes révélées exactes.

Elle était impressionnée et éprouvait une grande admiration pour cette femme qui tenait entre ses mains, sous ses yeux, le destin de milliers d'hommes, et bien plus, d'un empire tout entier ! Elle comprit cette fois clairement au prix de quels services les Frä Daüda avaient gagné leur place à Nifhell, et quels liens pouvaient unir un capitaine et sa devineresse.

Exaltée, elle se demanda si elle ne chercherait pas, dès la fin de son stage, un capitaine encore attaché aux traditions, qui la prendrait sur son navire…

– Mörgane ?

– Oui, Frä Drümar ?

– Tu devrais aller te dégourdir les jambes. Tu ne me sers à rien, ici.

– Vous êtes sûre que ça va aller ? s'inquiéta-t-elle.

– Mais oui ! Ne t'en fais pas.

– Bon, d'accord. Mais je reviendrai au premier coup de canon !

La devineresse sourit.

– Si tu veux. Allez, file !

Mörgane sortit du Temple et décida, en refermant la porte, de partager avec Mârk et Xâvier ses impressions sur la bataille.

# 19
# Amertumes

Mörgane commença par se rendre à la salle de jeux, qui était vide. Elle tenta ensuite vainement sa chance à la salle de repos.

Devant l'insuccès de sa recherche, elle eut un mouvement d'humeur.

– Ils se sont cachés ou quoi ? bougonna-t-elle à voix haute.

Elle se rappela soudain l'existence de la cabine réservée aux stagiaires, à l'arrière du navire, que partageaient les garçons.

Elle s'y rendit, après s'être perdue et avoir demandé son chemin à un matelot.

Elle frappa et une voix lui cria d'entrer.

– Coucou ! répondit-elle en poussant la porte. C'est moi !

Xâvier et Mârk étaient allongés sur leurs couchettes.

Ils se redressèrent en voyant Mörgane pénétrer dans la chambre.

– Salut… C'est sympa de passer, je commençais à m'ennuyer. Mârk ne décroche pas un mot depuis tout à l'heure !

– Vous avez vu quelque chose de la bataille ? demanda-t-elle en s'asseyant à côté d'eux.

– Je me suis fait expulser du poste de commandement, grimaça Xâvier.

Mârk haussa les épaules pour signifier que cela ne l'intéressait pas. Mörgane ne se laissa pas démonter.

– Moi, dit-elle en prenant un air mystérieux, je n'ai rien vu mais j'ai tout entendu…

Elle s'empressa de raconter à ses amis ce qu'elle avait vécu dans le Temple, en omettant soigneusement tout ce qui avait trait aux secrets de l'ordre.

Mârk, habitué aux histoires circulant sur les Frä Daüda dans le bas Kenningar et ouvert, comme la majorité du peuple de Nifhell, au surnaturel, fit malgré sa mauvaise humeur bon accueil au récit de la jeune fille. Mais Xâvier, pétri de sciences et de logique, réfractaire à ce qui échappait à la raison, en fut presque choqué.

– Une liaison technophonique directe et secrète entre Frä Drümar et le capitaine Vrânken ? s'étonna-t-il en faisant une moue dubitative. Une stratégie fondée sur la lecture de l'avenir ? Pourquoi pas un Gôndül dansant la valse !

– Tu n'es pas drôle, se vexa Mörgane. Si moi, une novice, j'arrive grâce à mes dons à vous écraser au ping-pong, une devineresse confirmée peut très bien aider un capitaine à mener une guerre !

– Elle a raison, dit Mârk d'un ton agressif en se portant au secours de la jeune fille. Il faut bien que les Frä Daüda aient une vraie utilité pour disposer d'une pièce comme le Temple sur *Le Rongeur d'Os* !

Mörgane lui glissa un regard reconnaissant.

– Traître, lança Xâvier. Tu abandonnes ton camp pour celui des filles !

La novice écarquilla les yeux puis explosa :

– Alors, c'est ça ? Ça t'ennuie que des femmes jouent un rôle important sur un navire ? Ou dans l'empire ? Macho débile, va !

Xâvier s'empourpra.

– Ce n'est pas ce que j'ai dit !

– Mais tu le penses, avoue-le !

– Non !

Un silence pesant s'installa dans la cabine.

Mârk poussa un long soupir.

– Un obus peut nous tomber dessus n'importe quand, on peut mourir tout à l'heure, et vous, tout ce que vous trouvez à faire, c'est vous prendre la tête pour des idioties !

Mörgane se rendit compte que Mârk était réellement tourmenté.

– Il y a quelque chose qui ne va pas ?

– Non, rien, bougonna le garçon.

– Allez, dis-moi, l'encouragea-t-elle de sa voix douce.

Soutenu par son amie, Mârk se décida :

– C'est mon patron, Brâg Svipdag. Il a un comportement louche.

– Un comportement louche ? Qu'est-ce que tu veux dire par là ?

– Je l'ai surpris en train de tourner autour du Temple avec des airs de conspirateur...

– C'est tout ? lâcha Mörgane déçue. Beaucoup de matelots font cela. Ils sont simplement curieux, et la curio...

– Laisse-moi finir, merci ! la coupa Mârk. Décidément, tu n'es pas une fille pour rien ! Toujours la bouche ouverte !

– Qu'est-ce que ça veut dire, ces mauvais reproches ? Oh, je vois ! Monsieur n'a toujours pas digéré sa défaite au ping-pong !

– Allez, Mârk, intervint Xâvier, termine ton histoire !

– J'allais dire, reprit le garçon, que Brâg Svipdag n'a pas fait que tourner autour du Temple. Il a aussi pris une empreinte de la serrure de la porte...

Cette fois, Mörgane resta sans voix.

La porte. Une porte qui s'ouvre derrière une femme. Cela lui rappelait vaguement quelque chose. Quelque chose qu'elle avait vu, dans un rêve. Non, pas dans un rêve...

Elle se sentit mal.

– Tu es sûr de ce que tu dis, Mârk ? demanda Xâvier avec gravité. On n'accuse pas les gens sans preuve.

– J'étais là, protesta l'apprenti cuisinier, caché dans le couloir ! Je l'ai vu, de mes propres yeux !

– Est-ce qu'il y a d'autres témoins ?

Mârk soupira.

– Non. J'étais seul. Ce qui m'ennuie, c'est que cet homme est mon patron, et que je l'aime bien ! Mais on dirait vraiment qu'il prépare un mauvais coup.

– C'est très possible, acquiesça Xâvier, songeur. Mais qui prévenir ? Et qui nous croira, sans témoin ?

– Et si j'en parlais déjà à Frä Drümar ? proposa Mörgane dont la voix tremblait légèrement. Je sais qu'elle m'écoutera.

– Bonne idée ! Et puis surtout, ajouta Xâvier en baissant lui aussi la voix comme s'il craignait d'être entendu, nous allons ouvrir l'œil, chacun de notre côté. Peut-être que Svipdag commettra une erreur qui lui sera fatale !

Face à ce mystère, il éprouvait un sentiment d'exaltation. Il ne s'agissait plus d'un jeu : ils étaient confrontés à un danger qui menaçait certainement le navire tout entier !

Mârk, lui, se sentait sale. Il était en train d'accuser son chef, qui avait été si sympathique avec lui. Il se demanda ce que son grand-père aurait fait à sa place. En l'absence de réponse, il soupira encore.

*

Brînx Vobranx jura. Le polymétal était moins résistant que prévu ! Attaquée par de puissants jets d'énergie, la porte blindée gémissait, brûlait et se déchirait. Elle cédait, inexorablement. Les espoirs du commandant s'envolaient avec les gerbes d'étincelles que les technochalumeaux projetaient dans la caverne. Planète Morte tomberait avant que les secours aient le temps d'arriver de Nifhell…

La porte s'effondra avec un bruit sourd.

Cachés derrière les machines, les soldats de Brînx pointèrent leurs armes en direction de l'entrée, prêts à faire feu. Le polymétal incandescent grésillait, et des volutes de fumée blanche masquaient l'ouverture béante. Les mains se crispèrent sur les fusils. Pourtant, aucun guerrier de Muspell ne s'avança dans la pièce.

Au grand étonnement des défenseurs, un drapeau blanc apparut, agité par un officier qui pénétra dans la caverne. Ce morceau de drap déchiré, récupéré sur un lit, dans une chambre qui avait peut-être été la leur, rappela brutalement aux hommes de la garnison que la base ne leur appartenait plus.

L'officier du khan parla dans la langue de l'empire :

– Soldats de Nifhell ! Nous savons que vous êtes prêts à vous battre jusqu'au bout ! Vous nous avez montré votre vaillance ! Mais nous tenons plusieurs des vôtres… Évitons un bain de sang inutile : jetez vos armes et rendez-vous ! À moins que vous vouliez avoir la mort de vos amis sur la conscience…

L'officier fit un geste. Des hommes enchaînés furent poussés jusqu'à lui. Le cœur de Brînx Vobranx s'arrêta un instant.

Parmi les prisonniers se tenait Rôlan.

Brînx ferma les yeux. Le garçon n'était donc pas mort ! Il était là, sale et meurtri, solidement attaché, mais bien vivant ! Il éprouva un immense soulagement. À cet instant, il sut avec certitude ce qu'il devait faire.

Il adressa une prière aux Puissances puis sortit de derrière le coffre qui lui servait d'abri. Il interpella ensuite ses hommes :

– Faites ce qu'il a dit ! Je prends sur moi la honte de cette reddition. Je ne sacrifierai pas dix des nôtres pour une minute gagnée en plus. Je n'aurai pas cet orgueil imbécile…

Il déposa son fusil sur le sol et s'avança vers l'officier au drapeau blanc.

– La caverne est à vous, dit-il d'un ton amer pendant que les hommes de Nifhell, après un temps d'hésitation, suivaient son exemple.

– Merci ! répondit l'officier du khan, narquois. Nous saurons en faire bon usage !

Une lueur d'incompréhension passa dans les yeux du commandant.

Le guerrier de Muspell éclata d'un rire qui lui glaça le sang.

# 20
# Une prémonition tardive

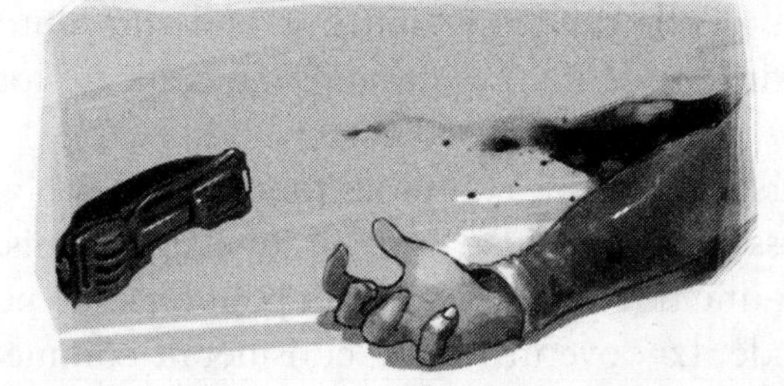

Frä Drümar passa un linge sur son front.

Elle était déjà terriblement éprouvée. Et pourtant, la campagne venait tout juste de commencer ! Combien d'autres batailles y aurait-il au cours de cette nouvelle guerre ? Serait-elle capable de tout voir, et de le voir bien ?

Elle n'avait plus l'énergie de ses vingt ans. Surtout, elle avait abusé de la vision, plongeant trop longtemps et trop souvent sa curiosité dans la source de métal.

Elle ne regrettait pas d'avoir érodé sa santé durant les longs voyages immobiles qu'elle avait faits dans le futur. Il y avait toujours un prix à payer lorsqu'on dépassait les bornes. Et ce prix-là était, en fin de compte, peu élevé au regard de tout ce qu'elle avait vu et découvert au cours de sa vie ! Au cours de sa fuite…

Elle ferma les yeux.

D'où lui venait ce besoin de s'enfuir encore et encore, toujours plus loin, de se perdre dans les méandres de la source ? L'image d'un homme, beau comme un dieu, inaccessible comme un dieu, apparut dans son esprit.

– Vrânken, murmura-t-elle tristement.

Pourquoi était-elle restée sur ce navire ? Peut-être parce qu'elle préférait souffrir près de lui plutôt que souffrir loin de lui. Les mystères du cœur ne sont pas moins épais que ceux de l'avenir.

Lorsqu'elle avait confié ses tourments à son ancien professeur, Frä Ülfidas, celle-ci lui avait promis d'envoyer une novice pour l'aider et pour briser sa pesante solitude. La doyenne d'Urd considérait comme capital le lien unissant un capitaine et sa devineresse. L'empire n'était-il pas né de cette incroyable collaboration ?

Frä Ülfidas avait tenu parole. Elle lui avait même fait un beau cadeau en la personne de Mörgane. Cette jeune fille possédait tous les atouts pour devenir un jour une grande devineresse…

Frä Drümar soupira et arracha avec peine son dos de l'arbre artificiel.

« Allons, se fustigea-t-elle, je ne suis pas encore gâteuse ! Je suis encore capable de jouer mon rôle, et de contribuer à la victoire de l'empire ! Et à celle de Vrânken… »

Le bruit de la source la réconforta. Elle ressentit le désir de s'apaiser auprès d'elle. Elle se pencha au-dessus du miroir liquide et laissa les images affluer devant ses yeux.

Beaucoup défilèrent sans qu'elle leur prête attention. C'étaient des images secondaires, peu intéressantes ou bien trop aléatoires.

Mais, soudain, Frä Drümar tressaillit.

Quelque chose se fraya un chemin jusqu'à son esprit.

Elle retint un cri : quelqu'un se faisait assassiner.

Du sang coulait dans une pièce.

– Par le feuillage du grand arbre ! murmura-t-elle. Mörgane avait raison ! Cette petite novice a eu une véritable vision ! Quelqu'un va bientôt mourir… Quelqu'un de proche, tout près d'ici…

Elle essaya d'analyser ce qu'elle voyait de plus en plus nettement.

– Mörgane avait raison, mais pas tout à fait, continua-t-elle tout bas : ce n'est pas une femme qui se fait assassiner, c'est un homme !

Totalement concentrée et les oreilles pleines du bruit de la source, la devineresse ne se rendit pas compte que quelqu'un ouvrait la porte silencieusement derrière elle. Furtive, une silhouette entra dans la pièce et se dissimula dans un coin d'ombre.

– Un homme que je connais bien, un homme qui m'est cher et qui ne doit pas mourir…, chuchotait-elle comme en transe. Vrânken ! C'est Vrânken ! Quelqu'un va l'assassiner !

La devineresse se leva en titubant. Elle chercha des yeux le technophone qui lui permettait d'entrer en contact direct avec le capitaine.

Il lui semblait qu'elle l'avait laissé au pied de l'arbre.

Elle s'avança.

– C'est ça que tu cherches, sorcière ?

Frä Drümar ne sursauta pas. Elle avait senti la présence de l'intrus une fraction de seconde avant qu'il ne parle.

Elle se retourna.

Devant elle se tenait un homme de grande taille, corpulent, le visage rond et les yeux brillants de haine. C'était le cuisinier du navire ! Il jouait avec le technophone de la main gauche.

– Comment êtes-vous entré ?

– Par la porte, m'dame. Il suffit d'avoir la clé. C'est pas très compliqué.

Frä Drümar aperçut un couteau dans sa main droite.

– Vous êtes venu pour me tuer ?

– Comment avez-vous deviné ? ironisa l'homme qui, aussitôt après, éclata de rire, visiblement content de lui.

Elle comprit à son regard qu'il disait la vérité. Elle vit aussi, à la façon dont le cuisinier tenait son arme, que sous une apparence joviale et tranquille se dissimulait un tueur professionnel. Elle n'avait aucune chance. C'était inutile de résister.

« Triste consolation, se dit Frä Drümar, ma petite Mörgane était dans le vrai. Ce n'est pas une seule, mais deux visions différentes que nous avons eues ! Je vais mourir, et le capitaine va mourir aussi parce que je ne pourrai pas le prévenir… »

Elle ressentit une vive amertume. Elle avait failli.

Le cuisinier s'approcha.

– Qui êtes-vous vraiment ? lui demanda-t-elle.

L'homme eut un sourire amusé.

– Mais… un cuisinier ! Un simple cuisinier. Ça ne se voit pas, avec mon couteau ?

Le sourire se transforma à nouveau en rire sinistre.

« Je vais mourir de la main d'un sombre imbécile », constata-t-elle sans éprouver d'autre émotion.

– Me direz-vous pourquoi ?

– Un navire aveugle se pilote moins bien. Une guerre livrée dans le présent est moins facile à mener…

Ces paroles furent les dernières qu'entendit la devineresse.

Brâg Svipdag laissa le corps sans vie tomber au sol. Du sang goutta sur les racines de polyverre et coula vers la source, qui se teinta de rouge.

– Une bonne chose de faite, dit joyeusement l'assassin en essuyant sa lame sur la robe grise de Frä Drümar.

Il posa le technophone au pied de l'arbre et gagna la sortie.

# 21
# Dans le poste de pilotage

C'est un membre affolé de l'équipage qui communiqua à Vrânken l'annonce de la mort de Frä Drümar.

Rymôr, qui était juste à côté, jura et abattit son poing énorme sur la table à cartes.

– Pauvre Drümar ! Elle ne méritait pas ça ! finit-il par dire d'une voix bouleversée.

Le capitaine, lui, ne réagit pas immédiatement. Son visage avait pris une couleur de cire.

– Rymôr, commanda-t-il. Rends-toi sur place et mène ton enquête. Qu'elle soit rapide et efficace. Et puis, fais transporter le corps de Frä Drümar dans la chambre de technoconservation. Nous lui rendrons hommage quand nous en aurons le temps.

Il grimaça un sourire. Le temps… Le temps venait de lui fermer ses portes et coulait à nouveau aussi normalement pour lui que pour les autres !

Rymôr fut surpris par le ton froid du capitaine. Il pensait Vrânken plus attaché que cela à la devineresse. Il acquiesça de la tête et disparut dans les escaliers.

Cela faisait dix ans que Vrânken connaissait Frä Drümar. Dix ans qu'il avait hérité du *Rongeur d'Os*. Dix ans qu'il avait affronté les Brisants pour la première fois.

Il s'en souvenait comme si cela avait été hier…

Il venait de sortir major de l'Académie spatiale. Il était tout pétri de certitudes, et avait ressenti un profond agacement en constatant la présence, sur le navire familial, d'une devineresse.

Dans son testament, son père lui avait recommandé de la garder à bord, de ne pas se comporter comme les jeunes capitaines modernes. Par respect, il l'avait fait. Mais il voulait démontrer qu'il s'était trompé, et qu'un capitaine n'avait besoin que d'un vaisseau et de rien d'autre.

Il était donc parti plusieurs mois à l'aventure dans les Brisants. Et c'est là que tout avait changé. Car Frä Drümar l'avait sauvé par trois fois d'une mort certaine.

En anticipant d'abord une attaque de pirates.

En l'avertissant ensuite de l'approche d'un Tumulte, une de ces redoutables tempêtes stellaires qui détruisent les navires aussi facilement qu'une pierre brise une noix.

En découvrant enfin une mutinerie parmi l'équipage, qui voulait s'emparer du bâtiment.

Il avait échappé de justesse aux trois menaces, et avait été considérablement ébranlé par cette expérience.

Autant dire que le jeune homme qui était revenu était très différent de celui qui était parti !

De retour dans ses terres du comté de Skadi, il avait convoqué Frä Drümar. Il avait mis un genou à terre devant elle et, tête baissée, lui avait présenté des excuses pour avoir douté de son utilité. Cela avait été la première et la dernière fois que Vrânken s'était incliné devant quelqu'un.

De ce jour, il était devenu un ardent défenseur des Frä Daüda et avait même suscité un mouvement favorable à l'ordre parmi les capitaines de Nifhell.

Mais il avait également surpris un regard que la devineresse lui avait lancé. Un regard pour lequel il n'était pas prêt, et qui l'avait poussé à s'éloigner d'elle. Il avait grandi, bien sûr, mais le temps avait peu à peu entériné cette étrange relation, mélange d'estime et d'amitié distante, dont ils s'étaient ensuite tous deux contentés…

Un appel sur son technophone arracha Vrânken à ses souvenirs.

– Rymôr ? Je t'écoute… Ah ?… Très bien, fais-les monter tous les trois.

Il rangea le minuscule appareil dans sa poche.

Ainsi, c'était la fille qui avait découvert le corps de Frä Drümar. Le choc avait dû être rude. D'après ce que le matelot lui avait dit tout à l'heure, le tueur n'avait pas fait dans la dentelle.

Qu'est-ce que la fille avait dit à Rymôr, déjà ? Ah oui, qu'elle savait des choses, mais qu'elle ne voulait parler qu'au capitaine, et en présence des deux autres stagiaires. Il haussa les épaules. Il aurait accédé à n'importe quel caprice pourvu que l'on connaisse la vérité !

Poussés par Rymôr, les stagiaires ne tardèrent pas à faire leur apparition dans le poste de pilotage.

Vrânken s'adressa immédiatement à Mörgane, dont les cernes sous les yeux indiquaient qu'elle avait pleuré :

– Pauvre petite... Je comprends ton chagrin. J'avais de l'estime pour Frä Drümar. Elle va nous manquer.

– Elle vous aimait beaucoup, répondit Mörgane d'une voix éteinte. C'est pour cela que je vous fais confiance et que je vais vous dire ce que je sais.

La jeune fille n'arrivait pas à oublier l'atroce découverte faite en regagnant le Temple, alors qu'elle s'apprêtait à confier à son professeur les soupçons de Mârk à propos du cuisinier. Ce sang... C'était horrible.

– Je t'écoute, Mörgane. Que veux-tu me dire ?

Elle essaya de parler à nouveau mais un sanglot l'en empêcha.

Elle tourna des yeux éplorés vers Mârk.

Celui-ci prit la parole à la place de la novice. Sa voix était hésitante.

– En fait, capitaine, c'est moi qui ai découvert quelque chose. J'ai surpris hier par hasard mon patron, Brâg Svipdag, en train de tourner autour du Temple et de prendre une empreinte de la serrure. J'en ai parlé à Mörgane et à Xâvier. On avait décidé de le surveiller, et Mörgane voulait raconter toute l'histoire à la devineresse...

Rymôr et Vrânken écoutèrent le récit du stagiaire avec attention. Lorsqu'il mentionna le cuisinier, ils échangèrent un regard étonné. Brâg Svipdag était un homme affable et consciencieux, qui faisait partie de l'équipage depuis plusieurs années !

Rymôr alluma son technophone et donna l'ordre aux emperogardes de trouver et d'amener Brâg Svipdag au poste de pilotage.

– Nous serons vite fixés, annonça le capitaine aux stagiaires. Brâg Svipdag nous fournira bientôt des explications. J'espère que tu m'as dit la vérité, mon garçon.

Mârk réagit aussitôt, piqué au vif :

– Je vous le jure, capitaine !

– Très bien. De toute façon, seules Mörgane et Frä Drümar possédaient une clé du Temple. Ton histoire a le mérite d'expliquer comment le meurtrier a pu pénétrer dans cette pièce protégée.

– Ce qui est étonnant, intervint Rymôr, dubitatif, c'est que cette agression semble le fait d'un assassin professionnel ! Or, j'imagine mal le Gros dans ce rôle.

Vrânken leva la main pour mettre un terme à la discussion.

– Attendons le témoignage de Brâg Svipdag. Il nous expliquera peut-être pourqu…

Une sonnerie d'alerte retentit à cet instant précis. Rymôr se précipita jusqu'aux pupitres de commandes.

– Sacrebleu, Vrânk ! La flotte ennemie… Elle vient de se mettre en mouvement !

– La Pieuvre lance son attaque, conclut sourdement le capitaine. On peut dire qu'elle choisit son moment !

« Mais oui, elle choisit son moment, bien sûr, comprit-il soudain. Elle sait ! Elle sait que nous n'avons plus de devineresse avec nous ! Frä Drümar pensait que la Pieuvre recourait aux services d'un otchigin. Ce diable de chaman a dû lire dans son maudit feu que les portes de l'avenir nous sont désormais fermées ! À moins que… L'assassinat ! L'assassinat était prévu, il était commandé ! La Pieuvre n'attendait que lui pour passer à l'action ! »

– Qu'est-ce qu'on fait, Vrânk ? demanda Rymôr en coupant le capitaine dans ses réflexions.

– On se défend et on contre-attaque, tiens, que veux-tu qu'on fasse ?

Il s'empara d'un geste rageur de l'exocube posé à côté de la barre et se dirigea au centre du poste de pilotage.

Les stagiaires, livrés à eux-mêmes, trouvèrent refuge près des fauteuils.

# 22
# Le troisième stratège

La flotte du khan avançait rapidement en direction des vaisseaux impériaux.

Dans le poste de pilotage rempli de lumière dorée, l'exocube avait libéré ses pièces au sein du champ magnétique réactivé.

Les stagiaires regardaient, bouche bée, la réplique du champ de bataille se mettre en place devant eux.

Vrânken s'installa en son milieu.

– On passe en mode cybercommandé, annonça-t-il d'une voix assurée dans le micro qui le reliait à tous les autres capitaines.

L'armada virtuelle de Nifhell, sauf quelques navires qui restèrent volontairement hors contrôle, brilla aussitôt autour du capitaine en chef.

« Les premières désertions ! constata amèrement

Vrânken. Les autres ont encore confiance en moi. Mais sans l'aide de Frä Drümar, cela durera-t-il ? »

Les deux armées filaient dans l'espace, l'une poursuivant l'autre.

Le capitaine du *Rongeur d'Os* attendit encore un instant.

Puis il commença son étonnant ballet, plaçant et déplaçant les navires de sa flotte qui s'étaient délibérément abandonnés à sa volonté et à son génie. Il semblait tout voir et tout comprendre. Xâvier, Mârk et Mörgane étaient subjugués.

Vrânken tenta plusieurs manœuvres. Mais, anticipant ses intentions, les vaisseaux de la Pieuvre formaient des tentacules, isolaient et harcelaient les navires impériaux. Malgré une défense efficace, plusieurs vaisseaux de Nifhell furent détruits ou arraisonnés.

En quelques dizaines de minutes, Vrânken avait perdu de nombreux bâtiments.

– Par les Puissances ! ragea-t-il. C'est l'otchigin qui est avec eux. Grâce à lui, ils auront toujours un coup d'avance ! C'est fini, il n'y a rien d'autre à faire que de fuir…

Le visage tendu, il commença à lancer les navires au loin.

– Capitaine, il y a un moyen de reprendre l'avantage !

Émergeant d'une réflexion intense, Mörgane avait pris la parole.

Vrânken lui jeta un regard désapprobateur.

– Quel moyen ? Frä Drümar est morte et elle seule me permettait de lutter à armes égales avec la Pieuvre !

La jeune fille ne se laissa pas démonter. Elle continua courageusement :

– L'avenir n'est pas écrit de façon claire et définitive. Il y a de grandes chances pour que l'otchigin se concentre sur votre futur, capitaine.

Vrânken plissa les yeux.

– Mon futur ? Que veux-tu dire ? Je ne comprends rien à ce que tu racontes.

– Le futur que lit le chaman de Muspell se fonde à mon avis sur un seul critère : vos décisions. Vous êtes le capitaine en chef de la flotte de l'empire : son avenir dépend bien de vos seules décisions !

– Et alors ? intervint Rymôr que les explications de la jeune stagiaire dépassaient complètement.

– Si quelqu'un d'autre dirige la manœuvre, le chaman risque d'être pris au dépourvu.

Vrânken regarda Mörgane fixement. Celle-ci détourna le regard.

– Je crois que je comprends, finit-il par dire. Nous n'avons rien à perdre à te faire confiance. Je vais immédiatement passer le commandement en chef à un autre capitaine.

– C'est que…, hésita Mörgane. Ce n'est pas aussi simple !

Vrânken, tout en continuant à manipuler les pièces polymétalliques pour éviter à ses navires d'être mis en morceaux, attendit patiemment qu'elle poursuive.

Elle plongea à nouveau ses grands yeux dans ceux du capitaine.

– Si vous ne prenez plus de décisions, expliqua-t-elle,

le futur cesse de vous appartenir. Le chaman s'en apercevra tout de suite et cherchera ailleurs. Ça ne réglera rien ! Non, il faut que vous continuiez à commander, mais que les capitaines obéissent à quelqu'un d'autre.

– Doucement, fillette, dit Rymôr en se grattant la tête. Il y a pas mal de choses qui m'échappent. Je suis d'accord avec Vrânk pour te faire confiance, seulement ce que tu proposes est irréalisable ! Comment veux-tu que… ?

– J'ai trouvé ! dit soudain Vrânken en coupant la parole au géant. Il y a une solution ! Mais, continua-t-il en se tournant vers Xâvier, j'ai besoin de toi.

– De moi ? s'étonna le stagiaire.

– Oui, de toi. Plus précisément, du brillant joueur d'échecs que tu es ! Voici ce que nous allons faire : tu vas venir avec moi dans le champ magnétique. Pendant que je déplacerai des pièces secondaires pour égarer l'otchigin, tu dirigeras les manœuvres principales de la flotte. Je sais que c'est un jeu auquel tu joues souvent sur ton ordibureau !

Le garçon ouvrit la bouche pour protester mais aucun son n'en sortit.

C'était une terrible responsabilité ! Il allait tenir entre ses mains la vie de milliers d'hommes ! C'était trop, beaucoup trop. Et puis, surtout, ce n'était pas un logiciel de jeu qui était en face de lui : c'était la Pieuvre, la Pieuvre en personne, le stratège absolu ! Il n'avait aucune chance.

– Je… Je ne m'en sens pas capable, capitaine, gémit-il.

Vrânken lui porta un regard étonné.

– Qu'est-ce que tu racontes ? Bien sûr que tu en es capable ! Ce n'est pas plus difficile que de jouer aux échecs. Allons, ressaisis-toi, Xâvier !

– Non, je ne pourrai pas. C'est impossible, murmura le garçon en détournant la tête et en rejoignant ses amis.

Le capitaine se tourna alors vers Rymôr.

– Ne me regarde pas comme ça, Vrânk, s'excusa le géant. La stratégie, c'est pas mon truc, tu le sais très bien.

– Eh bien quoi ? s'énerva Vrânken. On va baisser les bras, alors qu'on tient peut-être la solution à nos problèmes ?

Le bruit d'une dispute les fit se retourner.

Près des fauteuils, Mârk apostrophait violemment Xâvier.

– Tu es un minable, je le savais ! Tu es le seul ici à pouvoir faire quelque chose pour nous et tu te dérobes ! Moi, à ta place, je n'hésiterais pas une seconde ! Tu me dégoûtes !

Sa voix tremblait de colère.

– Il ne faut pas lui en vouloir, dit Rymôr à Mârk en s'approchant d'eux. C'est une grande, une très grande responsabilité que peu de capitaines aguerris auraient acceptée…

– Non, dit Xâvier qui était devenu tout pâle. Il n'y a pas d'autre solution. Mârk a raison ! Je dois le faire.

Il rejoignit Vrânken devant les pièces polymétalliques et tenta un sourire.

Le capitaine ne cacha pas son soulagement.

– Si on s'en sort, tu pourras m'appeler Vrânk, comme mes amis.

– D'accord, capitaine. À la condition que vous m'appeliez Xâve…

– Dans ce cas… Oublie ce que je t'ai dit ! Tu es prêt ?

Le garçon hocha la tête.

Le capitaine prit une poignée de vaisseaux dans le creux de sa main et l'éparpilla sur sa droite.

Xâvier approcha ses doigts des pièces qui brillaient au centre. Il tremblait.

Il en prit une et la déplaça.

C'était très différent des images holographiques qu'il avait l'habitude de manipuler !

Il bougea un vaisseau, et encore un. Puis il prit de l'assurance. En même temps, un plan naquit dans son esprit.

À côté de lui, Vrânken promenait sa poignée de navires sur le champ de bataille pour faire diversion.

Rymôr jeta un coup d'œil à travers le dôme. La flotte du khan s'était arrêtée. Elle semblait désemparée.

– Ça marche ! exulta-t-il.

Xâvier se mouvait à présent de la même façon que Vrânken autour des pièces en suspension. Il fut envahi par un sentiment enivrant. Il était tout-puissant ! L'image de la Pieuvre s'estompa. Il ne luttait plus contre un immense stratège, il jouait, il jouait à un jeu terriblement excitant !

Il s'agitait au milieu du champ de bataille comme s'il avait fait cela toute sa vie.

Au terme d'une manœuvre audacieuse, les vaisseaux impériaux s'enfoncèrent comme les dents d'une mâchoire dans la ligne muspellienne.

La Pieuvre réagissait mal aux mouvements de la flotte adverse. Déjà, plusieurs navires arborant l'oiseau rouge de Muspell étaient en flammes.

L'armada du khan finit par se ressaisir. Elle se replia en ordre vers Planète Morte, où elle forma un cercle défensif et commença à repousser les assauts de l'empire.

Xâvier haletait.

La Pieuvre avait perdu beaucoup de ses navires.

Vrânken hésita à pousser l'avantage. Mais son stagiaire semblait avoir bien besoin de repos.

– Bravo, petit ! le félicita Rymôr en lui serrant la main. Tu as vraiment fait du bon travail !

– N'exagérons rien, intervint Vrânken. Ce n'était pas mal, c'est vrai. Mais tu as encore beaucoup à apprendre.

En réalité, il était impressionné. Impressionné et jaloux. Malgré la confusion de l'otchigin, la Pieuvre aurait dû se battre mieux que cela ! Mais les coups que lui avait portés ce gamin semblaient l'avoir sonnée. Alors que lui s'était contenté jusqu'alors de tenir tête au stratège du khan, ce stagiaire sorti de nulle part venait de l'enfoncer au premier affrontement !

Il en était mortifié.

Xâvier, lui, était tout à sa joie.

– Merci, chef, merci, capitaine, dit-il rouge de fierté.

Mârk s'approcha à son tour.

– Pas mal pour un fils à papa ! Désolé pour ce que je t'ai dit tout à l'heure. Mais tu m'avais vraiment énervé !

Xâvier lui serra la main avec émotion.

– C'est à toi que nous devons cette victoire, Mârk. Si tu ne m'avais pas fait honte, je n'aurais peut-être jamais osé !

Puis il lui glissa à l'oreille :

– Puisqu'on en est aux confidences… On pourrait peut-être reparler de cette histoire de ménage dans la cabine ?

– Renégocier ? Pourquoi pas ! répondit Mârk en riant. On jouera ça au bras de fer !

– Bon, et moi, on m'oublie ? intervint Mörgane les deux poings sur les hanches. L'idée du troisième stratège est peut-être sortie du cube magique, elle aussi ?

– Bien sûr que non, on ne t'oublie pas ! Comment est-ce qu'on pourrait ? soupirèrent les deux garçons en s'approchant d'elle pour la féliciter.

L'intrusion des emperogardes dans le poste de pilotage mit fin aux congratulations. Ils escortaient un homme dont le visage trahissait un profond étonnement.

– Ah, maître Brâg, nous vous attendions impatiemment ! lança Rymôr en lui faisant signe d'approcher.

# 23
# Un interrogatoire qui dérape

Brâg Svipdag s'avança en hésitant, suivi de près par ses gardiens.

– Qu'est-ce qui se passe ? demanda le Gros en triturant la poche de son tablier blanc. Ces soldats sont venus me chercher comme on vient prendre un voleur…

– Rassurez-vous, maître cuisinier, intervint Vrânken. Nous avons juste quelques petites choses à éclaircir ensemble.

Le regard de Brâg Svipdag se teinta d'une légère inquiétude.

– Je suis à vos ordres, capitaine, dit-il d'une voix affable.

– Vous le savez sans doute, notre Frä Daüda a été assassinée dans le Temple auquel personne n'a habituellement accès.

– Oui, je suis au courant. Pauvre femme ! Si discrète ! Elle mangeait si peu…

– Or, continua Vrânken en faisant signe à Mârk d'approcher et en le prenant par les épaules dans un geste protecteur, votre stagiaire vous a vu rôder autour du Temple et relever une empreinte de la serrure. Pour faire une clé, sans aucun doute.

Le cuisinier fixa durement le garçon qui baissa les yeux. Ce bref affrontement n'échappa pas à Vrânken.

– Pourquoi est-ce qu'il vous a raconté ça ? se plaignit l'homme. Je l'aime bien, moi, ce gosse ! J'ai été gentil avec lui ! Je ne comprends pas…

Brâg Svipdag avait l'air sincère. L'affaire risquait fort de s'éterniser, et de tourner à la confusion du garçon. Pourtant, Vrânken avait le sentiment que Mârk disait la vérité, et que le cuisinier cachait quelque chose.

Il remarqua alors que Brâg ne se contentait pas de tripoter la poche de son tablier. À l'intérieur, il jouait avec un objet. Un objet plat et de petite taille !

Il décida de tenter un coup de poker.

– Je suppose, maître Svipdag, que vous ne verrez pas d'inconvénient à ce que l'on vous fouille et que l'on inspecte votre cabine. L'assassin ne s'est sûrement pas débarrassé d'une clé aussi précieuse ! Si l'on ne trouve rien, je vous présenterai des excuses et vous pourrez retourner à votre poste.

Il fit un geste à l'intention des emperogardes.

Le cuisinier bondit brusquement en avant.

En même temps, deux billes de métal apparurent

entre ses doigts. Avec une habileté diabolique, il les lança en direction de Vrânken.

– Rejoins ta sorcière dans la mort, Chien-de-la-lune ! hurla-t-il.

Les billes changèrent de forme pendant leur course et prirent l'apparence de deux grosses guêpes.

– Des cybertueuses ! beugla Rymôr.

Le capitaine lâcha un cri et s'effondra sur le sol, entraînant Mârk avec lui.

Rymôr poussa un rugissement désespéré.

– Nooooon !

Il ne parvenait pas à le croire. Vrânken, qui avait survécu à tant de batailles, Vrânken dont les pirates des Brisants et les guerriers de Muspell prononçaient le nom avec des frissons dans la voix, venait de se faire tuer bêtement, sur son vaisseau, par l'un de ses propres hommes ! C'était impossible…

Pendant que le second contemplait, stupéfait, son capitaine gisant sur le sol, Brâg Svipdag avait envoyé deux autres cybertueuses sur les emperogardes. L'escorte reflua précipitamment. Des coups de feu furent tirés dans sa direction, mais aucun n'atteignit son but.

Rymôr s'ébroua, furieux. Il fallait faire quelque chose avant que le cuisinier ne tue tout le monde, s'empare de l'exocube ou sabote le poste de pilotage ! Il dégaina l'énorme pistolet qu'il portait à la ceinture et le pointa vers lui en jurant.

Mais l'assassin, avec une souplesse que sa corpulence n'aurait jamais laissé deviner, se précipita vers les deux stagiaires figés par la peur. Il tenta de saisir Mörgane.

Xâvier s'interposa sans réfléchir. Bousculée, la jeune fille tomba à terre. Brâg Svipdag s'empara alors du garçon et lui mit son couteau sous la gorge.

– Lâche ton arme, le Boiteux ! aboya-t-il. Vous aussi, les gardes !

Brâg Svipdag appuya sa lame sur le cou de Xâvier pour montrer qu'il ne plaisantait pas.

– Faites ce que je dis, bon sang, ou je le tue !

Bumposh se réfugia sous la barbe broussailleuse de son maître. Rymôr n'hésita plus. Il lâcha son pistolet. Les soldats l'imitèrent.

– Et maintenant ? demanda Rymôr en croisant les bras d'un air de défi.

– Maintenant ? ricana Brâg Svipdag. Je n'ai plus rien à faire ici. Sans la sorcière et sans votre capitaine, vous n'avez aucune chance contre les hommes du khan ! Comme prévu, je vais prendre l'une des exochaloupes du *Rongeur d'Os* et m'en aller. Ce gamin-là part avec moi, pour le cas où vous feriez des histoires...

Les dés semblaient jetés. Xâvier était blanc de peur.

C'est alors qu'un gémissement se fit entendre derrière Rymôr. Le corps du capitaine de Xaintrailles remua faiblement. Il était encore vivant !

Brâg Svipdag grogna de colère.

Sans lâcher son otage, il prit dans sa main libre une des terribles billes tueuses et s'apprêta à la lancer sur Vrânken.

Le géant comprit les intentions de Brâg Svipdag et réagit aussitôt. Il n'avait pas survécu par hasard à deux guerres ! Son intuition, ses réflexes et sa force l'avaient sauvé, lui et ses hommes, à de multiples reprises. En brandissant la cybertueuse, le cuisinier s'était découvert et avait offert un angle d'attaque à Rymôr. Il n'était pas question de donner une seconde chance au traître…

Le géant se laissa tomber sur le sol et roula sur le côté. Sa main actionna un mécanisme sur sa jambe artificielle, qu'il pointa en direction de l'assassin. Le talon s'escamota, dévoilant le canon d'un fusil. Il fit feu.

Brâg Svipdag fut frappé au ventre par une balle qui le projeta à plusieurs mètres. Xâvier tituba, brusquement lâché par son agresseur. Il était indemne.

– Allez chercher le médecin ! hurla Rymôr aux emperogardes en se relevant et en se précipitant vers Vrânken.

– Ça va, ça va, je vais bien…

Vrânken se redressa en toussant. Une cybertueuse avait touché son épaule gauche et l'avait réduite en miettes.

– C'est le gamin qui a tout pris…, annonça-t-il en grimaçant.

Le dos de Mârk, en effet, s'ornait d'une tache brunâtre qui allait en grandissant.

– Il a voulu me protéger…, commença-t-il à expliquer avant de tousser et de cracher un peu de sang.

Vrânken ne se trompait pas. Lorsqu'il avait vu les tueuses foncer sur le capitaine, Mârk n'avait pas réfléchi bien longtemps. Il l'avait poussé et s'était trouvé à sa place sur leur trajectoire…

Le médecin du *Rongeur d'Os* arriva rapidement. Il avait réquisitionné des matelots pour porter les brancards.

Vrânken refusa de s'allonger.

Mörgane, secouée par sa chute, s'était relevée, aidée par Xâvier qui se remettait lentement de ses émotions. D'une démarche encore mal assurée, tous deux se dirigèrent vers le brancard où Mârk avait été allongé.

En le découvrant sans connaissance, le corps à moitié recouvert d'un drap, Mörgane sentit ses yeux s'embuer.

– Tiens bon, murmura-t-elle à son oreille. Nous sommes là, Xâvier et moi. Nous ne t'abandonnerons pas…

– Le Gros est mort, cria un garde penché sur son corps.

– Il emporte ses secrets avec lui, grommela Rymôr en caressant son cyber-rat encore sonné par le roulé-boulé de son maître.

– Tu n'as pas pu t'empêcher de lui faire le coup de la patte folle, hein ?

– On fait ce qu'on sait faire, Vrânk, c'est toujours comme ça.

Les deux hommes se forcèrent à sourire. Ils savaient qu'ils avaient frôlé la catastrophe.

– On fait le point tout à l'heure, d'accord ? dit Vrânken. Je reviens le plus vite possible. Juste le temps de soigner ce bobo et d'être rassuré sur l'état du gamin !

Tenant son épaule blessée, il suivit le médecin jusqu'à l'infirmerie.

Devant lui marchaient Mörgane et Xâvier, qui escortaient leur ami inanimé.

Les corps de Brâg Svipdag et des deux empero-gardes tués par les cybertueuses furent emportés dans la chambre de technoconservation, où ils rejoignirent celui de Frä Drümar. Le poste de pilotage se vida peu à peu.

Rymôr congédia les derniers soldats et les matelots venus faire le ménage.

Il avait besoin de se retrouver seul.

Il ressentait un immense soulagement de savoir Vrânken vivant. Mais il savait aussi que c'était de sa faute si son capitaine avait été à deux doigts d'y passer. Comme c'était de sa faute si Mârk se trouvait en ce moment à l'infirmerie dans un état grave. L'équipage, tout l'équipage, était sous sa responsabilité. Du plus petit stagiaire jusqu'aux officiers de bord… Traître de Svipdag ! Qui aurait pu se douter ? Certes, il avait fini par reprendre le contrôle de la situation, mais bien tard.

Sous la lueur des étoiles, face à la présence menaçante de la flotte ennemie, le géant remua des idées sombres en attendant le retour de Vrânken…

# 24
# Le piège

Vrânken fit son apparition dans le poste de pilotage, son épaule blessée maintenue par une attelle régénératrice. Celle-ci lui donnait l'air d'un cyborg, une de ces créatures mi-homme mi-machine que l'empire avait mises au point un temps, avant d'abandonner le projet sous la pression des gens de Nifhell, scandalisés.

– Si tu te moques de moi, avertit Vrânken, je te colle aux arrêts !

– Pourquoi est-ce que je me moquerais ? Est-ce qu'un boiteux se moque d'un manchot ?

La boutade arracha un sourire triste au capitaine.

– Comment va le gamin ? s'enquit Rymôr d'un ton plus grave.

– Ce n'est pas brillant, mais il est hors de danger. Le médecin dit que sa convalescence sera longue.

– Pauvre petit, conclut le géant en secouant la tête. Si tous les gars de Nifhell étaient de sa trempe, ce n'est pas Drasill que nous dominerions, mais Eridan tout entière !

Vrânken dirigea son regard au-delà du dôme de verre, dans l'encre de l'espace où brillaient les feux de quelques étoiles et des vaisseaux à l'oiseau rouge.

– Que fait la flotte du khan ?

– Rien. On dirait qu'elle attend.

– Si elle attend des nouvelles de Brâg Svipdag, elle peut attendre long…

Le capitaine laissa sa dernière phrase en suspens.

Une idée venait de lui traverser l'esprit. Il se tourna vers Rymôr.

– Bien sûr, c'est évident ! Mon assassinat était programmé ! Peut-être que Svipdag ne s'attendait pas à devoir agir si vite, mais il allait le faire ! Ce traître avait pour mission de supprimer la Frä Daüda et le capitaine, les yeux et la tête de l'expédition. Maintenant, la Pieuvre attend. Elle attend le feu vert du cuisinier pour passer à l'attaque !

– Il aura du mal à le donner !

– Mais nous, on peut le faire à sa place. Et prendre l'avantage ! Imagine, mon vieux : la Pieuvre me croit mort, elle lance son assaut en toute confiance, pensant les vaisseaux de l'empire désorganisés…

– … et elle a la surprise de sa vie ! tonitrua Rymôr. Sacrebleu, ça me plaît, Vrânk !

– Mais il y a un problème, poursuivit le capitaine à nouveau songeur. Quel signe le traître devait-il adresser à ses maîtres pour leur indiquer le bon moment ?

Les deux hommes se mirent à réfléchir.

– Je sais ! s'exclama Rymôr en tapant du poing dans la paume de son autre main. L'exochaloupe ! Svipdag projetait de s'enfuir en exochaloupe, avec le fils Augentyr en otage ! « Comme prévu », il a même ajouté.

– Parfait ! Il suffira d'en détacher une vide au moment voulu. Et pourquoi pas la charger d'explosifs, pour le cas où ses petits camarades chercheraient à le récupérer ! Nous allons localiser la Pieuvre, organiser une diversion et concentrer notre attaque sur le vaisseau amiral. Privée de son chef, la flotte du khan sera à notre merci !

– Ton plan est ambitieux, c'est sûr, mais irréalisable, soupira Rymôr. Vrânk, comment veux-tu repérer la Pieuvre sans Frä Daüda pour nous guider ?

Vrânken se fendit d'un large sourire et donna une claque sur l'épaule de son second.

– Mais, mon vieux Rymôr, nous avons une Frä Daüda à bord !

Le géant eut l'air interloqué.

– Tu veux parler de la gamine ? C'est une novice, une simple élève ! Bon sang, Vrânk, il faut être expérimentée pour lire l'avenir ! Ce n'est pas un jeu ! Frä Drümar elle-même…

– C'est peut-être une gamine, mais elle nous a sauvés tout à l'heure, rappelle-toi. Va me chercher cette novice. Je veux lui parler.

Rymôr contempla un moment son capitaine, s'apprêta à dire quelque chose puis renonça.

*

Mârk reposait sur un lit de l'infirmerie.

Il dormait, assommé par un sédatif puissant que le médecin lui avait administré après sa brève opération ; la cybertueuse avait perforé un poumon et abîmé une omoplate.

Une lampe régénératrice projetait sur les blessures refermées son étrange lumière blanche. Assis à côté, Mörgane et Xâvier veillaient le sommeil de leur ami.

– J'ai du mal à imaginer… qu'il aurait pu mourir ! avoua la jeune fille dont les lèvres tremblaient. Lorsque je l'ai vu tomber, j'ai vraiment cru que…

– C'est fini, Mörgane, il est sauvé maintenant, la réconforta Xâvier en lui prenant la main.

Elle lui rendit un sourire sans conviction.

– Je ne suis bonne que pour me pavaner devant une table de ping-pong, pas vrai ? Au premier problème sérieux, je panique, comme n'importe quelle idiote !

– Ne dis pas ça… C'est normal d'être bouleversée ! Tu penses que je ne paniquais pas, moi, avec le couteau de l'autre dingue sur la gorge ? Non, je trouve au contraire qu'on s'en est bien tirés. Tous.

Ils se turent. Les bips-bips électroniques de l'appareillage médical envahirent peu à peu l'infirmerie.

Mörgane se redressa et remit sur Mârk le drap qui avait glissé.

– Tu as raison, Xâve. On s'en est bien tirés. Après tout, le capitaine Vrânken aurait dû y passer, lui aussi. Comme Mârk. Et comme toi, d'ailleurs.

Xâvier écarquilla les yeux.

– Comme moi ?

– Qu'est-ce que tu crois ? répondit-elle en haussant les épaules. Que Svipdag t'aurait adopté, une fois parti dans l'exochaloupe ? En tout cas…, reprit-elle en baissant les yeux, je voulais te remercier.

– Ah, bon ? Heu… Mais pourquoi ?

Devant tant de naïveté, Mörgane se demanda si un garçon sans fille valait mieux qu'un capitaine sans devineresse ! Elle soupira et lui expliqua :

– Pour m'avoir protégée. Si tu ne t'étais pas interposé devant Svipdag, c'est moi qu'il aurait prise en otage…

À cet instant, la porte de l'infirmerie s'ouvrit, poussée par une main puissante.

Ils s'éloignèrent brusquement l'un de l'autre, comme pris en faute.

– Mörgane ? fit la grosse voix de Rymôr. Le capitaine voudrait te parler. Toi, mon garçon, reste là ou rentre dans ta cabine, mais ne déambule pas dans le vaisseau. C'est compris ?

Xâvier hocha la tête. Il jeta un dernier regard sur Mörgane qui emboîtait le pas au géant.

Dans sa poitrine, et sans qu'il sache pourquoi, son cœur de jeune stagiaire battait la chamade.

# 25
# L'heure de la novice

– Approche, Mörgane, n'aie pas peur.

Mörgane fit les quelques pas qui la séparaient de Vrânken dans le poste de pilotage.

Rymôr se pencha sur la table à cartes, songeur.

– Vous m'avez fait demander, capitaine ?

Vrânken s'aperçut qu'elle gardait les yeux fixés sur l'attelle enserrant son bras gauche.

– Grâce à cet étrange bandage, mon épaule sera guérie dans moins de deux semaines, expliqua-t-il. Autre avantage : il m'empêche d'avoir mal !

La jeune fille se détendit. Vrânken chercha son regard.

En le trouvant, il connut le même moment de surprise que la fois où elle lui avait expliqué le futur. Ces yeux étaient terriblement profonds. Ils étaient deux puits. Deux puits remplis d'une eau limpide, couleur de ciel.

« Étonnant ! se dit-il. Elle a le même regard que Frä Drümar ! »

La pureté et la maturité qu'il vit chez Mörgane le confortèrent dans sa décision.

– Mörgane, j'ai un service à te demander. Je pourrais te dire que l'empire a besoin de toi, je ne mentirais pas. Je pourrais appeler à mon secours le souvenir de Frä Drümar pour t'émouvoir ! Mais c'est un capitaine démuni qui va tout simplement te dire : aide-moi.

Les cils de la novice papillonnèrent. Elle répondit d'une voix faible :

– Je suis à vos ordres, capitaine.

– Cela risque d'être difficile pour toi. Aussi, je comprendrais très bien que tu refuses.

Mörgane garda le silence.

Le capitaine continua en gardant ses yeux dans ceux de la jeune fille.

– Je voudrais que tu retournes dans le Temple, avec le technophone de Frä Drümar, et que tu interroges les Puissances. Je voudrais que tu me dises où se cache la Pieuvre parmi tous les vaisseaux du khan.

Mörgane se força à respirer calmement. Lorsqu'elle ouvrit à nouveau la bouche, sa voix s'était affermie :

– Je le ferai. Je ne promets rien : je ne suis qu'une novice, pas une devineresse. Mais je vais essayer.

– Il y aura un garde devant la porte du Temple, précisa Vrânken pour la rassurer.

Elle grimaça un sourire.

Vrânken fit signe d'approcher à un matelot qui se tenait prêt depuis le début de l'entretien. Il était armé d'un fusil et ne posa pas de question.

Il emmena Mörgane avec lui.

– Elle a du cran, cette petite, reconnut Rymôr qui avait rejoint son capitaine.

– J'ai parfois le sentiment douloureux, mon vieil ami, de n'être qu'un gosse entouré de vrais adultes…

Il secoua la tête et se reprit :

– L'exochaloupe piégée est prête ? Nous la lâcherons dès que Mörgane aura repéré la Pieuvre. Parce qu'elle va réussir, j'en suis sûr ! Fais monter Xâvier, aussi : nous allons avoir besoin de lui. Ce serait trop bête d'être trahi par mon propre avenir…

Mörgane referma la porte derrière elle et donna un tour de clé. Puis elle se retourna.

C'était elle qui avait découvert le corps de la devineresse. Elle était allée donner l'alarme. Elle avait soigneusement évité, depuis, de passer à proximité du Temple.

Maintenant, c'était différent.

Non seulement elle y était entrée, mais elle allait devoir s'agenouiller devant la source, à l'endroit même où Frä Drümar était tombée.

Puis il lui faudrait fouiller les eaux sombres aux reflets métalliques à la recherche d'images imprécises, sans savoir ce qu'elle allait découvrir.

Elle réprima un long frisson.

Elle fit quelques pas en direction de l'arbre de polyverre.

La place avait été nettoyée. Plus rien n'indiquait qu'un drame terrible s'était joué ici, quelques heures plus tôt.

– Par les feuilles de l'arbre sacré ! murmura Mörgane. Je ne pourrai jamais. C'est trop dur…

Elle chercha en elle la force de tenir la promesse qu'elle avait faite au capitaine.

En vain.

Ses pensées s'attardèrent alors sur Vrânken, sur le regard qu'il lui avait porté. Son cœur s'était mis à battre plus vite. De la même façon que lorsqu'elle avait surpris Mârk en train de la regarder danser, ou lorsque Xâvier avait touché sa main, dans l'infirmerie. Non, différemment ! Elle ne savait plus. Si elle était encore novice en divination, elle l'était encore plus pour les sentiments ! Tout s'embrouillait en elle.

Elle respira un grand coup. Ce qu'elle savait, c'est qu'elle n'avait pas envie de décevoir Vrânken.

L'image du visage de Frä Drümar surgit ensuite dans sa tête.

Elles avaient eu si peu de temps pour apprendre à se connaître, et à s'apprécier ! Pourtant, ce peu de temps avait suffi. La devineresse lui avait parlé comme à une adulte, lui avait appris et révélé des choses comme personne auparavant ne l'avait fait. Et puis… Mörgane avait deviné ce que son professeur éprouvait pour le capitaine. Elle se sentit encore plus proche de Frä Drümar.

Alors pour elle, pour sa mémoire, elle devait remplir son devoir de Frä Daüda. Ne pas rompre le lien unissant les capitaines et les devineresses. Continuer de prouver à l'empire qu'il avait besoin des Frä Daüda.

Elle s'agenouilla au pied de l'arbre et plongea dans la source un regard décidé.

– Silence ! cria Vrânken pour calmer l'agitation qui s'était emparée du poste de pilotage avec l'imminence de l'action. Silence !

Les hommes présents sous le dôme de verre se tournèrent vers le capitaine et se figèrent. Celui-ci avait fermé les yeux et protégeait avec une main l'oreillette de son technophone.

– Ça y est ! annonça-t-il. Mörgane croit avoir repéré la Pieuvre !

– Elle croit ou elle est sûre ? s'inquiéta Rymôr.

– Elle croit qu'elle est sûre, je ne peux rien dire d'autre.

– Ce n'est pas terrible ! gronda le géant.

– C'est tout ce que l'on a, répondit durement Vrânken. Écoute, mon vieux, je suis le capitaine et je dis que nous allons suivre les intuitions de Mörgane.

– D'accord, Vrânk, d'accord, se rendit Rymôr. Je ne dirais pas que j'éprouve la même confiance aveugle que toi dans les visions de la petite, mais nous n'avons pas de meilleur plan. Et puis, sacrebleu, tonitrua-t-il, c'est un beau coup de poker, et j'aime le poker !

– Si je peux me permettre d'interrompre votre passionnante conversation…, intervint Xâvier qui se tenait à côté du capitaine. On peut savoir sur quel vaisseau se cache la Pieuvre ?

– Dis donc, gamin, rugit Rymôr, un peu de respect ! Tu veux partir dans l'exochaloupe avec les explosifs ?

– Calme-toi ! Xâvier a raison, reconnut Vrânken. Il est temps d'agir. Lieutenant ?

L'officier des emperogardes s'approcha.

– Capitaine ?

– Vos hommes sont-ils prêts ?

– Ils le sont, capitaine.

– Parfait.

Il brancha le micro qui lui permettait de s'adresser à tous les capitaines de la flotte de l'empire.

– Messieurs, il s'est passé depuis notre dernière conversation beaucoup de choses dont vous aurez le détail plus tard. Sachez que nous allons bientôt passer à l'action, et que cette action sera décisive. Je vous demande encore une fois d'obéir aux ordres émanant du *Rongeur d'Os*, même s'ils ne sont pas directement donnés par moi ! C'est important ! Tenez-vous prêts.

Il coupa la communication.

– Xâvier, tu as à ta disposition une flotte entière pour opérer une diversion, *Le Rongeur d'Os* pour s'approcher de la Pieuvre et une unité d'élite prête à s'en emparer. C'est à toi de jouer !

– Capitaine, répondit anxieusement le garçon. Si vous ne me dites pas où elle se trouve, j'aurai du mal à m'en occuper !

– Bien sûr ! Que je suis bête ! dit Vrânken, moqueur.

Il s'approcha et lui chuchota quelques mots à l'oreille.

Xâvier eut l'air étonné. Mais déjà une stratégie s'élaborait dans sa tête. Lorsque tout fut clair en lui, il s'installa devant la barre et promena son regard au milieu des étoiles.

– C'est bon, annonça-t-il, on peut y aller. Larguez l'exochaloupe !

– Tu ne préfères pas brancher d'abord le champ magnétique et mettre en place les pièces de l'exocube ? s'étonna Vrânken.

– Ce n'est pas la peine, répondit Xâvier sans hésiter.

Le vaisseau de secours fut éjecté dans l'espace en direction de la flotte du khan. Rymôr ne s'était pas trompé : comme si elle n'attendait que ce signal, l'armada de Muspell se mit en mouvement.

– Messieurs, ordonna Xâvier dans le micro général, les instructions sont simples : pas de mode cybercommandé cette fois-ci. Vous affronterez directement les vaisseaux du khan sur la base de vos seules initiatives ! Nous avons simplement besoin de quelques heures de tranquillité. Nous comptons sur vous...

Il débrancha le micro et se tourna vers Rymôr.

– Mon vieux Rymôr, dit Xâvier en imitant le capitaine, nous mettons quant à nous le cap sur Planète Morte, où se tiennent depuis le début de la bataille la Pieuvre et son état-major !

# 26
# Le repaire de la Pieuvre

La flotte du khan, sûre d'elle, fondit sur les vaisseaux impériaux. Ceux-ci, suivant à la lettre les instructions de Xâvier, contre-attaquèrent dans le plus grand désordre. L'exochaloupe larguée par *Le Rongeur d'Os* ne tarda pas à être récupérée par les hommes de Muspell, et la lumière intense et brève d'une explosion envahit bientôt l'espace.

– Ça y est, commenta Vrânken tandis que son vaisseau faisait route vers Planète Morte. Ils ont trouvé notre petit cadeau !

Soudain, un navire ennemi se détacha des autres et fonça sur eux.

– On nous a pris en chasse, annonça calmement Rymôr.

C'était un navire de grande taille, massif et trapu. Il lança immédiatement une première salve d'obus, qui s'écrasèrent sur *Le Rongeur d'Os* sans parvenir à entamer l'étrange matière qui le recouvrait. Le crève-Brisants tangua sous le choc. Vrânken le redressa d'un coup de barre.

– On veut jouer à ça ? Très bien !

*Le Rongeur d'Os* était beaucoup plus maniable que son agresseur. Sous la poigne habile du capitaine, il évita deux autres bordées et parvint à se placer juste au-dessus du lourd bâtiment. Xâvier n'en perdait pas une miette. Avec un mélange d'envie et d'admiration, il observait Vrânken qui manœuvrait son vaisseau de son seul bras valide.

– Rymôr, lâche les exobombes ! commanda le capitaine.

Le géant pianota sur un clavier. Une porte coulissa sur le ventre du vaisseau, libérant une dizaine de bidons qui flottèrent un moment dans le vide avant de converger vers le navire de guerre. Vrânken fit hurler le moteur photonique et donna plusieurs tours à la barre. *Le Rongeur d'Os* plongea. Au même moment, les exobombes explosèrent, déchirant la coque d'acier du bâtiment de Muspell.

– Il faut plus d'un navire pour venir à bout du Chien-de-la-lune, grommela Vrânken entre ses dents tout en reprenant la direction de Planète Morte.

La surface désertique apparut bientôt aux occupants du *Rongeur d'Os*.

Dans le ciel noir, au-dessus d'eux, des éclairs de lumière indiquaient que les combats faisaient rage.

Le vaisseau fonçait maintenant de toute la puissance de ses moteurs en direction de la base construite par l'empire.

– Et si la Pieuvre et son équipage s'étaient réfugiés dans le complexe souterrain ? s'inquiéta le géant en se tournant vers Vrânken.

– Je ne crois pas, répondit-il. Les bâtiments de surface offrent une vue avantageuse sur le champ de bataille.

– Là ! Regardez ! cria Xâvier.

Ancré au pied d'un énorme rocher, un navire de Muspell arborait, peint sur les flancs, l'oiseau rouge du khan. Au sommet d'une antenne flottait le pavillon de la Pieuvre.

– Gagné ! rugit Rymôr.

– Il n'y a personne à bord, indiqua le matelot en charge des technoscanners.

– Alors, vieux sceptique, dit Vrânken d'une voix joyeuse, que penses-tu des prévisions de notre petite novice ?

– Bon bon, ça va, bougonna le géant. Maintenant, si tu veux bien me laisser faire mon travail…

Le second entra en communication avec les canonniers de l'équipage.

– Les gars, je veux voir des gros trous dans le navire qui se cache en dessous !

Les canons du Rongeurs d'Os crachèrent aussitôt leurs boulets de polymétal, qui transformèrent le vaisseau de la Pieuvre en carcasse fumante.

– C'est imprudent de garer son véhicule en dehors du parking ! dit Rymôr en s'esclaffant.

Puis *Le Rongeur d'Os* survola lentement la petite cité qui avait hébergé la garnison impériale.

Des traces récentes de destruction confirmèrent que Planète Morte avait été brutalement prise d'assaut.

Xâvier s'inquiétait. Un autre navire de la flotte du khan n'allait-il pas s'attaquer encore à eux ? Mais un coup d'œil sur les écrans des radars le rassura : aucun bâtiment n'était signalé en approche. Les capitaines de l'empire se débrouillaient bien !

*Le Rongeur d'Os* essuya un tir en provenance de la tour qui abritait autrefois le poste de commandement.

– Les technoscanners confirment la présence d'êtres vivants là-dedans, annonça le matelot.

– Ils sont ici ! dit Vrânken en se frottant les mains. Et ils sont peu nombreux ! Je suis sûr que la Pieuvre n'a jamais prévu que nous puissions venir la déloger dans son repaire ! Je mettrais ma main au feu qu'elle ne dispose que d'une garde rapprochée… Ça va être un jeu d'enfant ! Lieutenant ?

– Oui, capitaine ?

– Nous allons prendre cette tour. Je veux des prisonniers, uniquement des prisonniers. Est-ce que c'est clair ?

– Parfaitement clair, capitaine.

L'officier, sanglé dans son armure de polymétal léger et équipé d'un casque à oxygène, s'empressa d'aller rejoindre ses hommes dans les entrailles du vaisseau.

– Xâvier, as-tu déjà vu des emperogardes en action ?

– Heu, oui, capitaine, sur l'écran de mon ordibureau…

– Ne dis pas de bêtise et regarde. C'est impressionnant.

Une vingtaine de grosses torpilles jaillirent des flancs du *Rongeur d'Os*, qui s'était immobilisé au-dessus de la tour. Elles percutèrent l'objectif en plusieurs points.

– Chaque exotorpille peut contenir jusqu'à trois soldats, expliqua Vrânken au stagiaire. La tête est conçue pour forer tous les types de parois. Ensuite, elle s'ouvre et les emperogardes sont à pied d'œuvre. Voilà, il ne reste plus qu'à attendre !

Sous la direction de Rymôr et l'œil attentif des canonniers, *Le Rongeur d'Os* prit de la hauteur et inspecta les alentours. Mais rien ne bougeait, et les technoscanners confirmèrent l'absence de vie en dehors de la tour.

La radio qui assurait la liaison avec le chef du commando crachota :

– Capitaine ! La zone est sous contrôle et totalement sécurisée. J'ai aussi une bonne nouvelle à vous annoncer : nous tenons la Pieuvre !

– Ils tiennent la Pieuvre ! manqua s'étrangler Vrânken. Bravo, lieutenant ! Préparez notre appontage.

Il frétillait.

C'était un grand jour pour l'empire ! Ils tenaient le grand stratège du khanat de Muspell ! La campagne de libération de Planète Morte allait se transformer en un formidable succès.

– Que fait-on, Vrânk ? On balance l'information sur grandes ondes ?

– Pas tout de suite. Attendons d'être sûrs.

*Le Rongeur d'Os* s'amarra au ponton de la tour. Les emperogardes raccordèrent avec un tunnel de polyverre le sas du navire à celui du bâtiment. Vrânken fut le premier à l'emprunter, de son pas souple et rapide. On le sentait impatient…

# 27
# Fin de partie

Les emperogardes avaient réuni les prisonniers dans le vaste hall du rez-de-chaussée. Des meubles renversés et des débris tombés des murs attestaient que la garnison en poste sur Planète Morte avait défendu la base avec acharnement.

Comme Vrânken l'avait prévu, une poignée seulement de guerriers de Muspell étaient présents dans la tour. Vaincus et attachés, ils jetaient des regards à la fois fiers et haineux aux officiers de l'empire.

Dans un coin, des hommes et des femmes vêtus d'une simple tunique de toile se serraient peureusement les uns contre les autres. Le khanat aimait asservir les planètes sous son contrôle, et il était fréquent de trouver des servants jusque sur les navires de guerre. Vrânken renifla de mépris. Sa première décision serait de renvoyer ces pauvres gens chez eux.

Enfin, au centre de la salle, entouré de cinq officiers, se tenait un homme d'une cinquantaine d'années.

Il portait sur sa veste les galons de général du khan. Grand, mince, le visage dur évoquant celui d'un rapace, il toisa Vrânken avec un sourire plein d'arrogance.

À côté de lui, un vieillard portant un manteau sale et usé s'appuyait sur un bâton noueux.

– La Pieuvre…, murmura le capitaine en s'approchant. Et l'otchigin, son devin !

Il planta ses yeux étincelants dans le regard sombre du stratège de Muspell.

– Je suis ravi de vous rencontrer enfin, général. La chance tourne, on dirait !

L'homme se contenta d'un geste du menton en direction de l'épaule blessée de Vrânken. Le vieillard à côté de lui cracha sur le sol et ricana.

– Oui, général, oui, sorcier, votre homme a presque réussi à me tuer. Tout comme vous avez presque réussi à me vaincre. Mais presque, ce n'est pas suffisant… Rassurez-vous, nous aurons l'occasion d'en discuter : les prisons disposent d'un parloir, à Nifhell ! Lieutenant ?

– Oui, capitaine !

Vrânken s'avança vers l'officier qui avait mené ses hommes à l'assaut de la tour et lui serra la main.

– Bravo pour cette opération parfaitement menée ! Des pertes ?

– Non, capitaine. Mais nous avons trouvé des membres de la garnison impériale enfermés dans les sous-sols de la tour. Certains sont blessés.

– Faites venir le médecin de bord. Et commencez l'inspection de nos installations : les hommes du khan y ont peut-être laissé traîner quelques mauvaises surprises ! Rymôr ?

– Oui, Vrânk ?

– Diffuse la nouvelle : la Pieuvre est entre nos mains ! Essaye d'obtenir l'arrêt des combats. Et, dès que possible, demande à l'un de nos navires parmi les plus confortables de nous rejoindre. *Le Splendide* par exemple. Il y a ici de pauvres gens brimés par le khanat et de courageux soldats de l'empire qui méritent du repos...

*

Xâvier ressentit un vif plaisir en voyant Mörgane apparaître dans le poste de pilotage. Il se précipita vers elle et fut accueilli avec un sourire.

– Tu n'es pas trop fatiguée ?

– Ça va, merci.

– Tu veux t'asseoir ?

– Non, je préférerais marcher, plutôt.

Le garçon jeta un coup d'œil interrogateur au matelot resté sous le dôme de verre. Celui-ci répondit par un signe de tête approbateur.

– Viens, Mörgane, je t'offre une promenade !

Xâvier prit la jeune fille par la main et l'entraîna dans les escaliers.

Quelques instants plus tard, ils quittaient *Le Rongeur d'Os* et traversaient le tunnel translucide.

Des emperogardes les arrêtèrent à l'entrée du hall où

avaient été regroupés les prisonniers. On leur interdit d'aller plus loin.

Désappointés mais terriblement curieux, ils décidèrent de rester dans le couloir. Mörgane regarda dans le ciel, par l'une des fenêtres.

– J'ai vu dans la source des images terribles, murmura-t-elle. Des navires éventrés, des hommes qui hurlaient.

– C'est fini, lui dit Xâvier, tout est fini. Grâce à toi, nous avons capturé la Pieuvre, et la flotte du khan s'est rendue…

L'annonce de la capture de la Pieuvre par *Le Rongeur d'Os* avait eu un effet immédiat sur la flotte de Muspell. Un navire émissaire avait hissé le drapeau blanc. Les vaisseaux qui avaient survécu à l'impitoyable affrontement s'étaient rangés derrière lui.

En face, l'empire accusait des pertes lui aussi. Elles étaient moins lourdes, mais une partie de la flotte comtale était quand même partie en flammes au cours de la bataille.

Les combats avaient été violents. Rares étaient ceux qui avaient eu la chance de pouvoir quitter les bâtiments en perdition à bord d'une exochaloupe…

– Et maintenant ? demanda Mörgane en se tournant vers son ami.

– Maintenant, nous allons laisser les emperogardes sur Planète Morte et nous allons rentrer à Nifhell avec les prisonniers.

– Tout ce monde va monter à bord du *Rongeur d'Os* ?

– Non. Seulement la Pieuvre, le sorcier qui l'accompagne et le commandant de la garnison en poste ici au moment de l'attaque du khanat. Les autres iront sur un bâtiment plus gros.

Répondant effectivement à la demande de Vrânken, tandis que l'armada impériale arraisonnait un à un les navires de Muspell, un énorme vaisseau apponta à son tour sur Planète Morte.

– Le sorcier ? s'exclama Mörgane. Tu veux dire qu'un otchigin va embarquer avec nous ? Mais c'est génial !

– Ah, bon ?

– Mais oui ! Les otchigins lisent l'avenir dans le feu ! Par les feuilles de l'arbre sacré, j'aimerais bien voir comment il fait !

– Je ne comprends rien à ce que tu racontes.

– Je t'expliquerai, éluda-t-elle.

– J'y compte bien, se vexa Xâvier.

– Méchant boudeur, va ! continua-t-elle, moqueuse. Alors, rien ne se passe ici sans que tu sois au courant ? C'est toi le nouveau capitaine ?

– Heu, non, dit Xâvier, mais quand on reste dans le poste de pilotage, on entend forcément tout ce qui…

– Chut, fit-elle en se retournant. Je crois qu'il se passe quelque chose !

# 28
# Bumposh

C'était un brouhaha dans le couloir qui avait attiré l'attention de Mörgane.

Le capitaine du *Splendide*, le fier navire d'apparat qui venait de se poser, arrivait avec sa suite.

L'homme était de haute taille, gras, vêtu richement comme tous les nobles de l'empire. Son entrée dans le hall fut fracassante. Il était accompagné d'une dizaine de courtisans qui se pressaient autour de lui en jacassant.

– Alors, où est-elle cette Pieuvre, qu'on lui torde un peu le cou ? déclama-t-il d'une voix haute et aiguë.

– Capitaine de Vergueil, je vous attendais, dit Vrânken en s'avançant vers lui.

– Ah ! Capitaine de Xaintrailles ! Bravo ! Quel stratège vous êtes ! Vite ! Des applaudissements !

Les courtisans se mirent à taper dans leurs mains en gloussant.

Rymôr leva les yeux au ciel.

Mörgane et Xâvier étaient stupéfaits.

– Mon cher Xaintrailles, reprit le capitaine de Vergueil, je suis très honoré d'avoir été choisi pour recevoir, au nom de toute la flotte impériale, vos remerciements et vos félicitations pour les exploits que nous avons accomplis là-haut, dans l'espace infini, et…

Vrânken l'arrêta d'un geste.

– Vous vous trompez, capitaine. Je vous ai fait venir parce que votre vaisseau est l'un des derniers à être encore intact. Vos cybercommandes étaient sans doute défectueuses !

– C'est-à-dire… oui, nous avons eu un problème technique qui…, bredouilla Vergueil.

– Vous prendrez à votre bord les guerriers prisonniers, ainsi que les valeureux soldats de la garnison de Planète Morte qui, eux, se sont battus pour l'empire jusqu'à leurs dernières forces.

Le capitaine de Vergueil prit un air outré.

– Vous accueillerez également avec le plus grand respect et dans le meilleur confort, mais je peux vous faire confiance sur ce point ! les hommes et les femmes employés comme servants sur le vaisseau de la Pieuvre. Des questions ?

– Oui, monsieur de Xaintrailles ! Pourquoi… ?

– Vous pouvez disposer, capitaine. Je vais faire procéder à l'embarquement de vos hôtes.

Le ton sec de Vrânken dissuada son interlocuteur d'ouvrir à nouveau la bouche. Vergueil tourna les talons, sous les sourires narquois des emperogardes.

Rymôr lui adressa un geste provocateur. Le noble haussa les épaules et disparut dans le couloir.

Mörgane et Xâvier pouffèrent.

– Rassure-moi, Vrânk, il est le seul de son espèce, hein ?

– Hélas non, mon vieux Rymôr. Mais il reste quand même beaucoup d'hommes de valeur à Nifhell, heureusement. Quant à ce Vergueil… C'est quand même le pire ! Bon, on fait monter ces gens et on décolle. Planète Morte n'est pas l'endroit où je rêve de passer des vacances.

Les emperogardes étaient prêts à escorter les guerriers et les officiers du khan jusqu'au *Splendide*. La trentaine de soldats de la garnison impériale libérée leur emboîtèrent le pas.

– Commandant Vobranx ? Brînx Vobranx ?

Un des hommes se retourna. Il semblait épuisé. Sa moustache et une partie de son visage étaient tachées de sang. Il portait un bandage autour du crâne.

– Capitaine ?

– J'aimerais que vous me fassiez l'honneur de m'accompagner sur mon propre navire.

Le commandant Vobranx secoua la tête.

– C'est très aimable à vous, monsieur. Mais je n'abandonnerai pas mes hommes maintenant.

En prononçant ces mots, il posa sa main sur l'épaule d'un garçon encore couvert de poussière, qui se tenait à côté de lui.

– Dans ce cas, commandant, dit Vrânken, je vous

invite vous et vos hommes à gagner *Le Rongeur d'Os*. L'escouade d'emperogardes restant sur Planète Morte, j'ai la place de vous accueillir tous. Le confort sera moindre que sur Le *Splendide*, mais je vous promets une conversation et des attentions moins… futiles !

– C'est très aimable à vous, capitaine. Dans ce cas, j'accepte bien volontiers !

Puis ce fut au tour des servants de passer devant Vrânken.

– Pauvres gens ! compatit le géant qui l'avait rejoint. Pourquoi l'empire ne contrôle-t-il pas toutes les planètes de Drasill ? Cela mettrait un terme à toute cette misère !

– L'empire a déjà du mal à garder dans son giron celles qu'il protège et…

Vrânken fut interrompu par les cris stridents de Bumposh.

Le cyber-rat s'était dressé sur l'épaule de son maître et semblait affolé.

– Qu'est-ce qui se passe, Rymôr ?

– Un truc pas normal, grommela le géant.

Rymôr sortit son énorme pistolet de sa ceinture.

– Plus personne ne bouge ! Restez tous où vous êtes ! Lieutenant, faites intervenir vos hommes !

Les emperogardes se déployèrent immédiatement autour des personnes présentes dans la salle et les mirent en joue.

Un grand silence se fit.

– Bon sang, Rymôr ! Tu vas me dire ce qui se passe ?

– On est en train de nous jouer un sale tour. La Pieuvre va s'échapper !

– S'échapper ? Tu délires, vieux ! Regarde, poursuivit Vrânken en montrant du doigt le prisonnier : le général est entravé et gardé par trois soldats !

– Mon Bumposh ne se trompe jamais, Vrânk. Fais-moi confiance.

Les guerriers de Muspell, déjà dans le couloir, furent ramenés dans le hall, ainsi que les hommes du commandant Vobranx.

Tout le monde fut regroupé au centre, sous la surveillance vigilante des emperogardes.

– Le chef Rymôr est devenu fou ! souffla Xâvier à son amie depuis le couloir où ils observaient la scène.

Le géant se mit à déambuler entre les groupes. Il caressait l'animal et murmurait à son oreille :

– Alors, mon Bumposh, il y a quelque chose qui te tracasse ? Montre à papa, montre !

Il passa à côté de la Pieuvre, qui lui jeta un regard inquiet.

– Celui-là nous cache quelque chose, hein Bumposh ?

Mais le rat tournait la tête ailleurs.

Rymôr continua d'avancer. Il approcha du groupe des servants.

Bumposh couina.

– C'est là ? C'est là qu'il y a un problème ? Dis-moi, Bumposh !

Soudain, l'œil noir du cyber-rat brilla d'excitation. Il se mit à cracher en direction d'une jeune femme qui baissait la tête, cachée derrière les autres.

Rymôr l'attrapa par le bras et la tira à lui.

– Allez, ma belle, montre-toi un peu.

De taille moyenne, elle avait peut-être dix-huit ou dix-neuf ans. Sa tunique de servante cachait mal un corps délié, sportif et hâlé. Une longue chevelure rousse tombait sur ses épaules.

De la main, Rymôr l'obligea à lever la tête. Son visage, aux traits fins, était d'une grande beauté. Ses yeux verts jetèrent des éclairs.

– Eh bien, ça ! lâcha le géant. Vrânk ?

Le capitaine accourut.

– Mon cher Vrânk, annonça Rymôr, je te présente la Pieuvre. La vraie !

De l'autre côté de la salle, le général se raidit. L'otchigin quant à lui laissa échapper un gémissement sinistre.

– Incroyable ! s'exclama Xâvier dans son coin. Ce rat est vraiment télépathe !

# 29
# Alyss

Vrânken resta un long moment immobile en face de la fausse servante qui lui tenait crânement tête.

– Serait-ce possible ? murmura-t-il. La Pieuvre, cette fille ?

– Tiens tiens, ironisa Rymôr. Voilà maintenant que tu mets en doute la valeur des gamines !

– Et l'autre, là-bas, avec ses galons de général ? C'est un leurre ?

– C'est un complice. Qui est sans doute général pour de bon, d'ailleurs.

Vrânken prit le temps de réfléchir.

– Très bien. On poursuit l'embarquement. Fais monter cette fille sur *Le Rongeur d'Os*, avec le général et l'otchigin. Je découvrirai le fin mot de l'histoire !

Le second donna des ordres.

Le mouvement amorcé auparavant reprit, sous la vigilance accrue des emperogardes.

Le *Splendide* fut le premier à décoller, suivi peu après du *Rongeur d'Os*. Vrânken avait tenu à passer en revue les emperogardes, qui allaient rester sur Planète Morte jusqu'à ce que l'empire envoie sur place une nouvelle garnison.

– Tu y crois, toi, à cette histoire de fille qui serait la Pieuvre ?

– Oui, Xâve, j'y crois. Même si j'étais loin, j'ai bien vu comment elle soutenait le regard du capitaine. On aurait dit que, même vaincue, même démasquée, elle le défiait encore !

Les deux stagiaires marchaient côte à côte dans les coursives du vaisseau. Xâvier avait l'air pensif.

– Moi, ça me paraît bizarre, finit-il par avouer.

– Pourquoi ? Parce que c'est une fille ?

– Eh bien, c'est-à-dire que… Non ! Mais…

– J'ai compris, va, s'énerva Mörgane. Monsieur ne supporte pas de savoir qu'il existe un autre génie précoce ! Tu es décidément impossible !

– Tu te trompes, s'offusqua Xâvier avant de reprendre, doucereux : mais toi, peut-être n'es-tu pas indifférente au fait que notre capitaine soit subjugué par cette beauté surgie de nulle part ?

Elle ne répondit pas, haussa les épaules et accéléra l'allure. Xâvier courut pour la rattraper.

– Mörgane, excuse-moi, je ne voulais pas te…

La stagiaire mit un doigt en travers de ses lèvres pour

lui intimer le silence. Ils arrivaient devant l'infirmerie et Mârk dormait encore.

Xâvier ne se trompait pas sur l'effet que l'inconnue avait produit sur le capitaine. Alors que Vrânken avait enfermé le général et son sorcier dans une des cellules du *Rongeur d'Os*, il avait transféré son paquetage chez Rymôr et offert sa propre cabine à la fille rousse. Sensible à cette marque de respect, elle l'avait remercié et lui avait donné son nom avant de refermer la porte. Vrânken avait chargé un matelot de monter la garde et s'était rendu dans le poste de pilotage.

En chemin, il pensait à ce nom qui lui avait tout de suite plu et à la voix chaude, aux accents de Muspell, qui l'avait prononcé : Alyss...

– Alors, Vrânk ?

– On s'occupera de résoudre le mystère de la Pieuvre en route. L'essentiel est d'avoir gagné la guerre et mis un frein, pour longtemps j'espère, aux ambitions du khan !

– Que fait-on des vaisseaux prisonniers ?

– On garde pour nous les meilleurs bâtiments. On désarme les autres, on y entasse les guerriers de Muspell et on les renvoie chez eux. Le khan sera furieux !

– Cela risque de prendre du temps.

– Nous en avons. Fais comme j'ai dit.

Rymôr s'empressa d'aller communiquer aux officiers impériaux la décision de Vrânken. Le capitaine retomba aussitôt dans ses rêveries.

*

Il faisait nuit sur Muspell.

La grande steppe, écrasée le jour par une chaleur torride, se réveillait doucement. Les herbes se redressaient, les arbustes ouvraient leurs feuilles à la recherche d'un peu d'humidité. Les animaux se hasardaient hors de leurs terriers, quittaient leurs repaires et partaient en chasse ou en quête d'eau.

Sous sa grande tente de feutre, le khan goûtait lui aussi à la fraîcheur nocturne.

Il avait réuni quelques amis parmi les plus fidèles chefs de tribu, et ceux-ci, allongés sur des coussins de soie, se faisaient verser du thé par une servante.

La conversation avait porté sur les récentes courses de chevaux-serpents, qui avaient vu la victoire d'un petit clan de l'autre bout de la steppe.

Elle avait ensuite dévié sur des problèmes de sources taries et de champs revendiqués par plusieurs familles.

Elle s'était ensuite déplacée sur les planètes contrôlées par le khanat et les difficultés croissantes que les guerriers de Muspell rencontraient pour y maintenir l'ordre.

– Cela ne durera pas, avait répondu Atli Blodox avec un sourire. Bientôt, tout Drasill s'apercevra que l'empire ne vaut plus rien. Muspell régnera en seul maître, et gare à ceux qui se lèveront contre nous !

Une sonnerie discrète retentit. Le khan empoigna son technophone.

– J'attendais justement des nouvelles…, annonça-t-il à ses amis. Oui ?

Atli Blodox hochait la tête au fur et à mesure de la conversation.

– C'est ennuyeux. Mais cela ne dérange pas nos projets.

Son visage s'éclaira peu à peu. Il passa une main sur son crâne rasé.

– Parfait ! Maintenant, coupez tout !

Il raccrocha.

– Mes amis ! L'armada impériale envoyée par les stupides généraux-comtes est finalement venue à bout de notre flotte, et Chien-de-la-lune a réussi à capturer notre Pieuvre... J'ai donné l'ordre à nos guerriers cachés dans les profondeurs de Planète Morte de lancer la deuxième phase du plan. Mes amis ! Buvons à la victoire inéluctable du grand khanat de Muspell !

Il éclata d'un rire joyeux, ovationné par les chefs de tribu présents. Ses yeux gris étincelaient.

Sur la poitrine nue du guerrier secouée par l'hilarité, on aurait dit que l'oiseau rouge tatoué allait s'envoler.

# 30
# Les Chemins Blancs

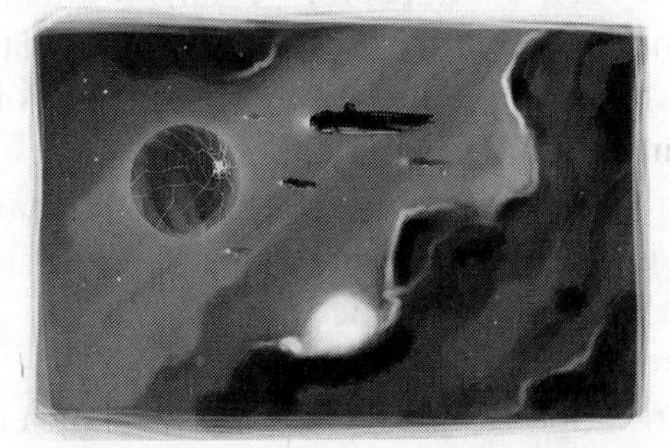

Les transferts d'équipages entre navires de Muspell, ainsi que le désarmement de ceux que l'empire ne ramenait pas sur Nifhell, prirent, comme Rymôr le craignait, plus de temps qu'il aurait aimé.

Pour ne rien arranger, une information inquiétante était parvenue jusqu'au géant : la plupart des vaisseaux du khan étaient de vieux modèles. Qu'est-ce que cela voulait dire ? Le khanat disposait pourtant de navires récents !

Il hésita à communiquer son inquiétude à Vrânken, puis renonça. Le capitaine avait l'air totalement absorbé par d'autres pensées. Si cela n'avait tenu qu'à lui, il aurait regagné Nifhell au plus vite ! Mais, et Rymôr le savait, la décision de Vrânken s'appuyait sur une incontournable réalité : l'armada de l'empire restait constituée de vaisseaux libres, commandés par des capitaines libres qui n'auraient pas compris que l'on ne ramenât pas d'une campagne victorieuse quelques prises de guerre...

Enfin, la flotte impériale fut prête à partir.

– Messieurs, dit le capitaine dans le micro qui le reliait encore aux autres navires de la flotte, cap sur les Chemins Blancs ! Nous fêterons notre victoire chez nous, parmi ceux que nous aimons !

La communication était à sens unique, mais Vrânken imaginait très bien les cris de joie qu'une telle annonce avait dû provoquer.

– En route, mon vieux Rymôr !

– Ce n'est pas trop tôt ! soupira le géant en s'activant sur le pupitre de commande.

Au même moment, *Le Rongeur d'Os* fut chahuté comme un bateau pris dans une vague.

– Qu'est-ce qui se passe, bon sang ? hurla Vrânken en se retenant à la barre.

– Ça vient de Planète Morte, capitaine, cria un matelot.

Un nuage de poussière gigantesque s'élevait au-dessus de ce qui avait été la base. Une terrifiante explosion venait de tout détruire.

– Par les Puissances ! s'exclama Vrânken. Les empe-rogardes ! Les malheureux...

– Sacrebleu ! rugit Rymôr. Regarde !

Devant leurs yeux incrédules, les Chemins Blancs se troublèrent, s'effacèrent puis s'éteignirent lentement.

Le chemin du retour n'existait plus.

– La Pieuvre ! Elle avait piégé la base ! Elle a fait sauter les installations souterraines !

Ivre de rage, Vrânken se précipita hors du poste de pilotage.

– Pauvres de nous, murmura Rymôr effondré.

Vrânken, furieux, pénétra sans frapper dans la cabine où il avait placé la jeune inconnue démasquée sur Planète Morte. Il l'interpella sans ménagements :

– Si tu es la véritable Pieuvre, tu sais ce qui se passe ! Tu vas tout me dire !

Alyss était assise sur l'unique couchette de la pièce.

Elle s'était douchée et avait enfilé un pantalon et une chemise de Vrânken. Elle peignait doucement ses longs cheveux roux.

Elle tourna vers le capitaine un sourire tranquille qui l'apaisa aussitôt.

– Bien sûr que je sais, Chien-de-la-lune.

Puis elle planta ses grands yeux verts, d'un vert sombre, dans ceux de Vrânken.

– Vous n'êtes d'ailleurs pas au bout de vos surprises, ajouta-t-elle sans rien perdre de son calme.

Le technophone sonna dans la poche de Vrânken. Il mit du temps à répondre. Il ne parvenait pas à détacher son regard de celui d'Alyss.

– Oui ? finit-il par dire.

– Vous devriez venir tout de suite, capitaine, lui répondit la voix du matelot en poste sous le dôme de verre.

Vrânken éteignit son technophone et le rangea machinalement. Il hésita, regarda encore la jeune femme qui affichait un sourire amusé, puis quitta précipitamment la pièce.

– C'était quoi, ça ?

– Je n'en sais rien, répondit Mörgane en remettant en place les objets que l'onde de choc avait fait tomber dans l'infirmerie. Si j'étais dans le Temple, je pourrais peut-être te répondre, mais ici…

– On devrait aller voir. Qu'en penses-tu ?

Secoué, Mârk se mit à bouger dans son lit. Il gémit. Mörgane lui prit la main.

– Tout va bien, Mârk, on est là.

Elle jeta un regard à Xâvier.

– On ne va pas l'abandonner, quand même ?

– Non, bien sûr ! se récria-t-il. De toute façon, qu'est-ce qu'on pourrait faire ? Et puis, si on a besoin de nous, Rymôr nous fera chercher…

Vrânken apparut sous le dôme de verre. Rymôr se précipita vers lui.

– Vrânk ! Où étais-tu parti ? On vient de recevoir un message de Nifhell, envoyé juste avant que les Chemins Blancs ne soient coupés. Écoute…

Le matelot responsable des transmissions mit en route l'enregistrement.

– Ici le général-comte Egîl Skinir. Ceci est un message prioritaire pour le capitaine Vrânken de Xaintrailles : cessez les combats autour de Planète Morte et rentrez de toute urgence à Nifhell avec la flotte ! Une escadre de navires de guerre arborant l'oiseau rouge de

Muspell s'approche de notre planète ! Nous ne sommes pas en mesure de faire face sans vous ! Je répète : nous ne sommes pas en mesure de…

Le message se coupait net à cet instant.

La foudre serait tombée aux pieds de Vrânken qu'elle n'aurait pas produit plus d'effet.

– Comment ? finit-il par lâcher. Comment est-ce possible ?

– Un piège énorme, hoqueta Rymôr. La flotte que nous avons battue était un leurre, un ramassis de vieux bâtiments. L'attaque de Planète Morte, les affrontements, notre victoire, la capture de la Pieuvre, tout cela était sans importance. On voulait simplement nous éloigner de Nifhell ! Tu avais raison de te poser des questions, Vrânk, tu étais le seul… On nous a tendu un piège, répéta-t-il encore avant de se laisser tomber dans l'un des fauteuils et de caresser machinalement Bumposh qui tremblait sur son épaule.

– Mais ces vaisseaux du khan devant Nifhell, à l'autre bout de Drasill ? continua le capitaine abasourdi. Enfin, Rymôr, on aurait dû les voir ! Les Chemins Blancs transitent tous par Planète Morte ! Bon sang, une flotte de cette importance, ça ne passe pas inaperçu !

Désemparé, le géant fit un geste pour signifier qu'il ne comprenait pas non plus.

Vrânken s'obligea à respirer profondément.

Il y avait certainement une explication ! Il secoua la tête. Pour l'heure, ce n'était pas le plus important.

L'empire avait commis une terrible erreur.

Les généraux-comtes s'étaient laissé abuser par le piège diabolique que Rymôr venait de mettre en évidence, et lui même, le capitaine en chef, malgré ses réticences, avait plongé tout entier dedans !

Que fallait-il faire maintenant ?

Il devait y avoir une solution, oui, il y en avait forcément une.

Il tourna son regard dehors, vers les étoiles.

Jamais elles ne lui avaient paru si lointaines.

# Le Secret des abîmes

*À Sélénia,*
*princesse surgie des étoiles.*

*À Jack Sparrow,*
*le capitaine pirate.*

# 1
# Cauchemar

De gros navires noirs survolaient la ville de Kenningar. Comme des scarabées monstrueux, ils glissaient dans les airs avec lenteur, obscurcissant un ciel déjà gris. En dessous, les faisceaux des projecteurs accompagnaient la trajectoire des salves antiaériennes et les canons défensifs crépitaient. L'envahisseur répliquait méthodiquement, à coups de lourds obus d'acier et de bombes aux photons. Plusieurs quartiers de la capitale de Nifhell brûlaient, livrés à la démence des flammes. Puis les vaisseaux de guerre se posèrent, vomissant des chapelets de guerriers qui se répandirent dans la ville.

Mârk assistait à tout cela, stupéfait, au pied de son immeuble du quartier des tisserands. Il avait oublié que son grand-père était parti chercher du poisson pour midi et qu'il tardait à rentrer. Il se le rappela en voyant l'incendie lécher le vieux port. Il descendit la rue en courant. Le fracas d'une bombe explosant non loin l'assourdit, mais il ne ralentit pas sa course. Des gens fuyaient autour de lui. Une femme appela longuement son enfant. Mârk en eut la gorge serrée. Enfin, il approcha des étals des pêcheurs. Ils étaient déserts, certains même étaient brisés. Il aperçut le fauteuil de son grand-père renversé sur les pavés : le vieil homme gisait par terre, sans connaissance. Le cœur de Mârk fit une embardée. Il se précipita. Son pied heurta une aspérité et il s'étala de tout son long. Il voulut se relever. Au même moment, un obus s'écrasa à quelques mètres, projetant des éclats de métal alentour. Une douleur aiguë dans la poitrine cloua le garçon au sol. Il hurla…

– Ahhhhhhhhh !

– Tout va bien, Mârk, on est là.

Mörgane avait pris la main du garçon, qui s'était dressé dans le lit.

– Ça va ? s'inquiéta Xâvier en découvrant le visage livide de son ami.

Celui-ci tentait péniblement de reprendre ses esprits.

– Oui… Je… On est où, là ?

– À l'infirmerie, dit Mörgane.

– L'infirmerie ? répéta Mârk d'un air hébété.

– L'infirmerie du *Rongeur d'Os*, continua Xâvier, tu sais, le vaisseau du capitaine Vrânken… Tu ne te rappelles pas ? Ohé, il y a quelqu'un là-dedans ?

Xâvier se tapotait le crâne.

– Arrête, intervint Mörgane avec un regard de

reproche. Il a subi un choc terrible, c'est normal qu'il soit perdu.

– Qu'est-ce que… qu'est-ce qu'il s'est passé ? demanda Mârk en se massant les tempes.

– On va te raconter, promit Mörgane. Mais avant, il faut prévenir le médecin que tu es réveillé.

La jeune fille se leva et se dirigea vers le technophone posé sur une tablette. Quelques instants plus tard, elle était de retour.

– Il va venir. Je lui ai dit que Mârk avait bonne mine.

– Tu es gentille ! ironisa Xâvier. On l'a quand même connu plus en forme. Un navet serait plus vif que lui.

– Le navet va t'en coller une qui te mettra le nez comme une patate, répondit le blessé en se laissant retomber sur son oreiller.

– Bon, je retire ce que j'ai dit. Ça a l'air d'aller, en fin de compte !

– Alors ? Il s'est passé quoi ?

Mörgane et Xâvier rapprochèrent leurs sièges de la tête du lit.

– Comme je te le disais, commença Xâvier, tu te trouves à bord d'un vaisseau spatial, où tu es censé faire ton stage aux cuisines. Ce vaisseau est celui de Vrânken de Xaintrailles, à qui l'empire a donné pour mission de reprendre Planète Morte à la flotte du khan et…

– Passe en avance rapide, soupira Mârk. Je ne suis pas gâteux quand même, je n'ai pas oublié ça.

– Tu te rappelles que tu as surpris ton patron, le chef cuisinier, en train de rôder près du temple des devineresses, juste avant que Frä Drümar soit… assassinée ?

Mörgane avait repris la parole et hésité avant de prononcer ce mot.

– Oui, acquiesça Mârk, je me le rappelle. Je me rappelle aussi que le capitaine a convoqué Brâg Svipdag et qu'il m'a demandé de témoigner contre lui. Après, il y a eu une bousculade. C'est là que je perds le fil.

– Svipdag a lancé des cybertueuses contre le capitaine. Tu t'es interposé. Tu lui as sauvé la vie. Mais tu en as ramassé une dans la poitrine et tu as perdu connaissance. On t'a amené à l'infirmerie et depuis, avec Xâvier, on attend que tu te réveilles.

– Et le capitaine, et Brâg ?

– Le capitaine a une épaule en miettes mais il va bien, le rassura Xâvier. Ton patron, par contre… En fait, Rymôr lui a réglé son compte.

– Tu avais raison, Mârk, continua Mörgane ; Brâg Svipdag était un traître ! Il s'est débarrassé de Frä Drümar pour qu'elle cesse de prédire l'avenir. Il comptait ensuite éliminer Vrânken pour priver la flotte de son stratège.

– Eh bien ! Heureusement qu'il a été arrêté à temps. Et maintenant ? Où est-ce qu'on en est de la bataille ?

Xâvier et Mörgane échangèrent un regard ennuyé.

– La bataille est terminée, dit la jeune fille. La Pieuvre a été capturée et la flotte du khan s'est rendue.

– C'est génial, se réjouit Mârk en s'agitant dans le lit. On a gagné, alors. Dire que j'ai raté ça !

– C'est un peu plus compliqué, reprit Mörgane après un temps de silence qui fit froncer les sourcils au convalescent. Comment te dire… ? Voilà : les guerriers du khan ont saboté les installations de Planète Morte et, du coup, les Chemins Blancs n'existent plus. Ils ont disparu.

– Ça veut dire... hoqueta Mârk qui n'en croyait pas ses oreilles.

– Ça veut dire qu'on est bloqués ici, à des années-lumière de chez nous.

– Il y a plus grave, ajouta Xâvier d'une voix sombre ; le capitaine a reçu un message des généraux-comtes. Tiens-toi bien : Nifhell subit en ce moment même l'attaque d'une flotte de Muspell.

– Mais c'est impossible ! s'insurgea Mârk.

Le souvenir de son cauchemar vint le frapper de plein fouet. Il eut une pensée affolée pour son grand-père.

– Vrânken a convoqué les autres capitaines sur *Le Rongeur d'Os*, poursuivit Xâvier. Ils vont discuter et décider de la marche à suivre.

Le médecin fit son entrée dans la pièce à ce moment-là.

– Mârk, je suis heureux de te voir réveillé. Tu sais, tes amis ont été épatants. Je crois que je ne retrouverai jamais d'aussi bons infirmiers !

L'homme s'efforçait d'adopter un ton guilleret, mais on sentait que le cœur n'y était pas. Il regarda les trois jeunes gens et eut un sourire crispé.

– Les capitaines arrivent, dit-il en s'approchant du blessé et en vérifiant son pouls. La réunion va se tenir dans le réfectoire.

– On pourra y assister ? demanda Mârk, avide de nouvelles.

– Pourquoi ? Tu es capitaine ? se moqua gentiment le médecin en défaisant son bandage.

– Ah, alors c'est réservé aux capitaines, dit le garçon, désappointé.

– Bien entendu. Mais la réunion sera retransmise par technovision pour les membres d'équipage. Je brancherai pour vous l'appareil de l'infirmerie.

– Génial ! applaudit Xâvier.

– C'est gentil, dit Mörgane.

– C'est surtout normal, répondit le médecin en inspectant la plaie et en remettant la compresse en place, après un grognement satisfait. Vous êtes peut-être stagiaires, mais vous faites partie de l'équipage. J'ajouterai même que vous avez amplement mérité qu'on vous fasse confiance. Toi, mon garçon, continua-t-il en s'adressant à Mârk, tu seras bientôt sur pied. Tu es du genre robuste.

Il s'approcha de la porte.

– Je suis désolé mais je dois me sauver. J'ai d'autres patients à voir. La garnison récupérée sur Planète Morte est dans un sale état.

Avant de partir, il effleura comme promis l'écran du technoviseur, qui s'éclaira et offrit une vue d'ensemble du réfectoire.

Dans la vaste salle, un brouhaha allait grandissant.

# 2
# Une réunion agitée

Un essaim d'exochaloupes vrombissait autour de la vieille coque du *Rongeur d'Os*, immobilisé au milieu de la flotte impériale. Les esquifs appontaient sur le vaisseau amiral, libéraient leur passager puis repartaient aussitôt.

Vrânken de Xaintrailles, commandant en chef de l'armada de Nifhell, observait ce ballet d'un air songeur. Il se demandait à présent pourquoi il avait convoqué les capitaines.

– À quoi bon ? grogna-t-il en appuyant son front contre la vitre.

Son épaule blessée, prisonnière de l'attelle régénératrice, lui fit mal. Il se massa la nuque de sa main valide.

Un matelot, gêné de devoir le déranger, toussota derrière lui.

– Capitaine… Le chef Rymôr vous fait dire que tout le monde est là.

– Bien. J'arrive.

Vrânken resta encore un moment immobile, le regard perdu dans l'espace, dans les Brisants, au-delà du dôme de verre. Puis il s'ébroua et quitta le poste de pilotage.

Lorsqu'il arriva au réfectoire aménagé pour accueillir l'assemblée, la grande salle bruissait de conversations animées. Son irruption les interrompit toutes. D'un pas rapide, Vrânken rejoignit son second, Rymôr Ercildur, au centre de la pièce.

– Il était temps que tu arrives, grommela Rymôr. Ils ont tous l'air très excités. Certains sont même agressifs.

Le géant fourragea dans sa barbe grise. Puis il gratta la tête du cyber-rat blotti dans son cou.

Sans plus attendre, Vrânken s'adressa aux officiers :

– Messieurs, je ne vais pas vous bercer avec de beaux discours…

Un ricanement retentit. Piqué au vif, Vrânken toisa l'insolent. Celui-ci soutint quelques instants le regard qui le foudroyait puis baissa la tête.

– Je disais donc, reprit Vrânken en haussant le ton, que nous avions un sérieux problème.

– Ça, on peut le dire ! cria quelqu'un.

– On est foutus, oui, renchérit un autre. Qui, parmi nous, a assez de vivres en soute pour tenir les douze années du retour par les Brisants ?

Le vacarme reprit de plus belle.

– On se croirait dans une cour d'école, gronda le géant.

– Tu comprends pourquoi mon système de communication est à sens unique ? ironisa Vrânken. Imagine la pagaille pendant les batailles, si tout le monde s'amusait à donner son avis. Bon, mon vieux Rymôr, il me faut du silence.

Rymôr sortit de son étui l'énorme paléopistolet qu'il portait à la ceinture et tira en l'air une charge de poudre. L'effet fut immédiat.

– La récréation est terminée ! tonna-t-il. Maintenant, on se tait et on écoute le capitaine.

Vrânken s'empara d'une chaise et grimpa dessus. Puis il balaya la salle du regard.

– Je vais donc récapituler, pour ceux qui n'auraient pas suivi : c'est à moi que l'on a confié le commandement de l'expédition sur Planète Morte. La campagne ne prenant fin qu'à notre retour à Nifhell, je reste donc maître de la flotte. Est-ce que c'est compris ?

Personne ne parla. L'arme que le géant, derrière lui, venait de recharger avec des balles, et dont il gardait le canon posé nonchalamment sur son épaule, acheva de convaincre les récalcitrants.

– Parfait ! Je continue. Il est évident, désormais, que cette campagne militaire était un leurre. Un piège, dans lequel nous sommes lourdement tombés. Le khan a attiré autour de Planète Morte le gros des forces spatiales de l'empire, et n'a pas hésité à sacrifier la Pieuvre, son meilleur stratège. En détruisant les Chemins Blancs, il nous a barré le chemin du retour. Venir jusque-là nous a pris douze heures. Retrouver Nifhell nous prendrait douze ans.

Le silence qui régnait à présent était devenu grave. Chacun savait que Vrânken disait la vérité. Une terrible vérité.

– Il importe peu aujourd'hui de savoir qui est responsable de ce fiasco, les généraux-comtes, moi, vous, ou bien tout l'orgueil de l'empire. Il y a plus grave ! Nous sommes bloqués ici, messieurs, et pendant ce temps les hordes de Muspell ravagent notre planète…

L'agitation reprit, sourde, ponctuée de gémissements. Nifhell envahie ! L'incroyable information avait couru, aussi personne n'était surpris. Mais elle venait d'être confirmée officiellement. Vrânken fit un signe à un matelot du *Rongeur d'Os* : aussitôt les haut-parleurs du réfectoire diffusèrent l'ultime message de l'empire, reçu juste avant que les Chemins Blancs ne s'effacent.

« *Ici le général-comte Egîl Skinir. Ceci est un message prioritaire pour le capitaine Vrânken de Xaintrailles : cessez les combats autour de Planète Morte et rentrez de toute urgence à Nifhell avec la flotte ! Une escadre de navires de guerre arborant l'oiseau rouge de Muspell s'approche de notre planète ! Nous ne sommes pas en mesure de faire face sans vous ! Je répète : nous ne sommes pas en mesure de…* »

Les réactions ne se firent pas attendre.

– Mais enfin, s'étonna le capitaine de *L'Aiglon*, comment est-ce possible ? Les Chemins Blancs commencent à Planète Morte et s'arrêtent à Planète Morte. Nous étions là, nous n'avons pas bougé. Cette invraisemblable flotte de guerre était obligée de nous passer dessus pour rejoindre le vortex conduisant à Nifhell !

– Peut-être, hasarda le quartier-maître du *Loup-garou* qui remplaçait son capitaine blessé au cours de la dernière bataille, que l'armada du khan s'est glissée dans les Chemins Blancs avant notre départ.

– Non, intervint Vrânken. Nous nous serions croisés dans le vortex et les instruments de guidage nous l'auraient immédiatement signalé.

– Impossible, c'est impossible, répéta quelqu'un.

– C'est peut-être impossible, mais c'est arrivé, dit Vrânken. La question est donc posée : qu'allons-nous faire ? Je vous ai réunis ici pour vous exposer clairement la situation. Mais aussi pour que nous réfléchissions ensemble à la façon de réagir. Messieurs, j'écoute vos propositions.

Chacun s'efforça de se discipliner, ne prenant la parole que pour réfuter une proposition ou en soumettre une autre.

– Je récapitule, dit Vrânken. Nous sommes tous d'accord pour essayer de réparer les Chemins Blancs. Ils sont notre seule chance de sortir de ce piège. Nous disposons de plusieurs chefs mécaniciens talentueux, mais les dégâts semblent importants…

Au fond du réfectoire, un bras se leva. Vrânken hésita puis donna la parole au plus ancien capitaine de la flotte.

– Hum, hum, commença le vieux marin. Tout le monde ici me connaît. Je suis Grîm Grettir, le capitaine de *L'Albatros*, l'un des antiques navires de l'expédition. Pour être plus précis, mon vaisseau, hum, le vaisseau dont j'ai hérité, appartient à la troisième génération de navires de Nifhell. Il n'a donc pas connu l'époque glorieuse des conquêtes de l'empire. Mais, si je ne me trompe pas, Xaintrailles, le vôtre est de la première génération. Des histoires circulent à propos de ces vaisseaux. Si elles étaient vraies, il y aurait alors une autre solution…

Le vieil homme suspendit sa phrase ; en face de lui, Vrânken avait blêmi.

– On raconte beaucoup de choses sur les premiers vaisseaux de l'empire, capitaine Grettir, répondit-il d'une voix blanche. Certaines sont effrayantes, croyez-moi.

Grîm Grettir le dévisagea d'un air surpris.

– Si effrayantes que ça, capitaine de Xaintrailles ?

Le regard que lui lança Vrânken fut éloquent. Le doyen n'insista pas.

– Messieurs, se força à reprendre Vrânken, je ne vous retiens pas. Nous allons immédiatement envoyer sur Planète Morte l'équipe qui devra tenter de réparer la machinerie des Chemins Blancs.

L'assemblée se dispersa lentement, en murmurant.

Lorsque Grîm Grettir passa devant lui, Vrânken détourna les yeux.

# 3
# L'amiral Njal Gulax

Le vaisseau noir du chef de guerre de Muspell se posa enfin sur l'astroport ravagé de Kenningar. La résistance avait été particulièrement acharnée dans ce secteur, et il avait fallu cribler la zone d'obus d'acier pour faire taire les pièces d'artillerie. Mais Muspell contrôlait désormais la ville, ainsi que les principaux astroports et les systèmes de communication de la planète.

L'amiral Njal Gulax était d'une humeur mitigée. Certes, fouler le sol ennemi après tout ce temps dans l'espace lui procurait une joie intense. Mais les difficultés que sa flotte avait rencontrées au cours du voyage lui laissaient un goût amer. L'armada que le khan avait mobilisée contre l'empire était fragile parce que loin de Muspell. Chaque vaisseau était d'autant plus précieux qu'il ne pouvait être remplacé ! Or beaucoup de bâtiments avaient sombré en route, et d'autres avaient été détruits par l'artillerie de Nifhell. La même faiblesse touchait les troupes du khan : un homme qui tombait n'était pas relevé.

L'amiral soupira et adressa une prière au Tengri pour que les gens de Nifhell ne lui donnent pas trop de fil à retordre.

Njal Gulax accusait une soixantaine d'années. Il était grand et mince. Au-dessus d'un nez busqué, éclairant un visage en lame de couteau, des yeux clairs brillaient d'intelligence. Tatoués sur son crâne, séparés par une vilaine cicatrice, deux phurrs, félins monstrueux de la steppe de Muspell, s'affrontaient. Ils étaient là pour rappeler que Njal avait combattu et vaincu deux bêtes à la fois lors de l'épreuve d'admission parmi les hommes de sa tribu.

– À quoi penses-tu, frère ?

Njal Gulax se tourna vers celui qui l'accompagnait et venait d'interrompre sa réflexion. L'homme était sensiblement aussi grand que lui, vêtu d'un manteau de laine noire, et s'appuyait sur un bâton couvert de symboles. Il paraissait très vieux mais c'était impossible de lui donner un âge. Ses cheveux, sales et dépeignés, lui tombaient jusqu'aux épaules. Ses yeux, fixes et blancs, étaient ceux d'un aveugle.

– Je pense à ma femme, aux enfants que je n'aurai pas vus grandir, répondit l'amiral. Je pense à ma grande tente de feutre, à mon troupeau de zoghs et à mon cheval-serpent, à la steppe immense et au vent éternel… Voilà à quoi je pense, mon otchigin.

– À cette distance ce ne sont plus des pensées, frère. Ce sont des souvenirs !

Njal Gulax eut un rire de dépit.

– Tu as raison, sorcier. Ce qui est important, c'est ce qui se passe aujourd'hui.

Un véhicule déboula à leur rencontre sur le quai et mit fin à la conversation.

– Amiral, annonça le conducteur, nous avons capturé un général-comte.

C'était un robuste gaillard aux tempes grisonnantes, qu'on aurait pensé trop vieux pour être encore soldat. Mais les guerriers de Muspell qui faisaient partie de l'expédition avaient tous dépassé quarante ans.

– Est-ce qu'il s'est défendu ?

– Non, amiral.

Njal Gulax fronça les sourcils. Il se tourna vers l'otchigin qui ne fit aucun commentaire. Puis il sauta souplement dans l'engin et aida le vieil homme à grimper.

Quelques instants plus tard ils fonçaient en direction du palais Comtal, par les rues désertes et ravagées de la capitale.

Le général-comte Egîl Skinir fut tiré de la chambre transformée en cachot et conduit jusqu'à la salle du Conseil où l'attendaient Njal Gulax et le sorcier. L'amiral avait fait servir des boissons et une collation sur la table ronde d'orichalque.

– Comte ! lança le chef de guerre de Muspell en renvoyant les gardes d'un geste. Vous devez avoir faim et soif. J'espère que mes hommes ne vous ont pas maltraité.

– Ils ont été très corrects, répondit Egîl Skinir après avoir jeté un regard méfiant sur l'otchigin. Merci de vous en inquiéter.

– Je vous en prie, prenez quelque chose à boire, poursuivit Njal Gulax.

Le général-comte accepta le verre que lui tendait l'amiral et remercia d'un mouvement de tête.

– Je croyais que vous étiez neuf. Neuf généraux-comtes veillant sur le destin de l'empire.

– Nous sommes toujours neuf, dit Egîl Skinir après avoir bu. Et nous veillons toujours sur l'empire. Mes compagnons ont tous rejoint leurs comtés respectifs pour y organiser la résistance.

L'amiral observa son prisonnier. Le général-comte était plus vieux que lui, plus empâté aussi. La dureté de ses traits trahissait cependant une volonté que le temps et une vie facile avaient émoussée.

Les regards des deux hommes se croisèrent et se fixèrent avec dureté.

Egîl Skinir céda le premier.

– Et vous, comte, reprit Njal Gulax, vous n'avez pas rejoint la résistance ?

– J'ai délibérément choisi de rester au palais.

– Voyez-vous ça. Et pourquoi ?

– Pour vous transmettre un message, le message des gens de Nifhell. Le voici : vous avez peut-être pu vous emparer de nos astroports et des édifices impériaux, mais jamais vous ne viendrez à bout de nos cœurs. Nous vous combattrons jusqu'à notre dernier souffle.

L'otchigin ricana.

– Il ment, frère. Il est resté parce qu'il a cru jusqu'au bout que Chien-de-la-lune et ses vaisseaux allaient revenir pour les sauver.

Egîl Skinir eut l'air troublé. Il regarda avec étonnement le vieil aveugle qui se cramponnait à son étrange bâton.

– Les impériaux aiment se soûler de belles paroles, reprit Njal Gulax, amusé. En effet, mon cher comte, seule votre flotte aurait pu nous inquiéter. Mais nous avons douze ans pour nous préparer à la recevoir !

Il éclata de rire, content de sa réplique.

Un guerrier de Muspell fit irruption et se précipita vers lui pour murmurer à son oreille.

– Je vais devoir vous laisser, comte Skinir, annonça Gulax avec un sourire déjà fatigué. J'ai une guerre à mener. J'espère avoir l'occasion de vous recevoir très bientôt à ma table. J'aurai plaisir à poursuivre notre conversation.

– Je reste à votre disposition, dit sobrement Egîl Skinir en inclinant militairement le buste.

Il ne quitta pas des yeux le chef de guerre et l'inquiétant vieillard jusqu'à ce qu'ils soient sortis de la salle. « Ce sorcier a lu en moi, constata-t-il amèrement. Heureusement qu'il n'a pas tout vu ! »

Car la véritable raison pour laquelle il était resté à Kenningar, c'est qu'il avait organisé la fuite des derniers navires de Nifhell vers la Völa et la base secrète de l'empire, juste avant l'arrivée de l'armada du khan sur la planète.

Egîl Skinir s'était souvent demandé pourquoi l'empire

avait autrefois dépensé autant d'argent et d'énergie pour la création d'une base secrète. Les événements venaient de lui apporter la réponse.

Quant à Xaintrailles… Eh bien c'est vrai que le vieux général-comte avait cru jusqu'au bout à son retour.

Le plus surprenant, à bien y réfléchir, c'est qu'il y croyait encore.

# 4
# Bruits de couloir

Vrânken avançait à grands pas dans les coursives de son vaisseau.

« Ce vieux Grettir, qu'est-ce qui lui a pris de parler du *Rongeur d'Os* ? »

Cet incident le torturait. Tant qu'il était seul à savoir, il pouvait faire semblant de tout ignorer : il n'avait de comptes à rendre qu'à sa seule conscience. Tandis que maintenant, maintenant que d'autres connaissaient l'existence d'une vraie possibilité de s'en sortir, décider de ne rien faire devenait une trahison.

En ruminant cette pensée, Vrânken se dirigeait vers la cabine qu'il avait cédée à Alyss. « Cette fille sait quelque chose que nous ignorons. Et elle va me le dire. »

L'idée qu'Alyss et la Pieuvre ne soient qu'une seule et même personne le dérangeait également. Non pas à cause de l'âge ou du sexe du plus célèbre des stratèges de Muspell. Vrânken, qui avait tant navigué avec Frä Drümar, connaissait la valeur de certaines femmes. Et un gamin, Xâvier, ne lui avait-il pas donné au cours de la dernière bataille une cinglante leçon de stratégie ? Non, c'était autre chose…

« Les belles fleurs sont-elles toutes vénéneuses ? » se demandait le capitaine, quand il entendit la voix puissante de Rymôr le héler :

– Hé, Vrânk ! Vrânk, attends !

Il s'arrêta en soupirant. Au ton adopté par son second, il comprit qu'il n'échapperait pas à un sermon.

Le chef Rymôr était flanqué d'un garçon que Vrânken n'avait encore jamais vu : de taille moyenne, mince et robuste, les cheveux châtains et les yeux gris-vert.

– Attends-moi là, petit. Le capitaine et moi avons à parler. Ensuite, je t'emmènerai voir les stagiaires du *Rongeur d'Os*.

Le géant prit Vrânken par son bras valide et l'entraîna plus loin.

– Qui est-ce ? demanda le capitaine en désignant le garçon du regard.

– C'est un stagiaire qui était en poste sur Planète Morte, avec le commandant Brînx Vobranx. Il s'appelle Rôlan. Bon sang, Vrânk, il est bien question de ce gamin ! Non, j'aimerais que l'on parle de…

– Je sais ce que tu vas me dire, vieux. Ma réponse est non.

– Enfin, Vrânk, pourquoi ? explosa le colosse. Grîm Grettir a parfaitement raison, *Le Rongeur d'Os* est notre unique chance de retourner la situation !

– Ah, oui ? ricana Vrânken. Et à supposer que je n'y laisse pas ma peau, que le navire ne soit pas déchiqueté dans l'aventure, que ferait-on une fois là-bas, seuls sans le reste de la flotte ?

– On pourrait peut-être ramener de Nifhell des astrosavants capables de réparer les Chemins Blancs.

– Tu oublies que le khan doit déjà contrôler la planète.

– Alors il te faut, toi le meilleur stratège de Nifhell, être sur place et organiser une contre-attaque !

– Avec les trois canons du *Rongeur d'Os* ?

– Il y a encore la base secrète de la Völa. Je suis sûr que des vaisseaux s'y sont réfugiés et n'attendent qu'un signe des Puissances pour partir à la reconquête de Nifhell !

– Ce sont des hypothèses, Rymôr.

Le géant serra les poings.

– Vrânk, Vrânk ! Tu joues à quoi ? Je ne te reconnais plus. Tu...

Il se figea. Il venait de comprendre.

– Tu as peur. C'est ça, hein ? Tu as peur...

Le visage de Vrânken affichait une pâleur de cire.

– Oui, j'ai peur, bien sûr que j'ai peur. Je ne l'ai jamais fait, alors qui n'aurait pas peur à ma place ? Pour toi, pour le vieux Grettir, tout paraît évident. Hop, on claque des doigts et voilà. Mais moi, moi je sais quels sont les risques ! Toi, tu ne sais pas.

La voix de Vrânken tremblait. Rymôr essaya de dissiper sa gêne en toussant.

– Hum ! Heu, écoute, j'ai peut-être été un peu brusque. Il y a des choses que j'ignore, c'est vrai. Mais je te demande malgré tout d'y réfléchir. D'accord ?

Vrânken acquiesça d'un hochement de tête. Puis, s'arrachant à la présence de Rymôr qui ne savait plus quoi dire, il repartit à grandes enjambées.

Il n'avait pas fait cinquante mètres qu'il regrettait déjà son emportement. Il savait que Rymôr avait raison et que le capitaine de *L'Albatros*, tout à l'heure, avait fait la seule proposition raisonnable. Il suffisait de trouver suffisamment de courage. Mais il n'y pouvait rien : il était terrorisé à la perspective de... Il frissonna.

Il arriva bientôt devant la porte de la cabine où la Pieuvre était enfermée. Le matelot qui montait la garde s'effaça pour le laisser entrer.

*

– Qu'en pense l'intellectuelle de la bande ? demanda Xâvier à Mörgane en éteignant le technoviseur.

– Je ne sais pas de qui tu veux parler, dit-elle avec une moue. Mais, pour moi, le capitaine savait dès le début de la réunion que la seule solution au problème était de réparer les Chemins Blancs.

– Alors, pourquoi a-t-il convoqué tout le monde ? fit Mârk du fond de son lit.

– Pour ménager les susceptibilités, continua Mörgane. Comme ça, les capitaines ont le sentiment de compter pour quelque chose.

– Mouais, pas mal vu, reconnut Xâvier. Et quoi qu'il arrive maintenant, les capitaines se sentiront responsables.

– Vous avez compris l'histoire du navire de première génération ? s'étonna Mârk. Qu'est-ce qu'il voulait dire, le vieux ?

– C'est une légende, expliqua Xâvier. Je l'ai lue quelque part. Elle raconte que l'empire a pu partir à la conquête de Drasill en découvrant un secret incroyable : le secret des abîmes, le mystère des Brisants.

– Et ce secret, c'est quoi ? demanda Mörgane en frémissant de curiosité.

– Je n'en sais rien, avoua piteusement Xâvier, plus personne ne le sait.

– Moi, je n'en suis pas sûr.

Xâvier et Mörgane se tournèrent vers Mârk.

– Pas sûr de quoi ?

– Que ce soit une légende. Et que personne ne connaisse le secret des abîmes.

– Et pourquoi ?

– Vous avez vu la réaction de Vrânken lorsque le vieux lui a parlé du *Rongeur d'Os* ?

– Et alors ? Tu penses que…

– Je ne pense rien, Mörgane. Ce n'est pas moi l'intellectuel de la bande.

Le chef Rymôr fit irruption dans l'infirmerie au

moment où Mörgane allait se jeter sur Mârk pour l'étrangler.

– Holà Mörgane, du calme, dit le géant en riant. Notre ami vient tout juste de sortir du coma ! Le médecin m'a appelé pour me dire que tu étais réveillé, Mârk, et que tu allais bien. J'en suis ravi. Bienvenue chez les vivants, mon garçon.

Rymôr les regarda tous les trois avec un sourire aux lèvres.

Il éprouvait pour ces drôles de stagiaires une affection grandissante.

Mörgane, apprentie devineresse à la longue chevelure châtaine et aux grands yeux bleus, Xâvier, à la mise toujours élégante et dont les yeux sombres pétillaient d'effronterie, Mârk enfin, le dur au cœur tendre et à l'âme droite comme une épée, tous les trois étaient encore des enfants. Mais, confrontés au feu de l'action, ils s'étaient montrés incroyablement valeureux et efficaces. Mörgane n'avait-elle pas découvert dans sa source où se cachait la Pieuvre ? Xâvier n'avait-il pas défait la flotte ennemie en manifestant d'étonnants talents de stratège ? Et Mârk n'avait-il pas sauvé la vie de Vrânken en interceptant la bille tueuse qui le visait ? Rymôr repensa à la conversation qu'il venait d'avoir avec son capitaine. C'était à se demander, parfois, où se trouvaient les véritables adultes sur ce bâtiment…

Derrière lui, dans l'embrasure de la porte, Rôlan manifesta sa présence. Rymôr le prit par le bras et le tira en avant.

– J'oubliais, les enfants, je vous présente Rôlan Atkoll, qui était stagiaire sur Planète Morte. Je vous le confie.

Le géant tapota le crâne de Rôlan, adressa un geste amical aux autres et quitta l'infirmerie.

Les stagiaires du *Rongeur d'Os* dévisagèrent le nouveau.

# 5
# Une cabine trop petite

– Je vous attendais.

Vrânken resta interdit. Assise sur la couchette, Alyss arborait un air narquois.

– Tu… m'attendais ?

– Bien sûr. Les Chemins Blancs sont coupés, n'est-ce pas ? Vous voulez savoir pourquoi et vous êtes venu m'interroger. Je pensais que vous viendriez plus tôt.

Vrânken referma la porte derrière lui. Sa colère était en train de tomber.

La jeune femme avait enfilé des vêtements à lui, et l'allure martiale qu'ils lui conféraient rehaussait sa beauté sauvage. Un mouvement de tête fit voler ses cheveux roux.

Il plongea ses yeux dans ceux de la Pieuvre et leur couleur lui rappela le vert profond des océans de Nifhell.

– Je sais déjà pourquoi ils sont coupés. Ce que j'ignore, c'est d'où viennent les vaisseaux qui attaquent ma planète en ce moment.

Alyss observa le capitaine. Elle comprit qu'il ne bluffait pas.

– Alors vous savez…

– Les généraux-comtes ont réussi à me contacter juste avant la destruction des Chemins Blancs.

Il la sentit contrariée.

– De toute façon, que vous soyez au courant ou pas, cela ne change rien. Vous êtes pris au piège !

« Je vais finir par croire qu'elle a raison », pensa Vrânken, incapable de s'arracher à son regard. Brusquement, la cabine lui sembla trop petite. Pour calmer son trouble et retrouver une contenance, il s'adossa à la porte.

– Parle-moi plutôt de toi.

Alyss eut l'air surprise.

– De moi ? Pourquoi ?

– Parce que tu ne me révéleras jamais les plans du khan. Tu es trop fière. Bien sûr, je pourrais utiliser la manière forte pour te faire parler, mais ce n'est pas le genre des hommes de Nifhell de brutaliser les femmes.

– Alors ?

– Alors le silence va vite devenir gênant si on ne se parle pas.

– Très bien, finit-elle par dire, que veux-tu savoir ?

Il s'aperçut qu'elle venait de le tutoyer.

– Comment es-tu devenue la Pieuvre ?

– Mes parents sont morts lorsque j'avais cinq ans.

Une attaque des vaisseaux de Nifhell sur un convoi. J'ai été recueillie par un oncle qui élevait des zoghs dans la steppe de Muspell.

– C'est une histoire qu'ont aussi vécue beaucoup d'enfants de Nifhell. Mais ils ne sont pas tous devenus stratèges.

– Il existe chez nous, continua Alyss, un jeu dont les femmes sont friandes. Il ressemble un peu à votre jeu d'échecs : sur un plateau, des pions blancs et noirs s'affrontent, s'encerclent et se détruisent, selon des stratégies très proches des réalités de la guerre. J'ai rapidement excellé à ce jeu. Lorsque mon clan m'a présentée au grand tournoi annuel, j'avais tout juste onze ans.

– Ah, ironisa Vrânken, la fameuse passion pour le jeu des gens de Muspell !

Alyss fronça les sourcils.

– Tu as gagné le tournoi, j'imagine.

– Oui. Le khan était là. Il m'a proposé de rejoindre l'école des amiraux.

– Tu as accepté, bien sûr.

– Quelle finesse de raisonnement !

Vrânken se sentit idiot.

– Évidemment que j'ai accepté. Le khan m'offrait l'occasion de venger mes parents. J'ai passé trois ans dans cette école. J'en suis sortie pour prendre mon premier commandement dans la région de Narvh…

– … où tu as mis en application ton savoir-faire contre une flotte de Nifhell qui convoyait des prisonniers de guerre. La suite, je la connais.

Ils s'observèrent un moment tous les deux.

– Ton khan t'a sacrifiée, tu en es consciente j'espère ?

Alyss ne répondit pas tout de suite. Une moue amusée se dessina sur ses lèvres.

– Oui. J'ai choisi mon destin en acceptant cette mission. Je n'aurais pas voulu échouer, ça c'est sûr. Pour le reste... Qui peut se vanter d'avoir subjugué l'empire, neutralisé son armada et vaincu Chien-de-lune ? J'ai fait honneur à mes parents et à mon clan. On se souviendra de moi longtemps à Muspell.

– Tu as réussi à abuser les généraux-comtes et à immobiliser les vaisseaux de Nifhell, répondit sèchement Vrânken, piqué au vif. Mais tu ne m'as pas encore vaincu. Le traître qui a tué ma devineresse m'a raté, ajouta-t-il en brandissant son attelle sous le nez d'Alyss. J'ai la peau dure. Il en faut plus pour m'abattre !

Alyss regardait, étonnée, le capitaine qui s'échauffait et dont la colère faisait briller les yeux.

– De toute façon, continua Vrânken, la flotte de Muspell est bien passée quelque part pour attaquer Nifhell. Je finirai par trouver son secret et nous l'utiliserons à notre tour.

– Il n'y a aucun secret, avoua-t-elle après un silence.

Elle s'adressait à Vrânken avec une douceur presque maternelle.

– La flotte qui attaque Nifhell en ce moment a voyagé dans les Brisants. Elle est partie de Muspell il y a dix-huit ans.

Vrânken resta interloqué. Il crut avoir mal entendu.

– Tu veux dire que... que ce plan date de presque vingt ans ?

– L'opération Rosée de Sang a été pensée et lancée à l'avènement de notre grand khan, Atli Blodox.

– Mais il faut une incroyable patience ! Et les guerriers, sur les navires, ont accepté de tout abandonner derrière eux ?

– Ils sont comme moi : ils suivent leur destin. Ils ont sacrifié leur vie pour la grandeur du khanat.

Le capitaine du *Rongeur d'Os* n'en revenait pas. Il savait, lui, pour s'y être aventuré à de nombreuses reprises, quels dangers abritaient les Brisants. Mais dix-huit ans ! Les marins qui avaient pris ce risque forçaient le respect. Quant à celui qui avait imaginé ce plan, Atli Blodox, il le voyait sous un jour nouveau et beaucoup plus inquiétant.

– Le général-comte Egîl Skinir vous traitait de barbares, grimaça Vrânken. Quelle leçon, s'il savait.

– Nous sommes toujours les barbares de quelqu'un, dit Alyss en se voulant apaisante. La vérité, c'est que le multivers repose sur des forces contraires qui s'affrontent. Nous-mêmes, en luttant l'un contre l'autre, nous participons à cet équilibre.

Vrânken se détendit. Il sourit.

– Tu fais preuve de beaucoup de sagesse pour une fille de ton âge.

Alyss lui rendit son sourire.

– Et toi de beaucoup d'impulsivité pour quelqu'un du tien.

– Je vais rejoindre mes hommes, dit le capitaine en détournant les yeux. Si tu as besoin de quelque chose, n'hésite pas à le demander au matelot de garde devant ta porte.

# 6
# Une bonne bagarre

– Alors, tu étais sur Planète Morte ? demanda Mörgane pour briser le silence pesant qui s'était installé dans l'infirmerie après le départ de Rymôr.

– Oui, répondit sobrement Rôlan en la dévisageant.

– Et tu y faisais quoi ?

– J'étais dans le service des cartes.

Il y eut un nouveau silence.

– Eh bien, lâcha Xâvier, on peut pas dire que tu sois bavard. Tu serais plutôt du genre triste, toi.

– Il est peut-être tout simplement idiot, bougonna Mârk qui n'appréciait pas du tout la façon dont le stagiaire regardait Mörgane.

Rôlan le fixa durement et releva même le menton d'un air de défi.

– Je ne suis ni idiot ni triste, articula-t-il en s'efforçant de rester calme. Je n'ai pas demandé à venir ici. Je voulais rester avec mes compagnons. C'est votre maître d'équipage qui en a décidé autrement.

– On n'est pas assez bien pour toi, c'est ça ? demanda agressivement Mârk.

– Monsieur croit peut-être que les jeux des stagiaires ne sont plus de son âge ? ironisa Xâvier. Imbécile !

– Bon, ça suffit, nous sommes tous dans la même gal..., intervint trop tardivement Mörgane.

– Répète un peu ce que tu as dit, lança Rôlan qui avait pâli.

– Imbécile.

Rôlan poussa un cri de rage et bondit en direction de Xâvier, qu'il attrapa par le col. Bien que plus maigre, le nouveau eut rapidement le dessus. Il se mit à hurler :

– Tu ne sais pas de quoi tu parles ! Tu n'as pas affronté les guerriers de Muspell, tu n'as pas eu à les tuer, tu n'as pas été enchaîné et jeté dans un cachot !

Xâvier n'arrivait pas à se défaire de son adversaire furieux.

– Arrête... Mais arrête !

Mârk essaya de venir en aide à son ami. Trop faible encore, il s'écroula sur le sol en quittant son lit. Il rampa malgré tout en direction de la bagarre. Il s'accrocha aux jambes de Rôlan et parvint à le déséquilibrer. Xâvier put se dégager et reprendre son souffle. Roulant par terre avec le stagiaire de Planète Morte, Mârk lança quelques coups de poing au jugé. Rôlan grogna de douleur.

– Ça suffit !

C'était Mörgane. Surpris, les trois garçons cessèrent de se battre.

– Vous n'avez pas honte ?

La jeune fille peinait à contenir sa colère.

– L'empire est en train de crever sous nos yeux ! Vous croyez que c'est le moment d'en rajouter ? Vous vous comportez comme des bêtes.

– Mais c'est lui qui…, tenta de se justifier Rôlan, brusquement dégrisé.

– Non c'est toi, Rôlan, qui arrives et qui nous fais la leçon ! Tu penses peut-être que nous n'avons pas connu d'épreuves ? Aussi terribles que les tiennes ? À ton avis, pourquoi Mârk est-il à l'infirmerie ? Il a sauvé notre capitaine d'un attentat. Et Xâvier, lui, a détruit la flotte de Muspell. Moi, moi j'ai localisé la Pieuvre sur Planète Morte ! Alors tu vois…

Elle ne put en dire plus.

Rôlan, Mârk et Xâvier se regardèrent, gênés.

– Bon, heu, on arrête là, d'accord ?

– D'accord.

Xâvier et Rôlan aidèrent Mârk à se relever et l'accompagnèrent en le soutenant jusqu'à son lit.

– Je suis désolé, dit Rôlan en baissant les yeux. J'ai été stupide. Un véritable idiot…

– Ce n'est pas grave. On n'a pas été très malins non plus, reconnut Xâvier.

– On se fera des politesses plus tard, les coupa Mârk en désignant Mörgane qui leur tournait le dos.

– Je m'en charge, dit précipitamment Xâvier.

Il s'approcha de la jeune fille qui, après quelques

paroles, retrouva vite son sourire et se reprocha d'être trop émotive.

– Heureusement que tu es intervenue, plaisanta Xâvier. Sinon, dans le feu de l'action, je crois bien que je les aurais assommés tous les deux !

Elle se mit à rire.

Mârk sentit son cœur se serrer. Une véritable complicité s'était établie entre ses deux amis pendant qu'il était dans le coma. Il avait beau se dire que c'était chouette, il n'arrivait pas à se réjouir. Il ne put retenir un grognement.

Rôlan se méprit sur son origine.

– J'espère que je ne t'ai pas fait mal, tout à l'heure, s'inquiéta-t-il.

– Tu rigoles ? Les appareils du docteur ont réparé mes blessures pendant que je dormais. Et puis une bonne bagarre, il n'y a que ça de vrai. J'en rêvais depuis que j'ai ouvert les yeux.

*

Vrânken se tenait debout à côté de la barre, dans le poste de pilotage. Comme d'habitude, son regard s'était perdu au-delà du dôme, dans l'immensité des Brisants. Il scrutait l'espace, avidement, désespérément, à la recherche peut-être d'un signe favorable ou bien d'un fragment de Chemin Blanc qui aurait réglé l'affaire à sa place.

Il s'inquiétait de ce que lui avait appris Alyss au sujet du khan et de son plan diabolique. Plongé dans une profonde réflexion, il essayait de comprendre. Car il en était certain à présent, ce plan était à tiroirs.

« Atli Blodox n'est pas homme à se contenter d'une victoire par procuration. Il doit avoir prévu de pouvoir y participer. La seule solution pour lui, c'est de rouvrir les Chemins Blancs. Le sabotage a-t-il fait autant de dégâts que cela ? Une équipe chargée de tout réparer au moment opportun est-elle restée cachée sur Planète Morte ? »

Quelles qu'elles fussent, il fallait anticiper les intentions du khan et jouer un coup en avance. Disposer des pièces ailleurs sur l'échiquier. Pour ne plus se laisser surprendre…

– Vrânk ?

Il se retourna. Derrière Rymôr se tenait l'équipage du *Rongeur d'Os* au grand complet.

Vrânken se raidit et inspira profondément. Il avait demandé à son second de convoquer les hommes. Car il s'était enfin décidé : il allait braver sa propre peur et tenter un fabuleux coup de poker ! Mais il y avait des risques. Chacun devait le savoir.

# 7
# Révélations

– Mes amis, commença Vrânken. Je ne vous ai pas souvent réunis ici.

– C'est la première fois, Vrânk, dit doucement Rymôr.

– Oui, c'est même la première fois, mon second me le confirme. Si je le fais, c'est parce que…

Vrânken cherchait ses mots. Un silence religieux régnait sous le dôme. Chacun savait que le capitaine avait quelque chose de capital à leur dire.

– … parce que j'ai pris une décision qui conduira peut-être *Le Rongeur d'Os* à sa perte.

Un murmure d'étonnement grandit parmi les hommes. Il attendit que le calme revienne.

– Très peu ici connaissent la véritable nature de mon navire. Rymôr est dans le secret. Thôrn Tristrem, notre chef mécanicien, aussi.

Les regards se tournèrent vers un petit homme court sur pattes qui portait une épaisse moustache rousse. Certains, les plus récemment embarqués, ne l'avaient même jamais vu avant tant il rechignait à quitter la salle des machines.

Thôrn Tristrem se contenta d'acquiescer par un grognement.

– *Le Rongeur d'Os*, continua Vrânken, est un crève-Brisants, un vaisseau de la première génération. Autrefois, il y en avait des milliers comme lui. C'est avec eux que Nifhell a pu se lancer à la conquête de Drasill, et devenir un empire. Aujourd'hui, il reste peut-être une dizaine de crève-Brisants, tous remisés, à part le mien, dans des hangars poussiéreux.

Il fit une pause. L'équipage était suspendu à ses lèvres.

– Si Nifhell a pu conquérir des planètes aussi éloignées d'elle, des siècles avant la création des Chemins Blancs, c'est qu'elle avait découvert le mystère des abîmes stellaires. Les livres d'histoire taisent ce grand secret. Mais avant les Chemins Blancs, l'empire était le seul maître des Brisants.

Vrânken s'exaltait.

– Il existait à cette époque un animal extraordinaire. Un animal qui vivait dans l'espace, se nourrissant de poussière d'étoiles et d'énergie photonique, occasionnellement des vaisseaux qui croisaient sa route. Cet animal s'était affranchi des distances. On l'appelait Gôndül.

Un brouhaha monta sous le dôme.

– Mais enfin, capitaine, lança un matelot, les Gôndüls sont une légende. Ils n'existent pas !

Vrânken éleva la voix et tous se turent à nouveau.

– Les Gôndüls existent, martela-t-il en montrant les parois métalliques autour de lui. Vous êtes dans l'un d'eux. Le cuir qui recouvre *Le Rongeur d'Os*, c'est sa peau. Les tubes étranges qui parcourent le vaisseau, ce sont ses veines. Et la figure de proue n'est autre que sa tête !

L'équipage restait abasourdi.

– Continue, Thôrn, dit Vrânken.

Le chef mécanicien, peu habitué à parler en public, se racla la gorge.

– Quand ils ont découvert les capacités des Gôndüls, nos ancêtres ont commencé à les capturer, avec beaucoup de mal d'ailleurs. Ils ont ensuite tenté de les greffer sur des navires. Cela n'a pas marché au début. Puis on a compris que ces animaux possédaient une intelligence propre. Un peu comme les chiens, ils avaient d'abord besoin d'aimer leurs nouveaux maîtres. C'est comme cela que les choses ont tourné, que nos ancêtres, sur des navires greffés que l'on a appelés crève-Brisants, ont pu s'emparer du système solaire.

– Mais, demanda le médecin de bord interloqué, comment… comment ça marche ?

Vrânken secoua négativement la tête avant de reprendre la parole :

– Désolé, doc. Cela doit rester un secret. Le lien entre les Gôndüls et les vaisseaux de Nifhell a toujours été un secret. Je l'ai levé en partie pour vous. Ce qu'il faut que vous sachiez, par contre, c'est que le Gôndül du *Rongeur d'Os* dort depuis très longtemps et que je ne l'ai encore jamais réveillé. Je ne sais pas si j'en serai capable, ni comment il réagira. J'ai décidé de forcer la chance dans les Brisants, mais le risque est grand. C'est pourquoi j'autorise tous ceux qui le souhaitent à quitter maintenant le navire. Ils trouveront refuge sur un autre vaisseau.

Aux cris qui montèrent sous le dôme, le capitaine comprit que personne ne songerait à déserter. Une voix jeune perça le chahut :

– Alors capitaine, Grîm Grettir avait raison, n'est-ce pas ? Lui aussi savait pour les crève-Brisants. C'est pour cela qu'il vous a interpellé, lors de la réunion !

C'était Mârk qui avait parlé. La petite bande des stagiaires l'entourait et le soutenait.

– Tiens, mon sauveur va mieux, on dirait.

Des rires se firent entendre.

– Mais tu as raison, Mârk, continua le capitaine. Et je suis le seul à posséder un crève-Brisants, le seul à pouvoir agir. Si le reste de la flotte essaye de rentrer avec nous et s'engage dans les Brisants, elle en aura pour douze ans avec ses moteurs photoniques ! C'est bien sûr hors de question. Elle n'est pas armée pour un tel voyage.

– Alors, capitaine, nous allons essayer avec *Le Rongeur d'Os* de rejoindre Nifhell à la manière de nos ancêtres ?

– Oui, Mârk. Je ne sais pas si nous y arriverons mais c'est sans doute la seule chance de sauver tout le monde.

Des hourras éclatèrent dans le poste de pilotage. Les matelots jetèrent leur bonnet en l'air. Rymôr s'approcha de Vrânken et le serra dans ses énormes bras.

– Bonne décision, Vrânk, bonne décision ! D'ailleurs regarde, l'équipage est à fond derrière toi.

Le capitaine était ému.

– C'est grâce à la Pieuvre, mon vieux Rymôr.

– Hein ?

– Oui, grâce à Alyss. Si tu voyais la sérénité avec laquelle elle affronte son destin ! Elle m'a fait honte avec mes doutes et mes lâchetés.

Le géant observa son ami et vit qu'il ne plaisantait pas.

– Et maintenant, Vrânk ?

– Tout le monde regagne son poste sauf Thôrn, toi bien sûr, et Mörgane.

Le poste de pilotage s'était vidé. Vrânken avait fait asseoir le maître d'équipage, le chef mécanicien et la novice dans les fauteuils de cuir élimé qui trônaient autour d'une table basse en paléobois, à l'écart des pupitres de commandes.

– Un verre d'eau-de-vie de prune ? proposa le capitaine. C'est ma meilleure bouteille !

Depuis qu'il avait pris sa décision, Vrânken avait retrouvé une partie de son détachement et de sa bonne humeur. Rymôr était heureux de le voir redevenir lui-même.

– Volontiers, Vrânk. Et verse largement !

– J'en prendrais bien une goutte moi aussi, dit Thôrn Tristrem dont l'œil se mit à briller.

– Vous n'avez pas autre chose ? demanda Mörgane en faisant la grimace.

Vrânken lui sourit.

– Si, bien sûr. Veux-tu du jus multifruité ?

Elle lui rendit son sourire.

– Bien, annonça Vrânken après qu'il eut servi tout le monde. Voilà comment cela va se passer : pour réveiller le Gôndül, je dois m'isoler à l'avant du navire. Vous ne me verrez plus pendant ce voyage, dont j'ignore la durée ! Ce sera peut-être quelques heures, ou quelques jours, je n'en sais rien. Rymôr sera donc capitaine pendant mon absence.

– J'ai l'habitude, Vrânk. Ça se passera bien, ne t'inquiète pas.

– Thôrn, lui, sera attentif au comportement du *Rongeur d'Os*. Au moindre signe annonçant un problème avec la symbiose, il essayera de reprendre le contrôle mécanique du vaisseau.

– J'espère qu'on n'en arrivera pas là, grommela l'homme à la moustache en reposant son verre sur la table. Se retrouver paumés en plein milieu des Brisants, ça ne serait pas une partie de plaisir !

– Je l'espère aussi. Quant à toi, Mörgane, tu joueras le rôle que toutes les Frä Daüda jouaient du temps de leur splendeur : tu veilleras, depuis le Temple, sur la course du vaisseau.

Mörgane ne put réprimer un frisson. Rymôr s'en aperçut et posa sa grosse main sur la sienne, comme pour lui rappeler qu'elle n'était pas seule. Elle prit son verre et but une gorgée, avant de répondre, le regard perdu dans le liquide orange :

– Je ferai de mon mieux, capitaine.

– Encore une chose, Mörgane : durant le trajet, à cause

de la structure magnétique particulière du Gôndül, les technophones ne fonctionneront pas. Pour prévenir Rymôr en cas de problème, tu devras utiliser l'ancien tube acoustique reliant le Temple au poste de pilotage.

La jeune fille hocha la tête. Elle savait où il se trouvait, Frä Drümar le lui avait montré.

– Il est temps, je crois, de nous préparer, conclut Vrânken. Les capitaines ont accueilli ma décision avec stupéfaction, comme vous vous en doutez. Mais ils l'ont comprise et acceptée, ce qui est essentiel. Il me reste encore à leur donner les dernières consignes.

Il se leva.

– Mes amis, je vous donne rendez-vous très bientôt, ici même, pour boire à nouveau à notre succès. Que les Puissances nous protègent !

– Qu'elles nous protègent !

Vrânken termina son verre d'un trait. Puis il congédia ses compagnons et brancha le micro global. Il eut instantanément en ligne les capitaines de la flotte.

– Écoutez-moi tous attentivement. Voici mes ordres. Vous essayerez comme convenu de réparer les Chemins Blancs. Si vous échouez, ne vous éloignez surtout pas de Planète Morte. Il existe du côté brûlé, où personne ne va jamais, un réseau de galeries naturelles découvertes par nos cartographes. Je vais vous en faire parvenir un plan. À l'intérieur, vous serez à l'abri des rayons de Drasill. Restez cachés et ouvrez l'œil. Je pense que le khan prépare quelque chose. Il s'attend peut-être à ce que, désespérés, nous tentions notre chance dans les Brisants en lui abandonnant la machinerie des Chemins Blancs.

Messieurs, l'empire a toujours veillé sur Planète Morte. La meilleure façon de le servir aujourd'hui, quand douze années photoniques nous séparent de Nifhell, est de rester en poste. Je ferai tout de mon côté pour vous venir en aide, d'une manière ou d'une autre. Mes amis, je vous souhaite bonne chance, sous le regard bienveillant des Puissances…

# 8
# Le réveil

Mörgane poussa la porte du dortoir des stagiaires, où elle avait emménagé le jour même de la mort de Frä Drümar. Ses amis l'attendaient.

– Alors, raconte !

– Il n'y a rien à raconter.

– Allez, sois pas vache !

Elle ne répondit pas. Elle aurait préféré qu'ils ne soient pas là. C'était déjà assez difficile. Elle commença à ranger ses affaires dans son sac.

– Tu vas où ? demanda Mârk qui s'était calé sur l'une des couchettes.

– Je retourne au Temple.

Mârk et Xâvier échangèrent un regard inquiet.

– C'est quoi le Temple ? demanda Rôlan.

– On t'expliquera, dit Xâvier avant de se tourner vers Mörgane : tu comptes y rester longtemps ?

– Je ne sais pas. Plusieurs jours, certainement.

– Quoi ? s'exclama Mârk.

La novice débita ses explications d'une voix monocorde :

– Le capitaine va réveiller le Gôndül et lancer *Le Rongeur d'Os* dans les Brisants. Il lui faut rester seul à l'avant du navire pendant toute la durée du voyage. Les appareils électrotechniques ne fonctionneront pas. L'aide d'une devineresse est essentielle.

– Et s'il t'arrive quelque chose ? insista Mârk. Comment on le saura ?

– Une liaison avec le poste de pilotage. Un tube.

La voix de Mörgane devenait de plus en plus faible. Ce qui l'attendait lui sembla brusquement au-dessus de ses forces.

– Ce n'est pas suffisant, décréta Xâvier après une courte réflexion. On a bien vu ce qui est arrivé à Frä Drümar ! Il ne faut pas laisser Mörgane seule.

– Je suis d'accord, dit Mârk. Mais comment faire ? Nous ne pouvons pas rester dans le Temple avec toi, hein ?

Mörgane secoua la tête.

– Alors nous monterons la garde devant, dit Xâvier. À tour de rôle. Comme ça, Mörgane, si tu as un problème, il suffira de crier à travers la porte. Qu'en penses-tu ?

La jeune fille n'était pas sûre que ses amis puissent l'aider s'il lui arrivait quelque chose, mais c'était tout à coup rassurant de les imaginer près d'elle. Même de l'autre côté d'une cloison. Elle se sentit mieux.

– C'est une très bonne idée. C'est très chouette de votre part, en tout cas. Mais vos obligations ?

– Depuis que Mârk est blessé, c'est une équipe de matelots qui travaille en cuisine et ils s'en sortent très bien sans stagiaire dans les pattes, répondit Xâvier. De mon côté, plus de capitaine, plus d'obligations ! Quant à Rôlan, je ne sais pas si…

– Je suis libre comme l'air, affirma le garçon. Je monterai la garde, moi aussi.

– Il y a un coin mal éclairé dans le couloir, en face de la porte du Temple, dit Mârk. C'est là que je me suis caché quand mon patron faisait l'espion. Ça fera un très bon poste de guet.

– Adopté à l'unanimité alors ! conclut joyeusement Xâvier. Allez, ma vieille, on va t'aider à faire ton sac.

Mörgane eut une pensée pour Frä Ülfidas et les vieilles devineresses de l'école d'Urd, qui l'avaient aidée elles aussi à préparer ses affaires, en lui enjoignant de se méfier des garçons délurés. Elle se dit qu'elle avait vraiment eu de la chance d'être justement tombée sur des stagiaires de ce genre !

*

Vrânken s'arrêta au bout de la coursive, devant la porte étroite d'une armoire technique aménagée dans la cloison de proue. Il était impossible d'aller plus loin. Il introduisit dans la serrure une clé dont seul Thôrn

Tristrem possédait le double. La porte en s'ouvrant dévoila un assemblage complexe de câbles et de pièces polymétalliques : c'était le système de guidage qui permettait au vaisseau d'emprunter les Chemins Blancs.

Il prit une autre clé qui pendait au bout d'une chaîne autour de son cou et qui, elle, était unique. Il tâtonna à la recherche d'une fente dissimulée au cœur du mécanisme. L'ayant trouvée, il y engagea la clé et donna plusieurs tours, à gauche et à droite, selon un code précis. Un déclic se fit entendre. Dans un grincement sourd, un pan entier de la cloison de proue coulissa sur sa droite, dévoilant une pièce plongée dans la pénombre.

Vrânken s'efforça de maîtriser les battements de son cœur. Il prit une profonde inspiration et pénétra dans la salle secrète. Derrière lui, le panneau se referma automatiquement.

La pièce était petite et sombre. Vrânken laissa ses yeux s'accoutumer à la faible lumière que diffusaient une rangée d'ampoules et quelques plaques d'un métal phosphorescent. Il y avait un siège au centre, vers lequel convergeait un réseau de fins tuyaux. Pas de console, pas de pupitre, rien de ce qui faisait d'ordinaire la particularité d'une cabine de pilotage.

– Tout est exactement comme mon père me l'a décrit, murmura Vrânken.

Il fit quelques pas hésitants. Le siège était d'orichalque, revêtu de cuir clair.

– C'est mon tour, continua-t-il, comme si entendre le son de sa voix le rassérénait. Mon tour de m'asseoir et de réveiller le Gôndül, comme l'ont fait mes ancêtres avant moi.

« Tu ne seras plus toi et il ne sera plus lui, disait son père. Vous serez autre chose, ensemble. S'il t'accepte. Sinon… »

C'était ce « sinon » qui le terrifiait. Car un point l'avait particulièrement marqué lors des conversations avec son père au sujet des Gôndüls : les fusions ne se passaient pas toujours bien. Surtout la première fois. Il arrivait que l'animal refuse son maître. Soit parce que les tests de reconnaissance révélaient un imposteur – les Gôndüls n'étaient fidèles qu'à une seule famille – soit pour d'autres raisons plus obscures. Inexplicables, à vrai dire. Il avait en tête l'histoire de ce jeune capitaine que le Gôndül avait refusé. Le pauvre garçon en avait perdu la raison. Oui, il avait tellement souffert, tellement hurlé qu'il en était devenu fou. Et puis le monstre s'était senti libéré. Il s'était arraché au vaisseau sur lequel il était greffé. Ce récit avait inspiré de nombreux cauchemars au jeune Vrânken…

Comme un automate, le capitaine fit jouer les mécanismes de son attelle pour s'en défaire. Il s'avança vers le siège et entendit la voix d'Alyss murmurer dans sa tête : « Ils ont accepté leur destin… Ils ont sacrifié leur vie… »

Il s'installa, calant son bras sur l'un des accoudoirs, malgré la douleur qui sourdait de son épaule.

Il approcha de son visage l'antique micro fixé au bout d'une tige télescopique. Il savait précisément ce qu'il devait faire, comme s'il avait fait ça toute sa vie.

Il hésita. Bientôt, ce serait le point de non-retour. Son pouls s'accéléra encore.

Rymôr n'avait pas compris sa peur, tout à l'heure. Il y avait des raisons à cela. Vrânken de Xaintrailles, capitaine et stratège de l'empire, ne se laissait pas facilement impressionner. Il avait vécu tant de choses, bravé tant de dangers ! Mais là, vraiment, il n'y pouvait rien : la perspective de réveiller le monstre du *Rongeur d'Os*, de s'enchaîner à lui, le remplissait de terreur.

Il sentit dans sa nuque et sur ses poignets la douceur du cuir qui s'était réchauffé à son contact. Cette sensation lui rappela le vieux fauteuil dans lequel il aimait s'asseoir pour lire, devant la cheminée de son manoir de Skadi. Il s'apaisa. Il imagina son père et tous ses ancêtres l'observant d'un regard confiant, comme autant de portraits de famille veillant les vivants depuis les murs où ils étaient accrochés.

Il bouscula sa peur.

D'une main tremblante, il s'empara d'une première sonde à laquelle était raccordée une étrange tuyauterie, mélange de paléocuivre et de matière organique. Il la fixa, en s'y reprenant plusieurs fois, au creux de son bras gauche. Avec plus de mal encore il enfonça la deuxième sonde dans son bras droit. Il était maintenant physiquement raccordé à l'hôte monstrueux du *Rongeur d'Os*. Une ultime manipulation et il le réveillerait.

– Par les Puissances, s'exclama Vrânken, je suis complètement fou !

Il ne put s'empêcher de rire nerveusement.

Puis il cessa de réfléchir et appuya sur un bouton usé, en bout d'accoudoir.

Des micropompes se mirent en route. Le sang de Vrânken fut aspiré dans les tuyaux.

Un tressaillement agita *Le Rongeur d'Os*. Rymôr s'approcha des panneaux vitrés du poste de pilotage et regarda au-dehors. Le cuir étrange qui recouvrait le vaisseau changeait de couleur à vue d'œil. Comme une onde parcourant la surface d'un étang ou le vent ébouriffant l'herbe d'un pré, une force puissante secouait le revêtement extérieur du navire, le soulevait et le gonflait, lui donnait vie. Le cuir, sombre et craquelé jusqu'alors, s'était éclairci et assoupli. Le géant n'en crut pas ses yeux : la peau du *Rongeur d'Os* palpitait !

– Par la corne du Gôn…

Il s'arrêta net dans son juron. Vrânk venait de réveiller le monstre : peut-être entendait-il, et comprenait-il ? Et, dans ce cas, il pouvait fort bien se montrer susceptible…

En même temps que le sang de Vrânken quittait son corps pour le réseau complexe des tuyaux, une substance noire plus épaisse le remplaçait. S'immisçait dans ses artères et dans ses veines. En échange du sang humain, le monstre donnait le sien. Sous la pression, les vaisseaux sanguins du capitaine, immobile dans son fauteuil, doublèrent de volume et dessinèrent sur son visage et ses bras à demi nus une étonnante arborescence.

Vrânken ne souffrait pas. Il ressentait une douleur sourde mais supportable. La sensation de cette intrusion, par contre, était atroce.

« L'eau de la tuyauterie se change en confiture, se dit-il en serrant les dents. Mais on dirait que ça marche : si le Gôndül avait refusé mon sang, je ne serais plus en vie pour le constater. »

Au-delà de ce qu'endurait son corps, il éprouva un indicible soulagement. Il allait réaliser la fusion. Il ne deviendrait pas fou, il ne hurlerait pas à en mourir ! Il était en train de réussir le premier test : la reconnaissance du sang.

Mais, il le savait, le monstre allait bientôt en demander plus…

Thôrn Tristrem n'aimait pas ça. Comme Rymôr, il avait compris le réveil du Gôndül, le long frisson qui avait parcouru *Le Rongeur d'Os*. Il s'était d'abord réjoui du succès de Vrânken. Mais en inspectant minutieusement le navire, pour suivre les ordres du capitaine, il ne l'avait plus reconnu. D'étranges tubes organiques – des veines ? des nerfs ? – avaient poussé par endroits et couraient sur les plafonds des coursives, escaladaient les passerelles et plongeaient le long des rampes. Le métal des planchers et des cloisons était plus chaud. Le vaisseau semblait moins… mécanique !

Thôrn se trouvait à l'avant du navire quand, passant devant un hublot, il lui sembla voir quelque chose bouger à l'extérieur. Il fronça les sourcils. S'agissait-il de l'exochaloupe d'un capitaine venant aux nouvelles ? Il regarda plus attentivement. Non, c'était plus gros qu'une exochaloupe.

– Qu'est-ce que… ? Par les Puissances !

La tête du Gôndül, à la proue, se tourna brusquement vers lui. Elle était énorme. Au-dessus des arcades sourcilières parcourues de tressaillements, la longue corne semblait plus effilée que jamais. Du bec terrible gouttait un liquide brunâtre qui flottait dans le vide de l'espace. Comme la bave d'un animal affamé. Un œil jaune et luisant observait Thôrn avidement.

Le mécanicien fit un bond en arrière.

– Eh bien ! J'espère que le capitaine contrôle la situation…

Il décida aussitôt de regagner la salle des machines et de se tenir prêt à court-circuiter le monstre. On ne savait jamais.

Vrânken se détendit et s'abandonna dans le fauteuil. La douleur l'avait quitté. Il sentait maintenant la présence du Gôndül partout autour de lui, et même en lui puisqu'ils avaient mêlé leurs sangs. L'animal monstrueux était réveillé. Il était nerveux. Il attendait que son maître parle. La voix : deuxième test de reconnaissance.

Au moment du dressage, afin que nul ne puisse s'emparer inconsidérément de sa puissance, les anciens avaient appris à chaque Gôndül à réagir à un type de sang particulier et à un chant précis. L'un et l'autre étaient transmis de génération en génération, au sein de chaque famille. Vrânken n'avait fait jusqu'à présent que la moitié du chemin.

Il essaya de se concentrer. Ce n'était pas facile. Il était assailli par trop de sensations inconnues. Pourtant, il fallait réussir : lui et le Gôndül étaient désormais liés. L'un devait dominer l'autre. Si le capitaine échouait, le monstre essayerait de s'enfuir, de se détacher du vaisseau. Et il en mourrait, comme ils mourraient tous.

Vrânken approcha ses lèvres du micro qui le reliait directement au Gôndül. D'une voix mal assurée, il murmura :

– Écoute ce chant de longue mémoire que les Xaintrailles murmurent depuis toujours dans les entrailles de leur *Rongeur d'Os*… Confie-moi le fardeau de ton destin, laisse-toi guider par ton instinct… Plonge dans les abîmes immenses, dévore les étoiles et les distances…

Des coups sourds et répétés firent gémir la coque du navire. Vrânken comprit que le Gôndül cherchait à s'arracher de son corps de métal.

« Ne faiblis pas, s'encouragea-t-il fébrilement. Tu y es presque ! »

Il continua :

– Et si la nuit te surprend sur les chemins embrumés, toujours je serai à tes côtés…

Il soupira de soulagement. Il avait terminé de dire la vieille incantation choisie par ses ancêtres lors du dressage de leur Gôndül. Tout allait rentrer dans l'ordre maintenant.

Pourtant le monstre ne semblait pas se calmer, au contraire. Des craquements sinistres se firent entendre. L'équipage n'avait pas encore eu le temps de comprendre ce qui se passait. Mais Vrânken se trouvait à la tête du *Rongeur d'Os*, il savait que le vaisseau ne tiendrait pas longtemps le choc.

« Il faut agir, se dit-il au bord de la panique, sinon Thôrn va tuer le Gôndül. Ou bien c'est le Gôndül qui va nous tuer. »

Pris d'une brusque colère, il hurla dans le micro :

– Écoute ce chant de longue mémoire que les Xaintrailles murmurent depuis toujours dans les entrailles de leur *Rongeur d'Os* ! Confie-moi le fardeau de ton destin, laisse-toi guider par ton instinct ! Plonge dans les abîmes immenses, dévore les étoiles et les distances ! Et si la nuit te surprend sur les chemins embrumés, toujours je serai à tes côtés !

Il se rappela trop tard l'une des recommandations de son père : il ne faut jamais crier avec un Gôndül. Ses réactions peuvent être terribles.

Il se crispa dans l'attente d'une réaction.

Mais celle-ci fut inattendue : le monstre se calma tout à coup.

« Avec l'âge, il est peut-être devenu dur d'oreille ! » plaisanta nerveusement Vrânken.

Ils étaient passés tout près de la catastrophe, il le savait. Aussi vit-il avec ravissement des étincelles bleues courir le long des câbles électriques. Le Gôndül se chargeait en énergie photonique. En réponse à cette vampirisation magnétique, les instruments électrotechniques s'éteignirent un à un. Les ampoules moururent. Vrânken ne fut plus éclairé que par la pâle lueur des plaques de métal phosphorescent.

Au-dehors, le Gôndül poussa un cri silencieux, qui se traduisit par une onde puissante qui fit vibrer l'espace. Les étoiles frémirent.

Puis *Le Rongeur d'Os* bondit en avant, aspiré par le néant.

Ils étaient partis.

# 9
# Rencontres

Assis dans le fauteuil d'Egîl Skinir, Njal Gulax attendait patiemment que son otchigin ait terminé ses incantations. Il pianota machinalement sur le bord de la table ronde d'orichalque. L'amiral avait choisi d'établir ses quartiers dans la vaste salle de pierre sombre et de polyverre, par amusement plus que par nécessité. Devant lui, le vieillard aveugle fit naître sur le sol un feu de flammes froides. Il pénétra à l'intérieur et leva son bâton. Les flammes qui léchaient ses pieds nus s'accrochèrent dans la laine sale de son manteau, grimpèrent le long de son bras. Puis elles coururent sur les signes gravés dans le bois, tourbillonnèrent et jaillirent en direction du plafond.

« Ça y est, la communication est établie », constata

intérieurement le chef des armées de Muspell en quittant son siège et en s'approchant du sorcier en transe. Il posa sa main sur l'épaule de l'otchigin. Il ressentit aussitôt une vive morsure, puis un picotement qui se répandit le long de sa colonne vertébrale. Il détestait ça. Mais, depuis que les Chemins Blancs avaient été coupés, il n'existait pas d'autre solution pour communiquer avec Muspell que d'emprunter le réseau mystique des chamans.

Une voix demanda dans sa tête :

– *Njal ? Est-ce que tu m'entends ?*

– *Oui, mon khan.*

– *Quelles sont les nouvelles ?*

– *La résistance est moins importante que prévue.*

– *Ça ne m'étonne pas*, ricana Atli Blodox. *Les loups de Nifhell sont devenus des chiens peureux ! J'imagine que tu as su prendre les bonnes mesures.*

– *Oui grand khan. J'ai commencé par exiger des généraux-comtes qu'ils me livrent des otages. Les actes de terrorisme ont depuis fortement diminué.*

L'amiral entendit Atli Blodox rire franchement.

– *Tu me plais, Njal. Quoi d'autre ?*

– *J'ai ensuite fait fermer l'école des Frä Daüda. Beaucoup sont encore dans la nature, mais je m'emploie à toutes les rassembler.*

– *C'est bien.*

La voix du khan était devenue plus grave.

– *Ces femmes sont dangereuses. Je ne les aime pas. Plus tard, je les ferai transférer sur une planète-prison au fin fond du système solaire.*

*– Je pense, grand khan, que nous maîtrisons la situation. Nous sommes prêts pour la deuxième phase du plan.*

*– Patience, mon frère, patience. La flotte de Chien-de-la-lune doit d'abord s'éloigner de Planète Morte pour que nous puissions rétablir les Chemins Blancs et envoyer de nouveaux guerriers sur Nifhell.*

*– À propos de flotte, grand khan...*, hésita Gulax.

*– Je t'écoute.*

*– Nous n'avons trouvé en arrivant que des vaisseaux à usage agricole. Il n'y avait aucun bâtiment de guerre. J'ai organisé des recherches mais elles sont restées vaines. Peut-être sont-ils tous partis avec Chien-de-la-lune...*

Un silence se fit. Gulax comprit que le khan réfléchissait.

*– Peut-être. Ou bien ils ont une cachette, quelque part. Mais ce n'est pas très important : s'ils étaient assez forts pour tenter quelque chose, ils l'auraient déjà fait ! Ne te laisse pas détourner de ton objectif principal : tenir la planète sous ton contrôle en attendant notre arrivée.*

L'otchigin tituba et dut se raccrocher à son bâton pour ne pas tomber. Njal Gulax savait que l'énergie réclamée par une communication sur une telle distance était énorme.

*– Il me faut vous laisser, mon khan*, conclut-il. *Je vous contacterai dans quelques jours.*

Il ôta sa main de l'épaule du vieillard et le contact se rompit. Les flammes s'éteignirent. L'otchigin s'écroula presque dans ses bras.

*

Urd était le plus rude des neuf comtés. Il était baigné par un océan pris par les glaces en permanence, sur lequel les enfants des villes côtières patinaient en criant. Été comme hiver, la neige pouvait tomber à tout moment. Il suffisait pour cela qu'il fasse un peu moins froid. Mais seuls les étrangers au comté souffraient du climat extrême. Les gens d'Urd s'étaient habitués.

Le *Spartacus*, un vaisseau servant au transport de bétail et que les hommes de Muspell avaient réquisitionné, se posa sur la grande place d'Urd, la capitale qui avait donné son nom au comté. L'atterrissage souleva en tourbillons la neige qui couvrait le sol. Le bras en visière pour se protéger, des guerriers jaillirent du navire trapu et se dirigèrent au pas de course vers les bâtiments abritant l'école des Frä Daüda. Ils en ressortirent quelques instants plus tard, encadrant deux prisonnières. Ils les firent monter à bord du vaisseau, qui décolla lourdement, vira au-dessus de l'océan gelé et prit la direction du sud.

Le vaisseau comportait une unique pièce dans laquelle étaient ordinairement parquées les bêtes en route pour les foires agricoles. Une porte solidement fermée était la seule issue vers les cabines et le poste de pilotage. Il était impossible de s'échapper. Pour cette raison sans doute, les geôliers avaient jugé inutile d'enchaîner les prisonnières et de rester pour les surveiller.

Frä Ülfidas, directrice de l'école d'Urd qui formait les Frä Daüda, ne regrettait rien. Sur son ordre, devineresses et novices avaient toutes pris la fuite. Elle-même était restée sur place, comme un capitaine refusant d'abandonner son bâtiment, avec la novice qu'elle avait choisie comme élève. Les forces d'occupation lui avaient demandé d'appeler les Frä Daüda à se rendre. Elle avait refusé. En représailles, on était venu la chercher. Elle s'y attendait...

– Frä Ülfidas ? dit une petite voix à côté d'elle.

– Oui, ma fille.

– Où nous emmène-t-on ?

– Pas besoin d'être devineresse pour comprendre que le vaisseau fait route vers Kenningar et sa prison.

La vieille femme sourit à la novice aux cheveux noirs dont le menton tremblait.

– Rassure-toi, Xändrine. Si on nous voulait du mal, ce serait déjà fait.

Elle vit que la jeune fille s'efforçait d'être courageuse.

Elle en fut satisfaite. L'avenir n'était jamais écrit, elle en savait quelque chose.

– Vous êtes des Frä Daüda ?

C'était une jeune fille qui les interpellait. Elle était un peu forte, les cheveux blonds coupés court, le visage carré et volontaire éclairé par des yeux clairs. Elle devait avoir quinze ans.

– Je suis une devineresse, répondit Frä Ülfidas en s'avançant. Xändrine, mon élève, est novice. À qui a-t-on l'honneur ?

– Je m'appelle Mäthilde Augentyr. Mon oncle est le général-comte de Skadi.

– Une otage, comprit aussitôt la vieille Frä Daüda.

– Quelle perspicacité, ironisa Mäthilde. On se

demande comment l'arrivée d'une armée entière sur notre planète a pu vous échapper !

Xändrine leva sur elle un regard offusqué.

– Il y a tant d'avenirs possibles, ma fille, répondit calmement Frä Ülfidas. Le futur est comme toute chose : il faut savoir ce que l'on cherche si on veut le trouver. Cette invasion est encore inexpliquée. Elle est surprenante. Nous autres, Frä Daüda, ne l'avons pas anticipée parce que nous ne l'imaginions pas.

– Des mots, tout ça, cracha la jeune fille. Sang de trôll ! Mon oncle a bien raison quand il dit que vous ne servez à rien.

– Allons Mäthilde, reprit la devineresse en s'approchant et en lui prenant la main. Cela ne sert à rien de se disputer ! Nous avons besoin les uns des autres.

# 10
# L'oiseau rouge

Dans une cellule du *Rongeur d'Os*, en fond de cale, le général qui avait essayé de se faire passer pour la Pieuvre au moment de sa capture sur Planète Morte se figea. La lumière avait brusquement diminué dans la pièce et le vaisseau s'était mis à vibrer étrangement. L'otchigin tenu prisonnier avec lui manifesta de l'inquiétude.

– Que se passe-t-il, sorcier ?

– Je ne sais pas. Un événement étrange est en train de se produire, général Xamar.

Le chaman, à qui l'on avait confisqué son bâton, ferma les yeux et se concentra.

– Alors ? s'enquit impatiemment le général.

– Alors rien. Mes pensées sont prisonnières de ce

vaisseau. Quelque chose de puissant les retient. C'est comme si l'on était entrés dans un Chemin Blanc qui bloquerait les communications au lieu de les amplifier.

– Qu'est-ce que ça veut dire ?

– Ça veut dire, frère, que l'on s'est mis en route et que l'on avance très vite.

Le visage de rapace de l'officier s'assombrit. Chien-de-la-lune avait trouvé le moyen de contrer le pouvoir des otchigins. Peut-être même avait-il réussi à contourner le piège patiemment élaboré. Le sublime plan du khan était menacé, il fallait agir.

– Rien à faire de ce côté-là, ragea-t-il après s'être acharné une fois de plus sur la poignée de la porte métallique fermée à double tour. Quant aux parois, inutile d'y songer !

– Avec mon bâton, j'aurais pu tenter quelque chose. Mais là, je suis presque aussi démuni que toi.

Xamar se mit à réfléchir. Il devait découvrir ce qui se passait, prendre le contrôle du navire. Même s'il n'avait pas le talent de la Pieuvre, il fallait impérativement trouver une...

Il se tapa le front du plat de la main. Mais oui, la solution était là !

– Sorcier, peux-tu communiquer discrètement, depuis notre cellule, avec des personnes présentes à bord ?

– Hum. Il faut normalement un otchigin à l'émission et un autre à la réception. Mais je peux essayer autre chose. Tu penses à Alyss ?

– Oui. Elle est peut-être moins surveillée que nous :

les hommes de Nifhell se comportent comme des enfants avec les femmes !

Il ricana.

– Débrouille-toi pour lui faire passer le message suivant : qu'elle fasse son possible pour trouver des armes et nous délivrer.

L'otchigin acquiesça. Il s'assit sur le sol, ferma les yeux et prit sa tête entre les mains.

*

Alyss s'était allongée sur la couchette et rêvassait. L'odeur des draps était celle du capitaine qui l'avait vaincue et qui la retenait prisonnière. Qui la traitait avec douceur, aussi. Elle en était troublée. Son expérience des hommes était limitée. Et ceux de Nifhell étaient différents de ceux de Muspell.

Le visage de Vrânken fit son apparition derrière ses paupières. Ses traits possédaient un magnétisme puissant. Ses cheveux lui rappelaient le soleil du désert. Quant à son regard… Le cœur d'Alyss se mit à battre plus vite.

– Ridicule ! dit-elle à voix haute pour chasser Chien-de-la-lune de ses pensées.

Elle eut soudain mal à la tête. Elle s'assit et se massa les tempes pour écarter la douleur. Mais celle-ci revint avec plus d'insistance. Un vent brûlant balaya ses pensées. Un grand oiseau rouge se posa à l'intérieur de son crâne. La jeune femme gémit. Il lui semblait qu'elle allait exploser. L'image qui avait investi son cerveau lança des cris qui étaient autant de mots à peine distincts : « Délivrer... Général... Problème... Important... S'armer... »

Puis l'oiseau s'envola et quitta l'esprit d'Alyss.

Celle-ci bascula en avant et s'effondra sur le plancher métallique.

*

Le Temple était plongé dans une demi-obscurité. La lumière sourdait de plaques de métal phosphorescent disséminées sur les parois. Les feuilles de verre de l'arbre sacré luisaient dans la pénombre.

La faible luminosité ne dérangeait pas Mörgane qui contemplait la source coulant entre les racines. Le polymétal liquide l'attirait maintenant irrésistiblement. La substance noire qui y était mêlée, et qui l'avait intriguée dès son arrivée, s'était encore épaissie.

Elle ne s'était pas approchée tout de suite de la source. Elle avait d'abord pris le temps de se familiariser à nouveau avec l'endroit où elle allait devoir vivre jusqu'à nouvel ordre : le coin où elle dormirait, la salle d'eau, la petite cuisine où elle préparerait ses repas.

Le souvenir de Frä Drümar, son professeur assassiné sous l'arbre artificiel, hantait chaque parcelle de cet univers clos.

– Allons, ma fille, soupira-t-elle à haute voix, il va falloir se mettre au travail.

Elle s'agenouilla et s'installa le plus confortablement possible. Puis elle regarda la source.

Privé de ses instruments traditionnels, *Le Rongeur d'Os* était aveugle. Pas de technoscanners ni de cyber-radars pour signaler l'approche d'une météorite, d'une tempête ou d'un autre vaisseau ! De tels événements ne seraient perceptibles qu'ici, à la surface de l'eau métallique. Ils seraient arrachés à l'avenir.

Les images ne lui vinrent pas tout de suite. Cela faisait quelque temps qu'elle négligeait son entraînement. Mais les exercices auxquels Frä Drümar l'avait soumise montrèrent bientôt leur efficacité, et Mörgane se glissa peu à peu dans l'état de concentration et d'éveil indispensable aux visions.

Celles-ci affluèrent.

Elle refusa de se laisser noyer, s'efforça de les clarifier et commença à les trier. Par manque d'habitude, ce travail la fatigua rapidement.

Une image cependant lui parvint plus nettement que les autres. La novice sursauta comme sous l'effet d'une décharge électrique : c'était aussi précis que la fois où elle avait vu une femme se faire tuer. Ce devait être une sorte de sonnette d'alarme personnelle, le signe qu'il fallait s'attacher prioritairement à ce type de visions !

Elle se concentra davantage. Ses yeux s'arrondirent de surprise : il ne s'agissait ni de météorites ni de pirates. Sa vision concernait une fois encore l'intérieur du vaisseau. Dans la source, le général prisonnier tenait la barre du *Rongeur d'Os* et Rymôr Ercildur gisait sans connaissance à ses pieds…

Mörgane se retint pour ne pas crier. Non, elle ne devait pas rompre avec le futur. Il fallait au contraire essayer d'en savoir plus. Remonter le fil, revenir aux origines.

Elle vit le général se battre dans les coursives, faire feu sur des membres d'équipage et démontrer une habileté redoutable…

Elle tira encore mentalement sur le fil, démêlant l'écheveau de l'avenir.

La Pieuvre s'approchait à pas de loup de la cellule où le général était enfermé. Elle tirait sur des gardes. Elle ouvrait la porte…

Mörgane essaya de remonter plus près. Avec beaucoup de prudence. Le lien était terriblement fragile.

Dans la pièce close, un otchigin était assis sur le sol, les yeux fermés…

Soudain, la jeune fille aperçut le fantôme d'un oiseau rouge quitter le corps du sorcier, passer à travers les murs jusqu'à la cabine du capitaine, puis s'engouffrer dans le crâne de la Pieuvre.

Surprise, elle détacha un court instant son regard de la source. Lorsqu'elle y revint, les images s'étaient enfuies.

Peu importait. La vision de Mörgane avait été suffisamment nette pour être prise au sérieux. Elle bondit vers le tube acoustique qui reliait le Temple au poste de pilotage, en ôta le bouchon et cria à l'intérieur :

– Rymôr ! C'est Mörgane ! Répondez !

Elle attendit. Rien ne vint en retour.

– Ohé ! Rymôr Ercildur ! Vous êtes là ?

Mais personne ne répondit.

– C'est bien ma veine, conclut-elle en grinçant des dents.

L'inquiétude la saisit. Elle manquait d'expérience pour situer l'événement dans le temps. Allait-il se dérouler demain, dans une semaine… dans une heure ? De toute façon, il fallait absolument prévenir quelqu'un ! Pourquoi les adultes n'étaient-ils jamais là quand on avait besoin d'eux ?

Heureusement, elle se rappela que ses amis lui avaient promis de faire le guet dans le couloir. Elle souhaita de toutes ses forces qu'ils n'aient pas oublié.

# 11
# Prise de contrôle

Vrânken sentit l'euphorie le gagner. Le Gôndül, *son* Gôndül, l'avait accepté. Il ne l'avait pas tué, il n'avait pas condamné son esprit à errer pour l'éternité dans les Brisants ! Il n'était pas devenu fou de rage, il n'avait pas réduit *Le Rongeur d'Os* en morceaux ! Avec le recul, Vrânken s'en voulut de sa peur et de ses hésitations. Mais c'était fini. L'animal s'était réveillé et avait plongé avec délice dans le tourbillon des abîmes. Il avait généré son propre Chemin Blanc et maintenant il traçait sa route dans l'espace, en direction de Nifhell.

En direction de Nifhell…

Des gouttes de sueur froide glissèrent le long de sa colonne vertébrale et le capitaine blêmit. Comment le monstre pouvait-il savoir où il devait aller, quand il ne lui avait donné aucun ordre, aucune indication ?

Vrânken comprit tout à coup que le Gôndül ne se dirigeait pas vers la planète des généraux-comtes, mais vagabondait au hasard, tout à sa joie d'être à nouveau vivant.

« Il n'y a d'autres rênes pour tenir l'animal que notre propre volonté », avait simplement dit son père une fois, avec un étrange sourire. Que n'avait-il insisté alors pour en savoir plus ! Seulement, il n'était à l'époque qu'un adolescent, et les propos du vieux Xaintrailles sonnaient comme des élucubrations qu'il n'écoutait que par respectueuse politesse.

Vrânken se souvint d'autre chose. En parlant, son père avait fermé les yeux et une joie profonde, inhabituelle chez cet homme dur, avait illuminé ses traits.

Pris d'une intuition subite, il ferma les yeux à son tour.

Il ne se passa rien pendant un long moment.

Puis la présence du Gôndül l'envahit comme une vague recouvre un rocher.

Vrânken se sentit grandir, démesurément. Son esprit emplit la pièce puis, à l'étroit, déborda dans les coursives. Il se répandit dans tout le navire comme un flot invisible et tumultueux, avant de jaillir à l'extérieur, à travers les hublots. Il flotta un instant dans le vide. Enfin, attiré par les yeux du Gôndül qui brillaient comme des phares dans la nuit des Brisants, il s'engouffra dans le crâne monstrueux…

« Tu ne seras plus toi et il ne sera plus lui. Vous serez autre chose, ensemble… »

Vrânken prit une inspiration gigantesque et emplit ses poumons de vide.

Il sentit sur le cuir épais de son visage la morsure du froid glacé de l'espace.

Ses yeux jaunes perçaient les ténèbres et distinguaient les contours des étoiles que son grand corps frôlait. Il frissonna d'aise à la façon d'un lézard léché par le soleil.

Il ouvrit la bouche et avala avec un plaisir indicible les débris phosphorescents d'un météore.

Puis il pointa sa corne effilée à la recherche des ondes magnétiques de Nifhell, reconnaissables entre toutes puisque chaque planète vibrait de façon particulière.

Ayant trouvé ce qu'il cherchait, Vrânken orienta sa course, poussa un autre feulement muet et accéléra son allure.

*

Alyss se releva tant bien que mal. Sa tête la faisait terriblement souffrir. Et elle s'était blessée en tombant de sa couchette.

– Maudit otchigin, murmura-t-elle en essuyant le sang qui coulait de ses lèvres.

C'était la première fois qu'un sorcier pénétrait son esprit, même si elle en connaissait le principe. Règle numéro deux du code des élèves amiraux : « Dans bien des cas, le recours à la science d'un otchigin est indispensable au maintien des communications : un amiral n'est donc pas autorisé à partir sans un otchigin. » Une phrase froide comme l'encre d'un formulaire, qui déguisait une réalité... brûlante !

À nouveau, elle se massa les tempes. Le message avait été clair : on lui demandait de s'échapper, puis de délivrer le général Xamar et son sorcier, sans perdre de temps. Elle s'accorda quelques minutes pour réfléchir. Il devait y avoir un grain de sable dans la mécanique bien huilée du khan pour que ces deux-là l'appellent à la rescousse. Alyss n'aimait ni Xamar ni l'otchigin. Le général était jaloux de ses succès et la détestait. Quant au sorcier, il la considérait comme un animal savant et la méprisait. Mais elle avait appris à voir au-delà de sa personne. Quand les intérêts de Muspell étaient en jeu, le reste n'avait pas d'importance. Aussi n'hésita-t-elle pas davantage.

Elle s'approcha de la porte. Chien-de-la-lune lui avait dit qu'elle pouvait s'adresser au garde si elle avait besoin de quelque chose.

– S'il vous plaît ! Je ne sais pas ce qui se passe. J'ai très mal !

Elle gémissait, pliée en deux.

Le matelot ouvrit la porte avec méfiance, son fusil braqué sur la prisonnière.

– Ça ne va pas ?

Il approcha sans baisser sa garde.

– Essayez de vous allonger. Je vais aller chercher le médecin.

Alyss cessa brusquement sa comédie. Avec une étonnante agilité, elle écarta l'arme de la main et faucha le malheureux gardien d'un coup de pied. L'homme roula au sol en criant. Elle bondit sur lui et l'assomma en frappant la nuque.

Elle dressa l'oreille tout en maîtrisant sa respiration. Aucun bruit ne parvenait du couloir. Rassurée, elle empoigna le fusil du garde inconscient, puis elle se glissa hors de la cabine.

Le vaisseau avait changé. Quelque chose s'était passé. Aux vibrations, elle avait compris depuis un moment qu'ils s'étaient remis en route. Mais il y avait autre chose. L'éclairage ne provenait plus des ampoules électriques mais d'antiques plaques de métal luminescentes. Elle toucha une cloison. Curieusement, elle n'était pas froide. Peut-être que c'était tout cela qui inquiétait Xamar.

Elle se demanda un instant si elle n'en avait pas trop dit à Vrânken, lors de leur dernier échange. Avait-elle lâché malgré elle une information capitale ? Non, sans doute. Et tant pis, de toute façon. Elle avait aimé ce moment.

Le temps pressait. Elle quitta son niveau pour descendre dans les cales. S'orienter dans les couloirs ne constitua pas un problème. L'oiseau-fantôme envoyé par l'otchigin, grésillant encore en elle comme un fer rouge, la guidait plus sûrement qu'une ligne tracée au sol.

Elle parvint bientôt en vue de la cabine transformée en cachot, que gardaient deux matelots. Elle s'aplatit contre la cloison. Il n'y avait pas à hésiter : elle devait profiter de l'effet de surprise pour les abattre avant qu'ils aient le temps d'utiliser leurs armes. À cette pensée, ses membres se mirent à trembler. Elle n'avait encore jamais tué personne. Enfin, jamais directement, de sa propre main ! Ses décisions stratégiques envoyaient régulièrement des hommes à la mort, sans qu'elle-même n'ait besoin de les voir. Mais il s'agissait alors de pions dans une partie de go, de lumières sur une console, qui brillaient puis s'éteignaient, remplacées par d'autres, autant qu'il en fallait. La réalité s'imposa à elle avec brutalité. Les hommes qu'elle allait devoir tuer étaient cette fois de chair et de sang. D'un sang qui coulerait, aussi rouge que l'oiseau de Muspell.

Elle pensa alors à ses parents qu'elle avait à peine eu le temps de connaître. À ses parents fauchés par la logique impitoyable de la guerre.

« Pas de bons ni de méchants, conclut-elle amèrement dans sa tête. Juste des hommes soumis à la volonté du Tengri, luttant pour rester en vie… » Elle prit une profonde inspiration et jaillit de sa cachette, son arme pointée en avant. Comme elle l'avait prévu, les deux gardes réagirent trop tard. Ils tombèrent foudroyés.

Le cœur d'Alyss battait la chamade. Elle eut besoin de s'appuyer contre une cloison pour ne pas tomber. Elle l'avait fait. Le khan aurait été fier d'elle s'il avait pu la voir. Elle eut un sourire triste et déverrouilla la porte.

– Tu en as mis du temps, fut tout ce que lui dit le général Xamar.

– Désolée, répondit-elle sèchement. Je me suis évanouie à cause de l'oiseau de l'otchigin.

Le vieillard lui adressa une grimace. Elle haussa les épaules.

– Donne-moi les armes, fit Xamar.

Alyss tendit les deux fusils pris aux gardes qu'elle venait de tuer. Le général les inspecta et fit jouer les mécanismes.

– Parfait !

– Et maintenant ?

Xamar échangea un regard avec le sorcier.

– Maintenant ? Nous allons prendre le contrôle du navire !

# 12

# Embuscade

Rôlan courait en direction du dortoir qui hébergeait les rescapés de Planète Morte.

Il était en poste devant la porte du Temple lorsque Mörgane avait surgi, bouleversée.

– Il y a quelqu'un ? Vous êtes là ?

Mörgane avait paru infiniment soulagée en le découvrant.

– C'est important, Rôlan. J'ai vu des choses terribles ! Dans ma vision, le général de Muspell s'était échappé, il tuait tout le monde et s'emparait du *Rongeur d'Os*. Je n'arrive pas à contacter Rymôr. Essaye de le trouver, préviens-le, raconte-lui ce que je t'ai dit. Fais vite !

Puis elle s'était à nouveau enfermée dans le Temple.

Rôlan n'avait pas perdu de temps. Il savait que les Frä Daüda avaient des pouvoirs. Et Mârk et Xâvier lui avaient raconté les exploits de Mörgane ! Non, il n'avait même pas songé à mettre en doute les craintes de leur amie.

Il s'était précipité.

Mais pas en direction du poste de pilotage. Mörgane l'avait dit elle-même, le maître d'équipage ne répondait pas. Comment savoir ce qui avait déjà pu se passer ? Le stagiaire avait décidé de demander l'aide du seul homme à bord en qui il avait confiance : le commandant Brînx Vobranx. Lui saurait quoi faire !

Malgré ses efforts, Alyss ne parvenait pas à entrer dans l'action. Elle traînait la jambe derrière l'otchigin, suivie par le général sur le qui-vive. Elle ressemblait à une spectatrice, jetée malencontreusement dans l'arène par la foule. La jeune femme ne ressentait ni excitation ni joie à l'idée de reprendre l'avantage. Comment était-ce possible ? Deux jours plus tôt, elle jubilait encore en voyant les vaisseaux de Chien-de-la-lune partir en flammes.

Elle pensa de nouveau à Vrânken et découvrit avec étonnement qu'il était la cause de son apathie. Elle sut que certaines choses avaient perdu de leur importance et que d'autres en avaient acquis.

De tout son cœur, elle souhaita que Vrânken n'ait pas la mauvaise idée de surgir à portée de tir du général.

C'est hors d'haleine que Rôlan fit irruption au milieu des soldats de Planète Morte.

– Commandant... une chose très grave... une menace contre... le navire...

– Calme-toi, Rôlan, commença par lui dire Brînx Vobranx en le faisant asseoir. Bien. Quand tu en seras capable, tu nous raconteras ce qui t'arrive.

La dizaine d'hommes valides sur les trente que comptait la garnison embarquée à bord du *Rongeur d'Os* fit cercle autour du stagiaire. Depuis les combats dans les sous-sols de Planète Morte, tous ici le considéraient comme l'un des leurs.

– C'est la devineresse du *Rongeur d'Os*, résuma Rôlan lorsqu'il parvint à reprendre son souffle. Elle a vu le général et le sorcier qui s'emparaient du vaisseau. Le chef Rymôr est injoignable. Elle m'a demandé de partir à sa recherche. Mais j'ai préféré venir ici.

Le visage de Brînx s'assombrit.

Ils n'en auraient donc jamais fini ! Les complots succédaient aux batailles, les mauvaises surprises aux coups durs. Il se sentait très las, épuisé même. La blessure reçue dans les entrailles de la base impériale s'était révélée plus grave qu'il le pensait. Depuis son départ de Planète Morte, il n'aspirait plus qu'au repos. L'idée de revoir sa femme et son fils, de pouvoir enfin les serrer dans ses bras, était la dernière chose qui le soutenait et le poussait à lutter. Sous le bandage blanc, l'entaille le relança. Une vive douleur lui transperça le crâne, en même temps qu'un terrible pressentiment : il ne verrait pas la fin de ce voyage.

Des gouttes de sueur coulèrent depuis son front et s'accrochèrent aux poils blonds de sa moustache.

– Ça va, commandant ? s'inquiéta l'un de ses hommes.
– Oui, ça va, répondit Brînx Vobranx en faisant un effort énorme. Avons-nous des armes ?
– Seulement nos pistolets.
– Ils nous seront utiles, si les prédictions de la Frä Daüda se révèlent fondées. Je veux des volontaires pour m'accompagner jusqu'à la cellule des prisonniers.
Sans un moment d'hésitation, tous se rangèrent derrière lui. Il observa Rôlan, qui lui adressait un regard plein de confiance.

– Alors sorcier, où sommes-nous ?
– Mes sens sont perturbés. Je ne parviens pas à me repérer.
Le général fronça les sourcils. Les coursives mal éclairées de cet étrange navire se ressemblaient toutes. L'architecture des vaisseaux de Muspell était autrement plus simple !
– Débrouille-toi, nous devons trouver le chemin du poste de pilotage.
– En admettant que tu réussisses à t'en emparer, que comptes-tu faire après ? demanda Alyss.
– Désamorcer la nouvelle ruse de Chien-de-la-lune.
– Tu vas le tuer ?
– Je tuerai tous ceux qui se mettront sur la route du khan.
Alyss n'eut pas besoin de le regarder en face pour savoir qu'il le ferait. Elle essaya d'imaginer la scène, Xamar tirant sur Vrânken et le touchant grièvement. L'émotion la submergea.

« Est-ce que l'on tombe aussi facilement amoureuse d'un homme qui a été votre plus grand adversaire et que l'on connaît si peu ? » s'étonna-t-elle. Elle avait du mal à laisser sa raison, d'habitude si rassurante, se faire malmener par des sentiments. Des sentiments nouveaux. « Es-tu sûre de le connaître si peu ? lui murmura cette raison qui la trahissait. Et de n'avoir éprouvé en l'affrontant que de la haine ? »

Elle sentit que quelque chose basculait en elle. Au plus profond d'elle-même, quelque chose lui criait qu'elle avait cessé d'appartenir au khan.

Elle s'approcha de Xamar.

– Il ne faut pas tuer le capitaine…

Xamar la toisa dédaigneusement.

– Pourquoi ça ?

– Ça ne me plairait pas.

– Tiens, tiens, ironisa le général. Chien-de-la-lune aurait-il planté ses crocs dans le cœur de la Pieuvre ?

– J'ai toujours dit au khan que c'était une erreur de confier à des femmes des postes importants, cracha l'otchigin. Elles sont trop faibles, trop soumises à leurs émotions.

– Peu m'importe ce que tu penses des femmes, vieillard. Je dis que Chien-de-la-lune ne doit pas mourir.

– Pourtant, trancha Xamar, il vaudrait mieux pour lui qu'il meure. Être livré vivant au khan est un sort que je ne souhaite à personne.

Considérant la discussion close, il fit signe à l'otchigin de repartir. Mais celui-ci ne bougea pas.

– Que se passe-t-il ? chuchota Xamar.

– Quelqu'un vient, annonça le sorcier à voix basse.

En effet, des bruits de pas se firent entendre. Un groupe d'hommes approchait par un couloir perpendiculaire. Le général et son sorcier se préparèrent au combat.

– Ces idiots parlent et marchent normalement. Nous allons bénéficier de l'effet de surprise… Alyss ! Qu'est-ce que tu attends ?

La jeune femme resta figée sur place, au milieu du couloir, près de l'intersection. Son arme pendait, retenue par une sangle à son épaule. Elle regarda ses deux compagnons plaqués contre la paroi, de chaque côté du couloir, prêts à ouvrir le feu. Elle vit les hommes qui arrivaient.

Elle sut à cet instant précis qu'elle allait faire trembler le Tengri. Jusqu'alors, elle avait toujours obéi à ses caprices, considérant qu'ils avaient force de loi. Mais, pour la première fois, elle disposait d'une certitude plus forte : elle éprouvait des sentiments pour Vrânken, et elle ne voulait pas le perdre. Même si elle devait payer au prix fort son insolence.

Elle hurla :

– Non !

En jurant, le général vida un premier chargeur en direction des arrivants. Les hommes de Brînx, qui avaient instinctivement réagi au cri de la Pieuvre, s'étaient déployés. Ils ripostèrent. L'otchigin s'écroula bientôt, frappé à la tête. Une balle toucha le général au bras, l'obligeant à lâcher son arme. Cerné par les soldats, il n'eut d'autre choix que se rendre.

Alyss rouvrit les yeux qu'elle avait fermés au début de la fusillade. Elle n'avait pas bougé. Les tirs l'avaient miraculeusement épargnée.

Elle aperçut le sorcier qui gisait sans vie à quelques pas. Le général, le visage blanc, tenait contre lui son bras couvert de sang.

Plus loin, des hommes blessés gémissaient. Deux étaient à terre et ne bougeaient plus. Vrânken ne faisait pas partie du groupe.

Tout était fini. Alyss en ressentit un immense soulagement.

Rôlan se précipita vers le corps criblé de balles de Brînx Vobranx. Le commandant marchait à la tête de ses hommes au moment de l'embuscade et avait reçu de plein fouet la première rafale tirée par Xamar. Il respirait faiblement.

– Ne bougez pas, commandant, gémit Rôlan penché sur lui. Le médecin va venir, il va…

Brînx trouva la force de lever une main rougie par le sang. Il la posa sur la joue du stagiaire.

– C'est inutile… C'est trop tard… Je regrette surtout de laisser mon petit garçon seul avec sa mère… Tu étais comme un fils, Rôlan… Comme un fils pour moi…

Son bras retomba lourdement et sa tête roula sur le côté.

Rôlan s'effondra sur le corps désormais sans vie et éclata en sanglots.

# 13
# Le Spartacus

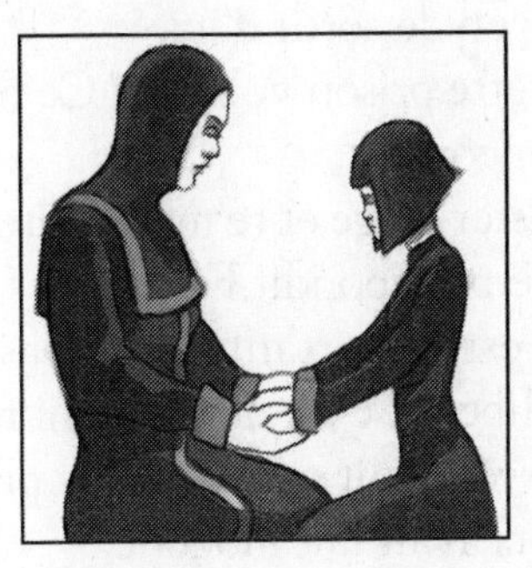

Des turbulences agitèrent un moment le navire qui emmenait les prisonnières à Kenningar. Frä Ülfidas serra plus fort la main de Mäthilde.

– Vois-tu, jeune fille, les généraux-comtes et les Frä Daüda travaillaient ensemble autrefois. Ils ont offert un empire à Nifhell. Il est grand temps aujourd'hui de renouer l'alliance.

– Alliance entre qui et qui ? répondit Mäthilde sur un ton provocant. Je ne vois qu'une vieille femme et deux gamines !

– Tu as raison et tu as tort. Les devineresses dans la force de leur âge et de leur art sont en effet éparpillées sur la planète et dans la galaxie, où elles servent de leur mieux les intérêts de Nifhell. Il ne reste à Urd que de vieux professeurs et leurs jeunes élèves. Mais nous représentons et tu représentes quelque chose pour Muspell et pour Nifhell. Sinon, pourquoi serions-nous enfermées ici ?

– Admettons. Que proposez-vous ?

– Je propose, Mäthilde, que nous commencions par trouver un moyen de sortir d'ici.

– Sortir de cette prison volante ? Ce n'est pas gagné, ironisa-t-elle encore.

– Tu peux rester otage et te morfondre dans ce tas de ferraille si tu veux, répondit Frä Ülfidas. Quant à moi, je pense qu'il est important de ne pas renoncer. Se battre pour sa liberté, c'est déjà être libre !

Mäthilde ne répondit pas. Le vieux professeur sentit que son discours avait fait mouche.

– Mais, Frä Ülfidas, comment voulez-vous que l'on s'évade d'un endroit pareil ? demanda Xändrine.

Elles promenèrent leur regard sur les murs métalliques totalement dépourvus d'ouverture.

– Je connais bien ce genre de vaisseaux, dit alors Mäthilde. Mon père en possède plusieurs. Nous sommes dans la partie qui tient lieu d'étable. Elle n'a que deux portes : la grande ouvrant sur l'extérieur pour embarquer le bétail et la petite permettant d'accéder au cockpit. Toutes les deux sont solidement fermées.

– Oublions les portes, dit Frä Ülfidas. Y a-t-il des exochaloupes de sauvetage à bord ?

– Sang de trôll, bien sûr ! s'exclama la jeune fille. J'aurais dû y penser ! Il y en a une du côté des cabines et une de ce côté. Là-bas, derrière le sas bloqué par un code.

– Un code ?

– Un code chiffré. C'est le même qui est utilisé pour accéder aux différentes parties du vaisseau. Mais nous n'avons pas d'ordibureau pour le pirater !

– On ne peut pas enfoncer le sas ?

– Il est conçu pour résister à la charge d'un taureau sauvage d'Alsvin.

– Il nous faut donc le code, conclut Frä Ülfidas. Bien… Mäthilde, je te demande de ne pas nous déranger. Et toi, Xändrine, écoute-moi très attentivement. Lorsque nous arriverons à Kenningar, les guerriers de Muspell entreront dans cette pièce. Ils seront donc obligés de taper le code pour ouvrir l'une des portes. Ce sera pour nous l'unique occasion de le découvrir.

– Vous voulez dire, Frä Ülfidas, s'étonna Xändrine, que vous allez essayer de lire cet avenir-là ? Mais nous ne disposons d'aucune source !

– Nous pouvons nous passer de source. Les Frä Daüda sont capables d'anticiper les événements. Les novices s'y entraînent fréquemment, en jouant au ping-pong ou au tennis par exemple, n'est-ce pas ?

– Ces prévisions-là ne dépassent jamais quelques secondes ! Ça ne nous avance pas beaucoup.

– C'est vrai, mais il y a un moyen. En nous tenant par la main et en nous concentrant suffisamment, nous pouvons unir nos pensées. Ensuite, l'une après l'autre, nous rebondirons sur nos anticipations, comme si on se faisait la courte échelle à tour de rôle. Hop ! Hop ! Hop ! Il faudra aller le plus loin possible. Tu as compris ?

– Je crois.

La devineresse et la novice s'assirent et se prirent par la main.

– Comme à l'exercice, lança Frä Ülfidas. Je commence. Tu continues, je recommence et ainsi de suite jusqu'à ce que l'une d'entre nous aperçoive une main composer un code sur le boîtier de commande.

Frä Ülfidas ferma les yeux et projeta son esprit le plus loin possible dans l'avenir. Elle transpira immédiatement à grosses gouttes.

S'appuyant sur cette parcelle de futur devenue le présent pour leurs deux esprits réunis, Xändrine s'élança à son tour vers l'avenir.

Les Frä Daüda remontèrent lentement le temps.

Xändrine avait le sentiment de ne pas servir à grand-chose. Elle voyait Frä Ülfidas chanceler, rebond après rebond, en direction de ce futur insaisissable.

« Et si je me trompais de direction ? Si je ne voyais rien ? »

Elle éprouva une angoisse terrible. Elle pensa alors à Mörgane, qui était sa meilleure amie lorsqu'elle était à Urd. Cela lui fit du bien. Elle se sentait plus forte en imaginant sur elle le regard protecteur de son amie.

Dans sa main, celle de sa voisine se crispa.

« Par les feuilles de l'arbre sacré ! C'est de nouveau à moi. »

Elle plongea dans la vision de Frä Ülfidas et prit sa place.

Elle vit deux hommes armés devant une porte. Ils riaient. L'un d'eux avait la main posée sur un boîtier.

Le temps se ralentit. C'était trop tôt ! L'homme appuya sur la touche 1. Puis sur la touche 9. Le temps se ralentit encore. Touche 6. Touche 7. Et puis, plus rien. La scène se figea comme dans un tableau, avant de s'estomper et de disparaître. Frä Ülfidas n'avait pas trouvé la force de prendre la relève.

Elles sortirent peu à peu de leur transe muette, épuisées. Frä Ülfidas avait du mal à contrôler le tremblement de ses mains.

– Tu as pu voir le code ?

– J'ai…, répondit Xändrine d'une voix mal assurée, il y avait une main qui… j'ai pu voir quatre chiffres seulement.

Frä Ülfidas posa les yeux sur la nièce du général-comte, qui avait assisté à la scène sans comprendre.

– Mäthilde. Combien de chiffres pour le code de la porte ?

– Quatre. Toujours quatre chiffres.

– Nous les avons !

Xändrine releva la tête, radieuse.

– Je ne sais pas comment vous avez fait, dit Mäthilde, mais c'est sacrément bien joué ! Mon oncle aurait dû voir ça.

– Le plus difficile est devant nous, répondit Frä Ülfidas en s'essuyant le front avec un pan de sa robe. Mais toutes les trois, nous y arriverons, n'est-ce pas ?

Les deux jeunes filles répondirent par un sourire.

Elles composèrent le code volé au futur. Le sas s'ouvrit dans un chuintement.

– Oui ! jubila Xändrine.

Mäthilde la félicita d'une bourrade puis activa l'exochaloupe. Elles se glissèrent à l'intérieur.

– Ils ne vont pas essayer de nous poursuivre ? s'inquiéta la novice.

– Une exochaloupe de secours, répondit Mäthilde, narquoise, est conçue pour s'éloigner le plus vite possible du vaisseau. C'est utile en cas d'explosion !

– Est-ce que l'on sait où l'on est ?

– D'après les capteurs, Frä Ülfidas, nous survolons les forêts d'Alsvin.

– Alors nous ne manquerons pas d'endroits où nous cacher. Alsvin est le comté le plus sauvage de Nifhell.

– Après Skadi, rectifia orgueilleusement Mäthilde. Attention, mise à feu imminente !

L'exochaloupe jaillit du vaisseau et piqua en direction du sol.

# 14
# Tempêtes

Une voix résonnait dans le tube acoustique en paléocuivre qui reliait le poste de pilotage au Temple. Mörgane se précipita.

– Tu es là, petite ?

– Rymôr ? Je suis bien contente de vous entendre ! J'ai essayé de vous appeler, tout à l'heure, mais il n'y avait personne.

– Je suis désolé, Mörgane. J'étais en salle des machines. Thôrn Tristrem était inquiet, à cause du Gôndül. Mais tout va bien maintenant.

– Et Rôlan ? Est-ce que vous avez vu Rôlan ? C'est très important, il…

La voix se fit rassurante :

– Rôlan va bien. Il a prévenu qui il fallait. La mutinerie a été matée, et c'est grâce à toi.

Mörgane soupira de soulagement.

– C'était atroce, Rymôr. Le général tuait tout le monde. Et je vous ai vu, par terre...

– Cet avenir-là n'existe plus, oublie-le. Le général est blessé, son maudit sorcier est mort et la Pieuvre a retrouvé le chemin du cachot. Dis-moi, tu te sens de continuer ?

– Continuer ? Vous voulez dire rester dans le Temple ? Bien sûr ! Je l'ai promis au capitaine.

– D'accord. Tu sais que tu es épatante ?

– Heu, juste une chose, Rymôr : ça me rassurerait si quelqu'un restait vraiment dans le poste de pilotage...

– Je te le promets, dit le géant embarrassé.

Puis le silence revint dans le Temple.

Mörgane s'assit au bord de la source et appuya son dos contre l'arbre artificiel. Elle laissa sa tête aller en arrière. Son regard se perdit dans les feuilles de polyverre. Elle s'amusa à en suivre les nervures, finement ciselées.

Elle sentit une joie profonde l'envahir. Sa vision avait sauvé le vaisseau. Elle n'était plus une simple novice fascinée par les révélations de l'avenir, mais une devineresse capable d'utiliser ses dons de voyance. Frä Drümar serait si fière d'elle ! Bien sûr, rien n'était simple. Elle n'avait plus de professeur pour l'aiguiller et lui montrer le chemin. Elle devait se débrouiller seule.

Elle décida de sonder le futur par intermittence. Ne sachant pas combien de temps elle allait rester dans le

Temple, elle devait s'économiser. Elle divisa la journée et la nuit en périodes de veille. Dormir et manger occuperait le reste de son temps. Elle programma un réveil puis alla s'allonger sur son matelas.

La sonnerie tira la jeune fille d'un sommeil sans rêve. Elle eut du mal à émerger. Elle grignota un fruit, puis se rendit près de la source. Rien de significatif ne lui était apparu au cours de ses précédentes explorations. Elle bâilla et posa de nouveau son regard sur la sombre surface de métal.

Il se passa cette fois-ci quelque chose de différent : la source se mit à bouillonner. Mörgane n'eut pas le temps de réagir. Son esprit fut attiré au fond.

Instinctivement, elle retint sa respiration. Ce qu'elle voyait était très éloigné des visions qu'elle avait eues et qui s'étaient révélées justes. C'était beaucoup plus fort.

Elle se trouvait dans l'espace, dans l'immensité des Brisants. Devant elle rampait une entité gigantesque. Une chose sans corps mais avec une forme de serpent. C'était un serpent. Long comme une Voie lactée, large comme un amas d'étoiles, il ondulait et les planètes tremblaient sur son passage.

La novice n'en avait jamais connu, mais elle sut qu'il s'agissait d'un Tumulte, d'une tempête stellaire dont les tourbillons ressemblent aux anneaux d'un serpent. Elle aperçut *Le Rongeur d'Os*, minuscule, qui fonçait dans sa direction. Le serpent ouvrit la gueule, l'avala et le déchiqueta, le réduisant en poussière.

Mörgane ferma les yeux et cria.

Elle les rouvrit en pensant se retrouver dans le Temple. D'habitude, un cri suffisait à interrompre une vision. Mais, cette fois, rien n'avait changé.

Son esprit était toujours là, dans l'espace, au fond de la source bouillonnante.

Elle commença à paniquer.

Elle sentit alors une présence à ses côtés, une présence familière et rassurante.

– *Frä Drümar ?* pensa-t-elle sans y croire.

– *Oui, ma fille...*

– *C'est vous ? Je veux dire : c'est vraiment vous ?*

La voix qu'elle entendait dans sa tête ressemblait étonnamment à celle de son professeur.

– *C'est moi et ce n'est pas moi... Je fais maintenant partie de la source, Mörgane... Lorsque Brâg Svipdag m'a assassinée, mon sang s'est mêlé au polymétal... Un peu de moi a survécu et je hante désormais les portes du futur...*

La novice faillit se mettre à pleurer. Son imagination lui jouait sans doute des tours, mais elle en était heureuse. Frä Drümar lui manquait tellement !

– *Je n'appartiens pas à ton imagination, ma fille...*, dit la voix comme si elle devinait ce que Mörgane ressentait. *J'existe indépendamment de toi... Même si c'est pour toi seule... Nous n'avons malheureusement pas le temps d'en discuter... Le navire va au-devant d'un sérieux problème...*

– *Le serpent ! C'est vrai. Il faut que je sorte de ma transe, il faut que je prévienne Rymôr. La tempête stellaire va broyer* Le Rongeur d'Os *!*

– *Inutile... Rymôr n'a aucune prise sur le navire... Quant à Vrânken, il est injoignable... Le Gôndül est désormais le seul maître à bord...*

Le désespoir envahit Mörgane.

– *Vous voulez dire que nous sommes perdus ?*

– *Il y a toujours une solution à un problème... As-tu remarqué, chère petite, à quel point la source du navire était différente de celle de l'école d'Urd ?...*

– *Oui. Elle est beaucoup plus sombre. C'est comme s'il y avait de la peinture noire dans le polymétal.*

– *Et l'arbre artificiel ?...*

– *Il entoure de ses racines une tige de métal au lieu d'une souche de bois.*

– *C'est bien...*

Mörgane eut l'impression que le fantôme de Frä Drümar lui adressait un sourire affectueux.

– *Vois-tu, ma fille, la tige de métal rattache le Temple à la structure du navire... Quant à la substance noire mêlée au polymétal liquide, c'est le sang du Gôndül... Grâce à la source, les devineresses ont un accès direct à la conscience de la bête...*

– *Alors, Frä Drümar, nous pouvons prévenir le Gôndül de l'arrivée du Tumulte ?*

– *Oui, Mörgane... Mais c'est ton travail, à toi seule... Je ne peux agir à ta place... J'appartiens désormais à la source... Le sang noir du Gôndül a rejoint le rouge du mien dans l'argent du métal...*

– *Dites-moi au moins ce que je dois faire !*

– *Laisse-toi emporter...*

Se laisser emporter. Où ça ? Elle voulut poser la question à la devineresse mais celle-ci s'était évaporée.

Elle regarda autour d'elle. Sous ses yeux, un fleuve surgi de nulle part se mit à couler au milieu des étoiles. Un fleuve poisseux, aux eaux noires. Sans réfléchir, elle se jeta dedans. Elle se sentit ballottée par le courant. Puis, aussi soudainement qu'il était apparu, le cours d'eau disparut, déposant la novice sur une grève.

Elle se mit debout. Sous ses pieds, elle sentit la texture étrange du sol. C'était du cuir. Du cuir souple et chaud comme une peau.

Elle leva la tête et retint un cri : éclairant un visage monstrueux, deux yeux jaunes à l'éclat insoutenable la regardaient. Elle était devant le Gôndül.

Elle s'étonna de ne ressentir aucune peur.

– Cher, heu... Gôndül. Monsieur *Le Rongeur d'Os* ! Je ne sais pas comment il faut vous appeler. Je ne sais même pas si vous me comprenez. Je m'appelle Mörgane et je suis votre Frä Daüda, enfin, la Fräu Daüda du navire qui, hum... Bon. Écoutez : il faut que vous sachiez qu'un Tumulte, un serpent, une tempête stellaire, s'approche à grands pas de vous ! Voilà.

Elle ne trouva rien d'autre à dire.

Le monstre s'agita. Il feula. Puis il bondit en avant, renversant la pauvre Mörgane qui tomba comme une pierre au milieu des planètes et des étoiles.

– J'espère seulement que le Gôndül aura compris ce que je lui ai dit, murmura-t-elle.

Il lui avait semblé, juste avant qu'il s'en aille, que le monstre avait entrouvert son bec dégoûtant et lui avait souri.

Dans le Temple, assise en tailleur devant la source, la jeune fille en transe frissonnait, les yeux révulsés.

Thôrn Tristrem se retint au pupitre principal de la salle des machines pour ne pas tomber. *Le Rongeur d'Os* avait fait une terrible embardée. Le chef mécanicien entendit le vaisseau grincer et gémir, comme s'il se révoltait d'être traité de la sorte.

– Je n'aurais jamais pu obtenir ça des moteurs photoniques, murmura Thôrn. C'est la bête…

Il s'approcha d'un hublot, mais ne vit rien d'autre que le noir d'une nuit profonde. C'était comme ça depuis que le Gôndül avait bondi dans les Brisants.

– J'espère que Vrânk est toujours aux commandes, dit-il encore pour se rassurer.

Mais en son for intérieur, il était persuadé du contraire.

# 15
# Inquiétudes

– Ça va aller, petit ?

Rôlan opina en ravalant ses larmes.

– Ce pauvre Brînx n'a pas eu de chance ! Mais il a été courageux. Sans son action à la tête des hommes de Planète Morte, nous serions en fâcheuse posture.

Bumposh couina sur son épaule, comme pour le rappeler à l'ordre. Rymôr calma le cyber-rat d'une caresse. Puis il ébouriffa les cheveux du garçon avec sa grosse main et quitta la cabine des stagiaires. Il n'avait pas le temps de jouer les consolateurs : Thôrn Tristrem voulait le voir à nouveau et cela semblait important. Le géant avait cette fois donné rendez-vous au chef mécanicien dans le poste de pilotage, où il restait à portée de voix de Mörgane.

Le bruit métallique de sa jambe artificielle résonna

un long moment dans les coursives. Rôlan prit sa tête entre ses mains et retint un nouveau sanglot.

– Xâvier et moi, on est désolés, dit Mârk en abandonnant sa couchette pour venir s'asseoir à côté de lui.

Xâvier montait la garde devant la porte du Temple. Après ce qui s'était passé, ils avaient décidé de ne pas relâcher leur vigilance autour de leur amie.

– Merci, c'est… gentil, répondit Rôlan dans un hoquet.

– Le commandant était quelqu'un de ta famille ?

– Non. Enfin, presque…, bredouilla Rôlan encore sous le coup de la douleur. Il me considérait comme un fils, il me l'a dit. J'ai des parents à Nifhell. Mais ce n'est pas pareil… Le commandant, c'était quelqu'un d'important pour moi, tu comprends ?

Mârk hocha gravement la tête.

– Je ne suis pas doué pour parler. Mörgane aurait fait ça très bien, Xâvier aussi. Mais je comprends ce que tu ressens. Je n'ai jamais connu mes parents. C'est mon grand-père qui m'a élevé. Je l'ai toujours admiré. J'avais envie de le rendre fier de moi !

Mârk n'avait jamais eu l'occasion de parler à quelqu'un de son grand-père. Il sentit l'émotion l'envahir. Une boule se forma dans sa gorge, ses paupières papillonnèrent. Rôlan tourna vers lui un visage reconnaissant.

– Je crois… que nous ne sommes pas de grands bavards, toi et moi. Mais nous sommes bien sur la même longueur d'onde. Merci, Mârk.

Il lui tendit la main et Mârk la serra longuement.

– J'ai de la chance de vous avoir trouvés tous les trois, continua Rôlan. Je ne serai pas seul, malgré la mort du commandant.

– Ça sert à ça les amis, fut tout ce que Mârk trouva à ajouter. À ne pas être tout seul…

*

– Tu voulais me parler, vieux gredin, dit le maître d'équipage à Thôrn Tristrem lorsque ce dernier pénétra sous le dôme du poste de pilotage. Je t'écoute !

Le mécanicien avait un air sombre.

– Je suis très inquiet, Rymôr. Lorsque *Le Rongeur d'Os* est devenu fou, tout à l'heure, j'ai bien cru que nous allions y passer.

– Nous avons été secoués, relativisa le géant. Mais tout est revenu à la normale.

Thôrn secoua la tête.

– Il y a plus grave. Je suis allé faire une inspection de la coque, juste après. Elle est fissurée de l'intérieur, à plusieurs endroits. Nous ne résisterons pas à une autre secousse du même genre !

Rymôr soupira. Il aurait préféré ne pas entendre ça. Il fit quelques pas, en se grattant furieusement la joue.

– Bon, dis ce que tu as à dire.

– Nous avons suffisamment joué avec le feu, Rymôr. Plus personne ne contrôle la course de ce navire, reconnais-le. Nous ne savons ni où nous sommes ni où nous allons. Nous sommes des aveugles enfermés dans une prison. Essayons de déconnecter le Gôndül et de reprendre le navire en main !

– C'est stupide. Nous ne savons pas comment l'animal réagira. Et puis, même si nous y parvenions, nous nous retrouverions perdus dans les Brisants !

– C'est un risque à courir, mais il me paraît moindre que de continuer comme ça.

– Et Vrânk ?

– Rien ne nous dit qu'il soit encore vivant.

Rymôr ne répondit pas. Il avait déjà réfléchi, avant même que Thôrn ne la lui soumette, à cette idée d'arrêter l'expérience. Mais il l'avait rejetée. Parce que, contrairement au mécanicien, il était persuadé que Vrânk était en vie et maîtrisait le Gôndül.

– Ma décision est prise, Thôrn, annonça-t-il. Nous continuons. Je pense qu'il vaut mieux risquer de mourir en gardant l'espoir d'arriver à Nifhell à temps, plutôt que de rester vivants et d'assister, impuissants, à l'agonie de l'empire.

Thôrn Tristrem dévisagea le géant en silence.

– Très bien, Rymôr, se rendit-il enfin. Mais c'est toi, et toi seul, qui en prends la responsabilité.

– Sacrebleu, je la prends, cette responsabilité ! Thôrn, mon ami… En dix ans de course, le capitaine nous a-t-il déçus ?

– Non, reconnut-il.

– Alors, s'exclama Rymôr en marchant vers la table et en s'affalant dans l'un des fauteuils, je te propose de faire un sort à cette bouteille de prune en souhaitant courage et bonne chance à son propriétaire !

Le visage du chef mécanicien s'éclaira de nouveau.

– Après tout, tu as peut-être raison. Faire confiance à Vrânk, pourquoi pas ? À Vrânken de Xaintrailles, capitaine du *Rongeur d'Os* ! lâcha-t-il avec fatalisme en levant son verre. Et aux Puissances !

– Oui, vieux gredin, aux Puissances !

# 16
# De la steppe aux forêts

Atli Blodox sortit contrarié de la tente où venait d'avoir lieu la cérémonie de contact entre otchigins.

Les nouvelles n'étaient pas bonnes. Les sorciers de Muspell ne parvenaient pas, malgré leurs efforts conjugués, à entrer en contact avec leur confrère capturé par Chien-de-la-lune en même temps que la Pieuvre et le général Xamar. Avant de lancer la suite du plan, il était pourtant impératif de savoir si la flotte impériale avait quitté le secteur.

La seule information positive provenait de l'expédition qui s'était mise en route cinq ans plus tôt. Elle arriverait bientôt en vue de Planète Morte ! Les techniciens du khanat allaient pouvoir rétablir les Chemins Blancs.

Le khan appela. Son cheval-serpent laissa échapper

un sifflement joyeux et trotta vers lui. D'un bond puissant, Atli Blodox sauta sur son dos.

– Cours, mon fidèle, vole ! lui murmura-t-il à l'oreille. J'ai besoin de sentir sur mon visage la caresse du vent.

Il chevaucha longuement, sans but, laissant son esprit se libérer de la pression accumulée ces derniers jours.

Lorsqu'il était devenu khan, vingt ans plus tôt, il avait déjà en tête l'idée folle qui allait renverser l'arrogant empire. Il lui avait fallu deux ans pour l'imposer et la préparer.

Il se souvenait comme si c'était hier du départ de la flotte pour Nifhell. Il faisait nuit. Les tours d'acier de l'astroport, illuminées, ressemblaient à des poignards pointés vers les étoiles. Il avait défié le Tengri et investi les Brisants, projetant son audace à travers le temps et l'espace. Bien sûr, cela n'avait pas été facile. De nombreux vaisseaux avaient sombré au milieu des étoiles, sous les coups des pirates, des tempêtes et d'autres dangers encore plus grands. Les soldats qui avaient vingt ans au départ en accusaient presque quarante à l'arrivée. Un des cinq otchigins de l'armada était mort pendant le trajet. Mais l'opération Rosée de Sang avait continué et, treize ans plus tard, des savants formés à la mécanique complexe des Chemins Blancs, accompagnés par les plus habiles techniciens de l'époque, s'étaient à leur tour lancés dans les abîmes pour être au rendez-vous de l'Histoire.

Maintenant, les pièces du fabuleux puzzle s'assemblaient enfin. La Pieuvre avait pris Chien-de-la-lune dans ses filets. L'amiral Gulax, brillant officier et remarquable stratège, avait conforté sa position sur Nifhell et étalait ses cartes sur la table ronde des générauxcomtes. La flotte de l'empire, par orgueil, était sûrement déjà partie se perdre dans les Brisants. Enfin, les Chemins Blancs allaient être réactivés et Muspell pourrait envoyer sur Nifhell une armée d'invasion digne de ce nom. Lui-même, Atli Blodox, serait alors sacré khan des khans, et le système solaire de Drasill tout entier ploierait l'échine sous sa poigne !

Sa course le conduisit au milieu d'un troupeau de zoghs. Il mit sa monture au pas pour ne pas effrayer les chèvres brunes. Deux chiens-lions énormes qui gardaient les bêtes se précipitèrent dans sa direction en grondant. Il les calma de sa voix grave. Puis, avisant des tentes de feutre dressées à l'abri du vent derrière un muret de pierre, il posa le pied à terre.

Les éleveurs le reçurent avec simplicité et lui offrirent un bol de lait encore chaud, qu'il but avec plaisir. Il n'eut pas besoin de se présenter : ses yeux gris lumineux, l'oiseau rouge qu'il portait tatoué sur le torse, barré par une longue cicatrice blanche, étaient connus de tous. Mais, dans la rudesse de la steppe, un homme était un homme, ni plus ni moins.

Le khan parla avec eux de la dernière pluie, qui avait été abondante, et de la qualité de la laine, meilleure que jamais cette année. Il y vit un bon présage. Il félicita le chef de clan pour la beauté de ses filles et la vigueur des enfants. Il pria avec eux le Tengri pour qu'il continue à leur être favorable. Puis il remonta sur son cheval-serpent et prit le chemin de son campement. Le combat n'était pas encore terminé. Il ne l'était jamais, à Muspell.

*

Le général-comte Arvâk Augentyr avait quitté la capitale au début de l'invasion. Son épouse, Lëna, ne s'était pas fait prier longtemps pour le suivre : des rumeurs effroyables couraient à propos de la sauvagerie des guerriers de Muspell.

Tous deux s'étaient réfugiés dans le comté de Skadi, dont Arvâk avait la charge. Ils y possédaient une maison confortable.

Le général-comte, poussé par les plus remuants de ses amis, avait eu en arrivant des velléités combatives. La province, montagneuse à souhait, se prêtait admirablement à la résistance ! Mais une convocation de l'officier de Muspell supervisant le comté l'avait rapidement calmé. Il se murmurait même que le général-comte avait été soulagé que sa nièce, Mäthilde, figure parmi les otages exigés par l'amiral Gulax. Ne bénéficiait-il pas ainsi d'un solide argument pour ne pas suivre les plans de ses amis ?

Quant à Lëna, qui n'avait pourtant cessé de trembler pour Xâvier et se faisait transmettre des nouvelles quotidiennes de Planète Morte, elle se félicitait à présent que son fils fût à bord d'un navire à l'autre bout de la galaxie. Là-bas, au moins, il était en sécurité.

*

L'exochaloupe du *Spartacus*, programmée pour atterrir dans une zone habitée, se posa dans le chuintement strident de son petit moteur photonique à proximité d'un village-scierie équipé d'un minuscule spatioport. Alsvin était un comté forestier et tirait l'essentiel de ses ressources de l'exploitation et du commerce du bois.

Comme Mäthilde l'avait prévu, le vaisseau mère n'avait pas cherché à les suivre.

– Et maintenant ? demanda Xändrine en s'extirpant de l'embarcation.

– Éloignons-nous de l'exochaloupe, proposa Mäthilde. Elle est sans doute équipée d'une balise.

– On raconte qu'il y a plein de bêtes à Alsvin, ajouta Xändrine en regardant autour d'elle.

Sous les arbres immenses et touffus, l'obscurité était inquiétante. L'endroit où l'exochaloupe avait crevé la futaie faisait comme un puits de lumière rassurant.

– Nous trouverons sûrement un navire au village, dit Frä Ülfidas. Nous y serons en tout cas en sécurité. Je doute que les guerriers du khan soient déjà venus jusqu'ici. Ensuite, il faudra trouver une cache. Une cache d'où nous pourrons continuer à nous battre !

– Vous comptez défier Muspell ?

La voix de Mäthilde n'avait plus rien de moqueur.

– Pourquoi pas ? Nous avons bien réussi à nous évader, alors que tu pensais que c'était impossible.

– Vous avez une idée derrière la tête, j'imagine.

– Gagné ! Mais, pour la mettre en application, nous avons besoin d'une cache équipée d'une techno-antenne.

L'idéal serait de pouvoir disposer également d'une source sacrée ! Mais il ne faut pas trop en demander…

– Je connais une station polysportive désaffectée au cœur des montagnes de Skadi… Elle possède une antenne et une source, dit Mäthilde après avoir réfléchi un court instant.

– Vraiment ? Ce serait formidable ! s'emballa la vieille femme.

– On peut discuter de tout ça en chemin, non ? dit Xändrine pressée de quitter les lieux.

Frä Ülfidas acquiesça. Elle adressa une prière à l'arbre sacré : son plan était ambitieux et elles allaient avoir besoin de tous les soutiens possibles.

# 17
# La vaste mer

Mörgane tombait dans la pénombre de l'espace. Les astres qu'elle apercevait autour d'elle, apparaissant et disparaissant, lui étaient parfaitement inconnus.

« Les Brisants n'ont ni commencement ni fin, se dit-elle amèrement. Je suis condamnée à aller nulle part. »

En tournant la tête, elle aperçut une branche qui pendait dans le ciel. Une branche d'arbre qui l'accompagnait dans sa dégringolade. Sans s'étonner ni réfléchir, elle l'agrippa. L'univers arrêta de bouger et elle cessa de chuter.

Surprise, elle ferma les yeux.

Lorsqu'elle les rouvrit, une vaste mer, infinie, avait rempli le vide de l'espace. Sur le rivage poussaient quelques arbres et une herbe rase. Mörgane s'en réjouit. Elle fit quelques pas, soulagée de sentir enfin quelque chose sous ses pieds.

Elle aperçut une vieille femme qui venait à sa rencontre. Celle-ci portait un manteau noir, qui la couvrait entièrement. Seuls dépassaient son visage ridé, une mèche de cheveux gris et des yeux blancs.

– Je suis heureuse de voir quelqu'un, dit joyeusement Mörgane qui aurait malgré tout préféré une compagnie moins sinistre.

La vieille femme mit sur ses lèvres un long doigt osseux, pour lui intimer le silence.

– C'est moi qui parle, murmura-t-elle d'une voix sifflante. Toi tu n'existes pas, alors comment pourrais-tu parler ?

Elle fit un geste dans sa direction. Mörgane se retint pour ne pas hurler de terreur : ses vêtements tombaient en poussière. Et, sous ses vêtements, elle n'avait plus de chair... Elle était devenue squelette ! Elle n'avait gardé que son cœur, qui palpitait, rouge, au milieu de ses côtes, et ses yeux, blancs, dans leurs orbites ! La jeune fille s'était transformée en un squelette qui pouvait voir, marcher et penser.

La vieille sourit, découvrant une bouche édentée.

– Voilà qui est mieux ! On apprécie davantage le grand air quand on est nu. Mais tu ne devrais pas t'attarder, petite. Je connais des esprits qui n'aiment pas être dérangés.

À peine avait-elle prononcé ces mots que les tentacules d'un monstre surgirent des profondeurs de la mer.

Mörgane se mit à courir. Elle entendit derrière elle un hennissement. Un cheval à la robe d'écume portant sur le front une corne nacrée ruisselante la dépassa au galop. Instinctivement, elle s'accrocha à sa crinière et se laissa emporter dans une course folle. Elle lâcha prise quand elle fut loin du monstre surgi des flots.

Devant elle, un pont partait du rivage et s'élevait haut au-dessus de la mer. Elle s'en approcha et vit qu'il était fait de fumée. « Maintenant que je suis un squelette, se dit-elle, je ne pèse plus très lourd. Ce pont devrait supporter mon poids ! »

Elle s'engagea dessus.

Le premier être qu'elle rencontra fut un corbeau qui piqua droit sur elle, puis s'éloigna dans le ciel en croassant. Elle avait cru un moment qu'il voulait la renverser.

Plus loin, un renard lui barra la route en montrant les dents. Il ne semblait pas du tout décidé à s'effacer.

– Allons, renard, fit une voix grinçante derrière lui, laisse la petite tranquille !

Mörgane vit apparaître une autre vieille, revêtue du même manteau que la première, mais dans une version rouge.

– Merci, madame, dit-elle. Je…

La vieille femme mit un doigt devant sa bouche.

– Seules les choses dont le cœur bat ont le droit de parler.

Elle fit un geste et Mörgane sentit une douleur dans

sa poitrine. Elle regarda à l'intérieur, entre les os : son cœur avait disparu ! La vieille le tenait dans ses mains. Elle le frotta avec un pan de son manteau. Pour finir, elle souffla dessus, s'approcha de la jeune fille et le remit à sa place.

– Voilà qui est bien ! Tout marche mieux avec un cœur neuf. Mais tu devrais aller ton chemin. Les esprits de mauvaise humeur peuvent parfois être méchants.

Mörgane se retourna et découvrit un énorme crapaud qui avançait vers elle lourdement, avec un regard effrayant.

Elle s'enfuit en courant.

De l'autre côté du pont se dressait un temple, au sommet d'une colline. Devant l'entrée principale, assise sur une pierre, une troisième vieille attendait, drapée dans son grand manteau blanc.

Mörgane grimpa vers elle d'un pas énergique. Lorsqu'elle fut à sa hauteur, la colère la saisit. Elle mit l'une de ses mains de squelette sur sa hanche et pointa l'autre en direction de la vieille femme.

– Oui, je sais, vous allez dire que je ne dois pas parler ! Mais j'ai le droit de savoir ce qui m'arrive, non ?

La vieille se mit à rire et se redressa.

– C'est en effet un peu tôt pour parler, dit-elle d'une voix caressante. Mais tu as le droit de savoir. Pour cela, il suffit de porter un autre regard sur ce qui t'entoure.

De ses ongles crochus, elle creva les yeux de Mörgane.

La jeune fille étouffa un cri. Elle sentit le sang couler sur les os de son visage.

La vieille femme sortit de sa poche deux billes de métal et les enfonça dans les orbites, à la place des yeux.

Mörgane perdit connaissance.

# 18

# Ô sombre coursier !

Vrânken remarqua un changement dans le comportement du Gôndül. On aurait dit que le monstre ralentissait son allure.

Le capitaine était incapable de dire combien de temps s'était écoulé depuis qu'il avait procédé à la fusion avec l'animal. Il n'avait ni mangé ni bu depuis une éternité. Il se sentait terriblement faible. Sans le sang du Gôndül qui coulait dans ses veines et le nourrissait d'une énergie inhumaine, il se serait écroulé depuis longtemps.

Son esprit s'était souvent immiscé dans le crâne monstrueux, et il avait vu et ressenti des choses inouïes. Dans un état d'hallucination absolu, il bredouillait alors des fragments de poèmes, écrits par les plus lyriques des hommes qui avaient, comme lui, chevauché un Gôndül. Leurs mots s'éclairaient d'un sens nouveau :

*« J'entrai dans une bête aux grandes écailles portant cent têtes ; un dur combat est sous la racine de sa langue, un autre est sur ses nuques, un crapaud noir et fourchu, portant cent griffes, un serpent moucheté à crête… Je fus bientôt en Eridan, où accoururent les étoiles pour la grande bataille ; Achernar en tête de ligne heurta une armée furieuse, Acamar se dressa dans l'enclos, Zaurac arrêta une mer grondante, Cursa ne lâcha pas pied ; Drasill malgré son grand désir fut armée avec retard, non à cause de sa couardise mais à cause de sa grandeur… Je fus enfin sous une multitude de formes avant d'être libéré ; je fus goutte d'eau dans les airs, je fus la plus ardente étoile, je fus maître des Brisants, grâce à la bête transformée pour neuf mille ans en eau, en écume, en lave dans le feu… »*

Une fois, alors qu'il voyait par les yeux du Gôndül, il avait cru apercevoir flottant devant lui le spectre translucide de Mörgane, la petite novice. Elle le mettait en garde contre un serpent. Le serpent moucheté dont parlaient les poèmes ? Il avait ressenti de la joie en la voyant et il lui avait souri. Puis il avait interrompu sa course, un bref instant, pour scruter les Brisants. Il avait bien fait : il allait droit sur un Tumulte qui l'aurait brisé comme une bille en terre entre des cyberdoigts. Il s'était brusquement dérouté pour contourner la tempête. Elle était passée si près qu'il avait senti craquer ses côtes.

L'animal réduisait l'allure, Vrânken en était certain maintenant. Aux vibrations familières qui agitaient la corne du Gôndül, il comprit qu'ils arrivaient aux abords de Nifhell. Il se relâcha. Comme il aurait voulu s'endormir ! Mais il fallait d'abord reprendre le contrôle du *Rongeur d'Os* et passer le relais aux machines de Thôrn Tristrem.

Il approcha ses lèvres du micro et murmura d'une voix presque inaudible :

– Je te mets la bride, ô sombre coursier... Que le repos t'enchaîne... Que le sommeil te prenne... Jusqu'à la prochaine chevauchée...

Il n'eut pas besoin de hurler cette fois-ci. *Le Rongeur d'Os* s'immobilisa instantanément.

Obéissant à son seigneur et frère de sang, le Gôndül feula une dernière fois. Puis ses grands yeux jaunes se fermèrent. Le cuir de sa peau recouvrant le métal du navire redevint dur et sec. La tête monstrueuse se racornit et se figea dans une expression terrifiante.

Les sangs cessèrent de se mêler et les sondes en paléocuivre se détachèrent d'elles-mêmes des bras de Vrânken.

Il se leva de son siège en chancelant. Là où il était resté assis, le cuir conservait la marque d'un corps pesant des tonnes. Il s'appuya sur le dossier du fauteuil d'orichalque. Dans le tourbillon des pensées qui l'assaillirent, le visage d'Alyss se fraya un chemin. Vrânken s'accrocha à cette image comme à une bouée de sauvetage.

Il trouva l'énergie de gagner la sortie, en s'aidant des cloisons. Il dénicha la serrure à tâtons, pressa avec peine le bouton déclenchant l'ouverture. Le panneau grinça, libérant le passage. Il fit un pas. La paroi se referma en sifflant derrière lui. Arrivé au bout de ses forces, le capitaine s'effondra sur le plancher métallique.

*

Lorsque *Le Rongeur d'Os* s'arrêta, Rymôr sut immédiatement que la course du Gôndül venait de prendre fin. Il entendit les moteurs photoniques repartir. Un à un, les instruments de navigation s'allumèrent. La lumière vive refit son apparition.

Le géant cligna des yeux et s'approcha des panneaux de verre. L'extérieur avait cessé d'être cette nuit noire insondable. Le géant reconnut, par-delà le dôme, l'amas d'astéroïdes de la Völa, qui signalaient la proximité de Nifhell.

– Bon sang de bon sang, jura Rymôr, Vrânk a réussi ! Tu entends, Bumposh ? Cette sacrée tête de mule a réussi !

Une larme perla à ses paupières. Le cyber-rat couina bruyamment, comme pour partager la joie de son maître.

Un technophone sonna. Surpris, Rymôr ne répondit pas tout de suite. Il s'était habitué au silence de la technique !

– Chef ! lança un matelot. On vient de trouver le capitaine dans une coursive, à la proue. Il est sans connaissance.

– Par la corne du Gôndül ! Prévenez immédiatement le médecin et conduisez-le à l'infirmerie. Je vous y rejoins.

Rymôr ne quitta pas tout de suite le poste de pilotage. Il appela Thôrn Tristrem dans la salle des machines.

– Thôrn ? Vieux bouc ! Tout va bien pour toi ?

– Les moteurs ronronnent, les niveaux énergétiques sont bons. On dirait que *Le Rongeur d'Os* est redevenu lui-même, Rymôr. Je ne te cache pas que j'en suis content !

– Moi aussi, qu'est-ce que tu crois ? grommela le géant. Bon, on reste discrets pour l'instant. Nous sommes près de Nifhell, dans la Völa. Éteins tout ce qui pourrait trahir notre présence.

Il allait poser le technophone à côté de la barre, mais se ravisa. Mörgane devait pouvoir le joindre à tout moment !

Il cria à son attention dans le tube acoustique :

– Je m'en vais mais j'emporte mon technophone ! Il marche de nouveau !

Il s'étonna de ne pas avoir de réponse. Mais l'envie d'aller retrouver Vrânken fut plus forte que son inquiétude et il haussa les épaules. La petite dormait peut-être. De toute façon, ses amis stagiaires n'étaient jamais très loin. S'il y avait un problème, il serait vite au courant.

Il dévala l'échelle aussi vite que le lui permettait sa jambe polymétallique.

# 19
# Le berceau de fer

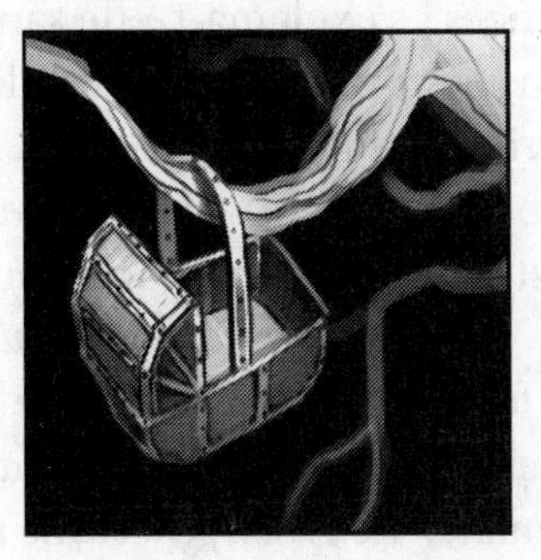

Mörgane fut réveillée par un grincement régulier.

Elle s'étira et se cogna contre le fer d'une paroi. Sous le choc, elle retrouva immédiatement ses esprits. Tout lui revint en mémoire et elle se redressa en criant.

Elle commença par tâter son corps fébrilement. Il était redevenu normal. Elle n'était plus un squelette ! Elle posa une main sur son cœur et l'écouta battre. Enfin, elle porta des doigts tremblants sur ses paupières. Ses yeux étaient toujours là…

Elle se mit debout et regarda autour d'elle. Elle se trouvait à l'intérieur d'un étrange berceau de fer, suspendu à la branche d'un arbre gigantesque. Elle leva la tête : les ramures se perdaient dans les étoiles. Elle se pencha par-dessus bord : le tronc disparaissait dans le tréfonds de l'espace.

Elle chercha ensuite d'où provenaient les grincements, et se rendit compte, alors, que le berceau bougeait, bercé par les mains osseuses de trois vieilles femmes.

– Les Puissances ! s'exclama-t-elle sans réfléchir.

– Nous avons eu raison, mes sœurs, de prendre soin d'elle, dit la vieille au manteau noir. Vous avez vu comme elle se tient droite ? *J'ai vu la fille sortir du néant...*, poursuivit-elle en psalmodiant. *Un cheval de mer la suivait... Il boitait, le pied blessé, aussi blanc que la neige brillante, portant au front une corne d'argent... J'ai vu le kraken venir à leur rencontre, à faire trembler le rivage d'épouvante... Tiens bon, cheval de mer, tu te reposeras demain ! J'ai dévêtu la fille et elle est devenue légère comme le vent... J'ai vu ses pieds nus courir sur le sable jusqu'au pont de brume...*

– *J'étais doucement endormie quand j'ai entendu l'oiseau appeler...*, continua la vieille au manteau rouge. *Vieux corbeau marin, va-t'en, tu ne peux faire festin de chair avec un squelette ! Puis le renard a flairé son cœur, c'était le cœur d'une égarée... Alors je l'ai pris et je l'ai nettoyé... Et toi, crapaud, que fais-tu là au creux de la brume, avide des âmes de passage ?*

– *Quand le soleil se couche, quand la mer s'enfle, j'attends sur le seuil du temple...*, termina la vieille au manteau blanc. *Quand on ne me cherche pas, on me trouve, et quand on me cherche, on ne me trouve pas... Peu importe ce qui adviendra, ce qui doit être sera... J'ai enlevé ses yeux pour lui en donner des neufs...*

– Qu'est-ce que c'est que ce charabia ? demanda Mörgane, interdite, lorsque les vieilles se furent tues.

– Tu es morte et tu es née à nouveau.

– Tu es la même et tu es une autre.

– Tu as désormais le pouvoir de voyager à la recherche de l'unité.

Elles secouèrent le berceau. Mörgane perdit l'équilibre et tomba au fond.

L'une après l'autre, les trois vieilles se penchèrent au-dessus.

– Moi qui t'ai mise nue, dit la noire, je t'offre ton esprit-gardien : le cheval de mer t'a choisie, il t'accompagnera dans les sphères.

– Moi qui t'ai nettoyé le cœur, dit la rouge, je t'offre un collier de perles de verre qui t'aidera dans les voyages stellaires.

– Moi qui t'ai offert tes yeux, dit la blanche, je t'offre un nom secret. En prononçant un nom, on crée une réalité : tous les noms se réfèrent à quelque chose ! Les Puissances te connaîtront désormais sous le nom de Wijven. Wijven aux perles de verre.

Puis elles disparurent et Mörgane resta seule.

« Quel étrange rêve, songea-t-elle en se recouchant au fond du berceau de fer. Il paraît si réel ! J'ai vraiment eu l'impression d'être un squelette. Et quand la vieille m'a arraché les yeux, brrr ! Est-ce que vraiment les Puissances ressemblent à ça ? Trois vieilles femmes ridées et voûtées ? Les textes sacrés des Frä Daüda disent que les premières devineresses étaient trois, qu'elles ne prédisaient pas l'avenir mais qu'elles en décidaient. Quant aux esprits, ces mêmes textes n'en parlent pas beaucoup. C'est plutôt dans la tradition des otchigins qu'on les trouve. Maintenant que j'y pense, je n'ai jamais entendu Frä Ülfidas ni Frä Drümar me parler de ce genre de rêve ! »

Un peu plus tard, elle essaya de s'endormir, se disant qu'elle finirait bien par se réveiller dans le Temple du *Rongeur d'Os*.

Mais le sommeil ne vint pas et la jeune fille sentit l'inaction lui peser. Elle n'allait pas passer le reste de sa vie dans un berceau !

Elle grimpa sur le bord et agrippa la branche qui supportait la nacelle. Elle s'y hissa. Puis, prudemment car le vide en dessous était infini, elle rampa en direction du tronc. Tomber à nouveau ne lui disait rien du tout.

« Alors, vers le haut ou vers le bas ? »

Le bas lui sembla plus facile. Elle se laissa glisser le long du tronc de l'arbre immense.

# 20

# Le prix du devoir

– Mörgane ? Mörgane, ça va ?

Mârk tapa plus vigoureusement contre la porte du Temple.

– On est arrivés, le vaisseau est arrêté, dit Xâvier. Pourquoi ne sort-elle pas ?

– Elle dort peut-être ? hasarda Rôlan.

– Les coups l'auraient réveillée, répondit Xâvier. Quand on veillait Mârk, à l'infirmerie, elle sursautait au moindre mouvement.

L'inquiétude qui les avait réunis tous les trois devant le Temple s'amplifiait. La jeune fille avait pris l'habitude de venir régulièrement tapoter contre la porte, en signe d'amitié pour celui qui était de garde de l'autre côté et qui s'empressait de lui répondre, pour la rassurer. Son silence depuis de longues heures avait fini par les oppresser.

– Qu'est-ce qu'on fait ?

– On devrait aller voir Rymôr. Peut-être qu'il a des nouvelles…

– Qui y va ?

– Allez-y tous les deux, soupira Mârk. Je ne me sens pas de courir à l'autre bout du vaisseau. Et puis il faut que quelqu'un reste, pour le cas où elle se déciderait à sortir.

Xâvier et Rôlan disparurent bientôt à l'angle de la coursive.

Rymôr était assis au chevet de son capitaine, qui venait tout juste de reprendre connaissance. Il tenait la main de Vrânken entre ses grosses pattes. On lisait sur son visage qu'il était malheureux.

– Le capitaine est dans un état de faiblesse extrême, avait prévenu le médecin. Il ne sera pas en mesure de quitter ce lit avant une bonne semaine.

De fait, Vrânken n'avait pas bonne mine. Ses traits étaient tirés, il était affreusement blanc.

– Bon sang, Vrânk, qu'est-ce que tu as fait ? se lamenta le géant.

– J'ai fait mon devoir, vieux, rien que mon devoir.

Rymôr dut tendre l'oreille pour entendre la suite du murmure.

– Dis-moi… Est-ce que l'on est arrivés ?

– On est aux portes de Nifhell, Vrânk, au milieu de la Völa.

Vrânken esquissa un pâle sourire.

– On a réussi, alors.

– Oui, Vrânk, tu as réussi. Mais à quel prix…

– Peu importe le prix, mon vieil ami. Tout se paye, tu le sais bien, toi qui marches aujourd'hui avec une jambe en ferraille ! Les Puissances me réclament aujourd'hui leur dû, je suis prêt…

Il ferma les yeux. Sur un signe du médecin, Rymôr se leva et s'éloigna du lit où gisait son ami.

– Notre capitaine a besoin de repos, de beaucoup de repos, dit l'homme en raccompagnant le géant jusqu'à la porte. Je vous tiendrai informé de ses progrès.

Rymôr serra les poings à en faire blanchir les jointures. Ils étaient bien avancés ! À quoi cela servait-il d'avoir échappé au piège diabolique du khan, si Vrânken n'était pas capable d'organiser l'indispensable contre-attaque ?

Rymôr entendit le bruit d'une course. Rôlan et Xâvier surgirent devant lui, complètement essoufflés.

– Ouf… Chef… On vous cherche depuis une heure !

– Au réfectoire on nous a dit… que vous étiez ici.

– Eh bien vous m'avez trouvé, dit Rymôr. Qu'est-ce que vous avez de si important à me dire ?

– C'est Mörgane…, grogna Rôlan. On a peur qu'il lui soit arrivé quelque chose.

– Mörgane ?

Le géant se rappela alors le silence de la novice dans le tube acoustique.

– Oui, continua Xâvier. Elle ne répond pas quand on tape à la porte.

Il s'apprêtait à rassurer le garçon en lui disant qu'elle

dormait sûrement, lorsque le cyber-rat se dressa sur son épaule et fixa Xâvier de son œil noir.

– Dis-moi, Bumposh, murmura Rymôr à l'adresse de l'animal, qu'est-ce que tu veux ?

Bumposh poussa un petit cri. Son maître colla sa joue contre lui.

– Tu crois vraiment ? répondit-il à une affirmation muette. Ma foi, pourquoi pas ! Oui, ça peut marcher.

Les deux stagiaires regardaient le maître d'équipage, interloqués.

– Vous dites quelque chose, chef ? osa Xâvier.

– Rien du tout !

Un énorme sourire illuminait sa face.

– Bon, occupons-nous de Mörgane, reprit-il en fouillant dans sa poche.

Il sortit une clé et la tendit à Rôlan.

– Avec ça, tu pourras entrer dans le Temple. Mais, à mon avis, tu trouveras Mörgane tranquillement endormie.

– La clé de Brâg Svipdag ! s'exclama Xâvier.

– Je l'ai récupérée sur son cadavre.

Le garçon grimaça.

– Vous ne venez pas avec nous, chef ? s'inquiéta Rôlan.

– Nous ne venons pas avec toi, corrigea Rymôr. Je garde Xâvier. J'ai besoin de son aide pour un travail important.

Xâvier leva vers lui un regard étonné.

– S'il y a un problème, appelle-moi, conclut le géant en lançant un technophone à Rôlan.

Sans attendre sa réaction, Rymôr prit autoritairement Xâvier par l'épaule et fit demi-tour.

Rôlan regarda la clé et le technophone. Il se gratta la tête, soupira puis, renonçant à comprendre, repartit en direction du Temple où l'attendait Mârk.

« Les hommes ne doivent pas savoir, personne ne doit savoir, récapitula Rymôr pour lui seul. Officiellement, Vrânken sera aux commandes. Tout seul, impossible de bluffer. Mais, par la corne du Gôndül, Bumposh a raison : je ne suis pas seul ! J'ai un stratège avec moi… »

Le colosse ouvrit brutalement la porte de l'infirmerie.

– Doc ? Il faut vous barricader. L'état du capitaine doit rester secret. C'est un ordre ! Si j'ai vent de rumeurs, je vous arrache la langue et je la donne à manger à mon rat.

Satisfait, Rymôr quitta la pièce, laissant le médecin abasourdi.

– Maintenant, mon garçon, suis-moi, dit-il à Xâvier.

*

À travers le hublot étroit de sa cellule, Alyss découvrit les astéroïdes de la Völa. Elle comprit aussitôt que Vrânken avait réussi : par un incroyable tour de magie, *Le Rongeur d'Os* était revenu à Nifhell ! Elle sourit, se moquant d'elle-même. Elle avait en effet souvent imaginé son arrivée sur la planète de l'empire. Jamais cependant comme prisonnière !

Les murs de la pièce où on l'avait enfermée après l'échec de la mutinerie étaient nus, et une paillasse grossière en constituait le seul mobilier. Elle regretta la cabine du capitaine. Non pas à cause du confort. Mais, à cet instant précis, elle se serait volontiers allongée sur la couchette de Vrânken.

Elle aurait pu alors fermer les yeux et ne plus penser, ne plus penser à l'échec de sa mission, ni à la colère du khan…

# 21
# De l'océan aux montagnes

L'amiral Njal Gulax contemplait l'océan. Il ne s'en lassait pas. Chaque fois qu'il le pouvait, il quittait le palais où il avait installé son quartier général pour marcher sur la grève, hors de la ville. Il suivait du regard les oiseaux de mer qui se posaient sur la crête verte des vagues et souriait comme un enfant à leurs acrobaties, au milieu de l'écume qui les avalait et les crachait en fin de rouleau. Toute cette eau le fascinait. Les nuages noirs, poursuivis par le vent qui hurlait, lui firent lever la tête et glisser les mains dans les poches de son manteau. S'il n'y avait pas ce froid auquel il ne parvenait pas à s'habituer, il aurait volontiers fini ses jours sur Nifhell.

Une sonnerie stridente perturba sa rêverie. Il rejoignit son véhicule à grands pas.

– Amiral Gulax, j'écoute.

– Les otchigins ont repéré la fugitive, amiral, entendit-il dans son technophone.

– Excellent ! J'arrive immédiatement.

Njal Gulax démarra et prit la direction de Kenningar.

Il allait enfin pouvoir reprendre la main. La résistance était jusqu'alors sporadique et éparpillée. Mais, depuis quelques jours, elle commençait à s'organiser et à se renforcer sous l'impulsion d'un mystérieux Spartacus. Muspell avait perdu un vaisseau dans l'attaque d'un astroport, et une escouade de guerriers du khan était tombée la veille dans une embuscade parfaitement préparée. L'amiral avait vite établi un lien entre l'évasion de la sorcière Frä Daüda et le sursaut rebelle. La chronologie des événements concordait. Il avait donc assigné comme tâche prioritaire à ses otchigins de retrouver la fugitive. Les chamans semblaient avoir réussi.

*

– Les patriotes de Vermal se sont regroupés, annonça triomphalement Mäthilde en pénétrant dans la salle des fêtes de la station désaffectée où elles avaient installé leur campement. Ils prévoient une action imminente contre les usines de traitement des minerais.

– Bravo ! se réjouit Frä Ülfidas. L'avenir est formel : leur opération sera un succès…

Après avoir convaincu les responsables du village-scierie de leur prêter un vaisseau, les évadées s'étaient envolées pour Skadi. Le trajet fut éprouvant, car seule Mäthilde savait piloter. Heureusement, c'était une fille solide, résistante à la fatigue. Pour éviter les radars, elle dut voler très bas, ce qui allongea encore le voyage. Mais, lorsqu'elles se posèrent sur l'astroport de la station désaffectée, Frä Ülfidas se félicita d'avoir fait confiance à Mäthilde.

L'ancienne station polysportive avait été bâtie au sommet d'une haute montagne enneigée, face au soleil levant. D'autres montagnes, moins hautes, formaient un cirque en contrebas. La vue, qui portait loin sur le comté hérissé de monts bruns et blancs, était extraordinaire. Pour mieux résister au vent, la station était adossée à une barre rocheuse et adoptait un profil ras qui la rendait presque invisible. Seule dépassait la techno-antenne qui reliait cet endroit perdu au reste de la planète.

Les bâtiments, parfaitement intégrés dans le paysage, comprenaient une partie d'habitation, une autre commune et trois solides hangars où était remisée autrefois la logistique servant à son fonctionnement.

L'ensemble, bien que délabré, était encore accueillant. Seul le matériel le plus coûteux avait été emporté.

– Pourquoi avoir abandonné cet endroit avec tant de hâte ? s'étonna la devineresse.

– La station employait les services d'une Frä Daüda, expliqua Mäthilde. Elle était chargée de prédire la météo et d'anticiper les avalanches. Au cours d'une de ses visions, la devineresse a vu les bâtiments ravagés par le feu. Elle n'a pas su situer la catastrophe dans le temps ni même l'expliquer, mais le propriétaire n'a pas voulu prendre de risque.

– Comment tu sais ça, toi ? demanda Xändrine.

– Le propriétaire en question, c'était mon oncle !

La radio du vaisseau, alimentée par des batteries photoniques, fut raccordée à la techno-antenne. Le petit temple dévolu à la précédente Frä Daüda fut nettoyé. Elles transportèrent des lits dans la salle des fêtes, seule pièce à posséder une cheminée et donc à pouvoir être chauffée. Les vivres embarqués à Alsvin furent entreposés au frais.

Par la suite, l'idée de la vieille devineresse prit rapidement corps. Sous le nom de code de Spartacus – en souvenir du vaisseau-prison ! – Mäthilde et Frä Ülfidas inondèrent le réseau de communication d'appels à la résistance. Les retours furent instantanés et nombreux, comme s'ils répondaient à une trop longue attente. À mots couverts, la jeune fille et la devineresse laissèrent entendre que des Frä Daüda se trouvaient à la tête de la révolte, en compagnie de membres de la noblesse.

Ce dernier argument leur attira vite la bienveillance des généraux-comtes, soucieux de ne pas perdre entièrement l'initiative. En l'absence d'Egîl Skinir, retenu prisonnier à Kenningar, Rân Gragass avait pris la tête du conseil. Pour protéger la population, cet homme prudent avait pris la décision de désavouer publiquement les actes de résistance et de les favoriser en secret. C'est ainsi que Rân Gragass ne tarda pas à déclarer en privé sa sympathie pour le mystérieux Spartacus.

Enfin, l'utilisation de la source sacrée permit d'épauler plusieurs actes de résistance audacieux, et bientôt personne ne mit en doute la légitimité de Spartacus ni ne lui contesta son rôle de meneur. Les réseaux qui s'organisaient dans les neuf provinces en référaient toujours à lui.

– J'espère, râlait Mäthilde, que Muspell ne nous trouvera jamais. Avec tous les contacts que nous possédons maintenant, nous lui offririons la résistance sur un plateau !

Frä Ülfidas savait que ses inquiétudes étaient fondées. Mais Spartacus avait réussi à introduire un enthousiasme mêlé de foi au sein de la résistance et c'était ce qui lui manquait jusque-là. Le jeu en valait la chandelle.

Mäthilde fit quelques pas sur les carreaux craquelés et s'approcha de la cheminée où brûlait un morceau de poutre récupérée dans un entrepôt.

Elle se rappela la fois où elle était venue skier ici avec ses parents. Elle était encore petite à l'époque. Mais il lui restait le souvenir d'une merveilleuse semaine passée avec son cousin Xâvier, à se poursuivre sur les pistes et à jouer à cache-cache dans les bâtiments. Ils avaient à cette occasion découvert une faille dans le rocher, derrière la citerne d'un hangar. Cette faille conduisait à une petite grotte qui était devenue leur cachette secrète. Ils l'avaient appelée « le terrier », l'avaient meublée de matelas et de chaises et s'y réfugiaient pour bavarder ou lire à la lueur d'une technolampe. C'était des moments fabuleux.

Comme cela semblait loin... Elle songea aussi que, quelques jours plus tôt, elle vivait encore l'insouciante existence d'une nièce de général-comte. Cela lui apparaissait déjà comme une autre vie. Une autre vie qu'elle n'était pas sûre de regretter.

Elle se retourna en entendant un bruit de pas précipités. Frä Ülfidas, essoufflée, venait lui parler.

– Qu'est-ce qui se passe ?

– Je viens de voir dans la source des présages inquiétants... Muspell nous a peut-être repérées... Il faut s'attendre à ce que la station soit prise d'assaut...

– Sang de trôll ! Mais nous ne tiendrons pas dix secondes ! Trois femmes contre des guerriers entraînés !

– Attends, continua Frä Ülfidas en s'asseyant sur une chaise, je ne t'ai pas tout dit... Une autre vision annonce l'arrivée imminente sur Nifhell d'une flotte impériale.

– Une flotte ? s'étrangla Mäthilde. Mais d'où pourrait-elle venir ?

– Je n'en ai aucune idée. Cependant, si elle avait le bon goût d'exister vraiment, elle pourrait sauver Spartacus. Et renverser définitivement la situation.

– Est-ce que vous savez quel événement, l'arrivée de la flotte ou l'attaque, va se produire en premier ?

– Non. J'ai laissé Xändrine de garde dans le temple,

à tout hasard. Mais nous pouvons peut-être, pour une fois, forcer le destin.

– Grâce à la source ? demanda respectueusement Mäthilde.

– Grâce à la techno-antenne, répondit Frä Ülfidas en lui adressant un clin d'œil.

# 22
# Le capitaine fantôme

Rôlan engagea dans la serrure la clé que lui avait confiée Rymôr. La porte s'ouvrit. Mârk et lui hésitèrent, puis entrèrent dans le Temple.

Ni l'un ni l'autre ne s'attendaient à un endroit pareil. Ils restèrent figés, fascinés par l'arbre de polyverre qui étendait ses ramures dans la pièce immense.

– On ne devrait pas être là, chuchota Mârk, mal à l'aise.

– Là-bas, Mörgane ! s'exclama Rôlan.

Ils se précipitèrent vers le corps de leur amie étendue sans connaissance à côté du tronc.

– On va la porter jusqu'aux matelas, proposa Rôlan.

Mârk acquiesça. Il grimaça en soulevant Mörgane par les bras : le souvenir de sa propre blessure était encore cuisant.

Ils l'allongèrent et l'enveloppèrent dans une couverture.

– Mörgane, ohé ! Réveille-toi, dit Mârk doucement en lui tapotant la joue.

– Tu crois qu'elle… ?

– Non, elle respire. Va me chercher un peu d'eau, s'il te plaît.

La jeune fille était en nage et paraissait épuisée, comme après un exercice physique important. Rôlan revint avec un verre plein. Mârk mouilla son mouchoir et le posa sur le front brûlant. Puis il essaya de la faire boire.

– Allez, ça va te faire du bien.

Mörgane toussa. Elle remua la tête et gémit.

– Elle revient à elle !

En ouvrant les yeux, la novice reconnut ses deux amis. Elle trouva la force de leur sourire. Elle constata qu'elle était toujours dans le Temple. Elle ne put s'empêcher de lever la main pour bien la voir et s'assurer que ce n'était pas celle d'un squelette.

– Vous êtes entrés comment ?

– La clé de Brâg Svipdag… Rymôr nous l'a donnée.

– C'est si gentil de vous occuper de moi. J'espère que je ne vous ai pas inquiétés. J'ai fait un voyage, un voyage terrifiant. Je suis très fatiguée.

– Tu n'as qu'à dormir, proposa Mârk, qui lui avait pris la main. Maintenant qu'on sait que tu vas bien, ce n'est plus pareil. Et puis… c'est mon tour de veiller sur toi !

Elle ferma les yeux. Sa main libre se posa sur les perles de verre du collier qu'elle portait autour du cou. Elle s'endormit presque aussitôt.

– Tu as vu ses yeux ? murmura Rôlan à l'oreille de son ami.
– Quoi, ses yeux ?
– Tu n'as pas fait attention ? Ils ont changé de couleur : ils sont devenus gris.

*

Rymôr avait entraîné Xâvier dans le poste de pilotage et l'avait fait asseoir dans un fauteuil, devant la table basse qui accueillait tous les conciliabules.
– Si j'ai bien compris, dit le garçon, vous voulez que l'on croie que le capitaine est toujours aux commandes. Pour cela, on le remplace : à vous le navire, à moi la contre-attaque.
– C'est tout à fait ça !
– Et c'est Bumposh qui a eu cette idée idiote ?
– Il me l'a soufflée. Pourquoi idiote ?
– Parce qu'elle l'est. Comment allons-nous communiquer avec l'extérieur ? Nous n'avons pas la voix du capitaine !
– Je déréglerai le système vocal.
– Et pour mener une contre-attaque, il faut des vaisseaux, non ?
– Nous en aurons.
– Ah oui ? On les trouvera où ? Au milieu de ces cailloux ? railla Xâvier en faisant un geste en direction des astéroïdes qui parsemaient l'espace au-delà du dôme.
Rymôr éclata de rire, désarçonnant Xâvier.
– Ben quoi, qu'est-ce que j'ai dit ?

– Une chose sensée, petit. C'est en effet ici que nous allons trouver nos vaisseaux.

Le stagiaire observa Rymôr d'un air inquiet, comme s'il était devenu fou.

– Aux débuts de l'empire, mon garçon, dans leur grande sagesse, les généraux-comtes décidèrent de créer une base secrète. Un ultime refuge en cas d'invasion de Nifhell. C'est ainsi qu'un faux astéroïde fut fabriqué et dissimulé dans la Völa, parmi les vrais astéroïdes.

– Mais c'est génial ! s'exclama Xâvier, soufflé. Il fallait y penser. Bien sûr, chef, vous savez où se trouve cette base…

– Moi non, mais *Le Rongeur d'Os*, oui. La position de l'astéroïde qui nous intéresse se trouve dans le système de guidage. Je possède seulement le moyen d'entrer en contact avec la base. J'espère que les vaisseaux présents sur Nifhell au moment de l'attaque auront eu le temps de venir jusqu'ici.

– Le mieux serait peut-être de vérifier, avant de lancer la supercherie.

– Nous allons vite être fixés.

Rymôr se dirigea vers un pupitre de commande. Il commença par brouiller le son. Il composa ensuite un code, puis entra les coordonnées de la base secrète.

– Base de la Völa, ici le capitaine de Xaintrailles. Me recevez-vous ?

À la place du ton grave du second, une voix métallique résonna dans le poste de pilotage.

– Capitaine Vrânken de Xaintrailles ? répondit quelqu'un dont l'excitation était presque palpable. Si c'est vraiment vous, nous sommes fous de joie de vous entendre ! Veuillez envoyer la cyberidentification du *Rongeur d'Os*, s'il vous plaît.

Rymôr s'exécuta. Quelques instants après, ils entendirent un déchaînement d'enthousiasme dans les haut-parleurs.

– Identification acceptée, exulta la voix. Capitaine, nous étions nombreux à espérer votre retour ! Spartacus disait vrai. Ce sont les Puissances qui vous envoient ! Nous allons préparer pour vous-même et votre flotte un accueil digne de héros et…

– Inutile. *Le Rongeur d'Os* est le seul à avoir pu quitter Planète Morte. Les autres sont encore là-bas, à douze années photoniques de Nifhell. Nous nous réjouirons plus tard.

– Comment… Vous êtes seul ? Mais nous vous attendions avec votre flotte !

– Il faudra s'en passer, répondit sèchement Rymôr. Qui êtes-vous ?

– Je suis Pôl Eildon, commandant de la base de la Völa.

L'officier avait adopté un ton professionnel pour cacher son désarroi.

– Combien de navires ont réussi à rejoindre l'astéroïde ?

– Une centaine, capitaine. Tous équipés de bonnes pièces d'artillerie.

– Parfait. Commandant, je ne perdrai pas de temps à descendre de mon navire, continua Rymôr dissimulé derrière la voix métallique. Donnez-moi tout de suite des nouvelles de Nifhell.

– Nous en recevons peu, capitaine. Mais il est sûr que les forces de Muspell contrôlent désormais l'ensemble de la planète.

– Personne ne résiste donc ? s'énerva Rymôr.

– Sporadiquement, jusqu'à présent. Mais la situation est en train de changer.

– Que voulez-vous dire ?

– Un mystérieux Spartacus est en train d'unifier la résistance sur Nifhell.

– C'est le nom que vous avez cité tout à l'heure en apprenant mon arrivée, commandant. Quel rapport avec moi ?

– Nos transmetteurs ont intercepté des messages codés en provenance de Nifhell. Ils étaient tous signés Spartacus et s'adressaient à la flotte impériale qui approchait de Nifhell.

– Incroyable, murmura Rymôr. Que disait ce Spartacus ?

– Qu'il dirigeait la résistance, que les forces d'occupation l'avaient repéré et préparaient une importante opération contre lui. Qu'il demandait l'aide de cette flotte. Il a joint les coordonnées de son quartier général. Je ne sais pas comment il a fait pour savoir que vous arriviez, capitaine, mais il s'est trompé sur un point : vous n'avez hélas pas de flotte avec vous.

Rymôr et Xâvier échangèrent un regard entendu.

– Il y a de la Frä Daüda là-dessous, expliqua Rymôr. Quant à la flotte, ce Spartacus a vu juste. Elle est tout simplement encore cachée dans la Völa... Commandant, je veux que les vaisseaux soient prêts à appareiller dans l'heure ! Si vous n'y voyez pas d'objection, bien sûr.

– Capitaine de Xaintrailles, dit le commandant avec émotion, je sais que tous les capitaines présents ici n'hésiteront pas un instant à se placer sous vos ordres. C'est une chance de vous revoir parmi nous.

– Je vous rappelle dans une heure.

Rymôr coupa l'émission. Il se tourna vers Xâvier.

– Qu'en penses-tu, petit ?

– Je pense, chef, répondit Xâvier sans hésiter, que se porter au secours de Spartacus est la meilleure des choses à faire. Le sauver, c'est sauver le réseau de résistance qu'il a mis en place et donc gagner beaucoup de temps. Et puis, il y aura là-bas une partie des forces de Muspell : c'est l'occasion rêvée d'en découdre tout de suite. Non ?

– C'est toi qui vois, grommela Rymôr. Je ne suis pas stratège, moi.

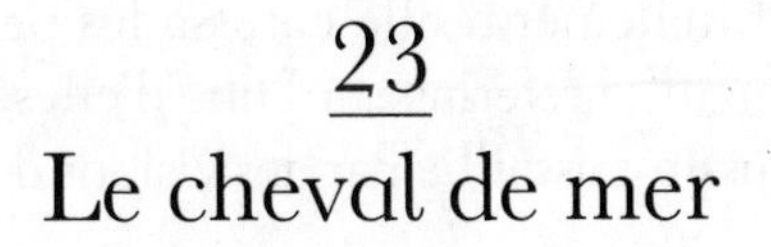

# 23
# Le cheval de mer

Mörgane ouvrit les yeux. Elle n'était plus dans le Temple. Mârk ne lui tenait plus la main : ses amis avaient disparu. Elle se trouvait couchée sur une branche de l'arbre cosmique.

– Oh non, ça recommence, gémit la jeune fille à voix haute.

Autour d'elle s'étendaient les Brisants et brillaient les étoiles. Mais elle ne ressentit plus de peur. Elle commençait à s'habituer. Elle savait que les racines de l'arbre plongeaient sans fin au-dessous et que ses ramures s'étendaient dans l'infini au-dessus.

– Est-ce que je vais me réveiller ici chaque fois que je m'endors ? soupira-t-elle.

Elle s'assit sur la branche. L'écorce, rugueuse, l'égratigna. Machinalement, elle caressa les perles de son collier. Sa main se referma sur l'une d'elles.

Elle fut aussitôt assaillie par des visions d'une grande violence.

Elle voyait Nifhell. Des montagnes. Une flottille de vaisseaux, *Le Rongeur d'Os* en tête, tombait dans une embuscade. Il y avait des flammes, de la fumée noire, épaisse, et du sang qui coulait, rouge, sur l'argent des coques métalliques. Perchés sur un sommet, chacun drapé dans un manteau déchiré et brandissant un bâton de lumière, quatre otchigins ricanaient, satisfaits...

Mörgane lâcha la perle de son collier de verre. La vision s'interrompit brutalement.

– Ça alors ! s'exclama-t-elle. Je n'ai plus besoin de source pour accéder à l'avenir.

Son étonnement passé, elle réfléchit à ce qu'elle venait de voir.

– Bon, ma fille, tout va bien. Tu es en train de rêver et tu rêves dans ton rêve.

Pourtant, jamais elle n'avait fait de rêve aussi réel. Elle décida d'entrer dans le jeu.

– Puisque je ne parviens pas, malgré mes efforts, à me réveiller, autant faire comme si c'était vrai.

Qu'avait-elle vu ? Vrânken à la tête de vaisseaux sur Nifhell, tombant dans un piège tendu par des otchigins.

– C'est simple, conclut-elle. Ce sont les chamans de Muspell qui vont faire échouer l'attaque de Vrânken. Il faut les en empêcher. Mais comment ?

Elle savait confusément qu'il y avait un moyen.

– Je suis trop loin et trop faible pour m'attaquer à leurs corps, murmura-t-elle. Je dois les combattre, oui, sur leur terrain, celui des esprits, dans les limbes. Il me faut de l'aide !

Elle se dressa sur sa branche et mit ses mains en porte-voix.

– Cheval de mer ! Esprit-gardien à la corne d'argent ! Viens ! J'ai besoin de toi !

Son cri résonna étrangement dans le vide. Un hennissement lui fit écho. Surgissant du néant, une licorne s'approcha au galop du grand arbre cosmique. Elle passa sous la branche où attendait Mörgane.

Sans hésiter, celle-ci sauta. Elle s'accrocha à la crinière, soulevant du même coup un nuage de poussière d'étoiles.

Le cheval de mer bondit dans un trou noir.

*

– Qu'est-ce qui lui arrive ?

La novice serrait convulsivement la main de Mârk, qui jeta un regard anxieux à Rôlan.

– Je ne sais pas. On dirait une sorte de crise.

Son corps tremblait, tendu comme un arc. La main qui tenait le collier était devenue blanche.

– Tu penses qu'il faut appeler le médecin ? fit Rôlan.

Mârk caressa le front de son amie. Il crut percevoir un léger relâchement.

– Attendons encore un peu. Elle va peut-être se calmer.

*

L'esprit-gardien foula bientôt de ses sabots le sable scintillant d'un désert.

– Pas très gai comme endroit.

Comme si elle comprenait ce que disait sa cavalière et voulait acquiescer, la licorne hocha la tête.

Soudain, le sable se souleva devant eux. L'esprit-gardien se dressa sur ses pattes de derrière et hennit. Quatre personnages se matérialisèrent sous leurs yeux.

Mörgane reconnut aussitôt les otchigins. Le plus vieux, qui était aveugle, parla pour les autres :

– Qui a l'audace de venir dans notre sphère stellaire ?

– C'est moi ! lança crânement la jeune fille.

– Comment t'appelles-tu ?

Elle hésitait quand une voix se fit entendre dans sa tête :

*– Réponds mais demande en échange qu'ils te donnent leur nom. Sans nom, les choses n'ont pas d'âme et il est difficile de les combattre.*

Elle écarquilla les yeux.

*– Qui parle ?*

*– Ton esprit-gardien ! Qui veux-tu d'autre ? Nous sommes seuls dans cette partie du néant…*

– Je m'appelle Mor… heu, Wijven ! s'exécuta-t-elle une fois la surprise passée. Et vous ?

Les quatre hommes se renfrognèrent.

– Tu nous as donné ton nom, nous sommes obligés de te donner le nôtre. Nous sommes Kral, Vlox, Brek et Xart. Que viens-tu faire ici ?

– J'ai lu dans l'avenir que vous alliez commettre un crime contre Nifhell. Alors, je suis venue vous demander d'y renoncer.

Ils reculèrent avec effroi et saisirent leur bâton à deux mains.

– Une Frä Daüda ! C'est impossible. Les Frä Daüda n'ont pas accès au monde des limbes !

Mörgane pressa la licorne avec ses talons pour la faire avancer.

– Vous voyez bien que si. Alors, votre réponse ?

– Nous sommes les serviteurs de Muspell ! Si le crime dont tu parles est utile pour le khan, nous l'accomplirons avec joie.

– Je n'ai pas le choix, alors, soupira la jeune fille.

Elle lança sa monture en avant.

Les otchigins appelèrent leur esprit-gardien. Quatre oiseaux rouges apparurent et se posèrent sur les bâtons.

– Ils ont tous le même ! s'exclama Mörgane.

– *Tous les otchigins reçoivent la même initiation. L'ordre des otchigins pénètre dans les sphères par effraction. C'est pour cela qu'ils ne circulent pas aussi facilement ni aussi librement que toi dans les abîmes cosmiques.*

L'un des oiseaux prit son envol et fondit sur eux, les serres en avant. La licorne releva simplement la tête et le rapace s'empala sur sa corne. Il poussa un cri déchirant et disparut, en même temps que l'otchigin dont il était l'esprit-gardien.

Les trois survivants se regardèrent, stupéfaits.

– Alors, on fait moins les malins, hein ? exulta Mörgane.

Ils lancèrent d'un seul mouvement leurs oiseaux rouges.

Avec une adresse et une rapidité déconcertante, le cheval de mer donna trois coups de tête et embrocha les rapaces. Au moment où ils disparaissaient dans le néant, Mörgane put lire l'incompréhension et la terreur dans le regard des otchigins.

– *Merci, cher esprit-gardien*, dit-elle dans sa tête en caressant la licorne. *Tu m'as sauvée et tu as sauvé Nifhell !*

– *Je n'existe que parce que tu existes, Wijven, alors c'est à moi de te remercier. Quant à Nifhell, ou Muspell… Les limbes où nous sommes s'en moquent bien ! C'est parce que tu es venue toi-même, et non pas sur ordre de quelqu'un, que nous sommes forts et que nous avons vaincu ces pantins. C'est pour cela que les Puissances t'aiment.*

– *Dis-moi, esprit-gardien, est-ce que j'ai réussi ? Les otchigins ne tendront pas de piège à Vrânken ?*

– *Rassure-toi, Wijven, les otchigins que nous avons affrontés ne serviront plus jamais Muspell.*

– *Alors c'est bien comme ça. Je vais pouvoir rentrer chez moi…*

*

– Ça va mieux, on dirait, constata Rôlan avec soulagement.

Le visage de Mörgane avait retrouvé sa sérénité. Elle s'était détendue. Sa main s'était abandonnée dans celle de Mârk.

– Elle est crevée, la pauvre, dit-il. Ces trucs de devineresse, ça doit pomper beaucoup d'énergie.
– On oublie le médecin, alors.
– On oublie. Elle a juste besoin de dormir.

*

– Amiral Gulax ? Vous devriez venir voir…
Njal Gulax était habitué aux réveils en pleine nuit. Il fut debout tout de suite. De l'eau fraîche sur le visage lui rendit toute sa lucidité. Il suivit le guerrier dans les couloirs de marbre du palais Comtal.
Son guide s'arrêta devant la pièce où dormaient les otchigins et s'effaça pour le laisser passer.
L'amiral entra et se figea, saisi par le spectacle désolant qui s'offrait à ses yeux.
Il se retint pour ne pas crier.
Les quatre sorciers gisaient dans leur sang sur les dalles sombres, chacun avait la poitrine déchirée.
– Que le Tengri me vienne en aide, murmura-t-il.

# 24
# Le terrier

– Raté, annonça Mäthilde, qui montait la garde. C'est Muspell qui est arrivé en premier.

Les deux autres, quittant leur lit dans lequel elles dormaient habillées, se précipitèrent aux fenêtres. Silhouettes fantomatiques dans la pâleur de l'aube, des vaisseaux de guerre du khan cernaient la montagne.

– Pas de chance, continua Mäthilde en soupirant. Nos messages envoyés dans l'espace n'auront servi à rien !

– Et la source ? demanda Xändrine en tirant Frä Ülfidas par la manche. Que dit la source ?

– La source s'est tue, mon enfant. L'avenir a rejoint le présent.

Le colonel Craxus observa longuement la station dans ses jumelles. Il prit un air méprisant.

– Une position discrète, mais aucune défense. C'est trop facile.

Il se revit la veille encore, devant Njal Gulax, l'assurant qu'un seul navire serait suffisant pour détruire Spartacus. Les otchigins avaient été catégoriques : le meneur de la résistance n'en opposerait aucune. Mais l'amiral avait préféré envoyer plusieurs vaisseaux.

– Bientôt, bougonna encore Craxus, on utilisera des grenades pour se débarrasser d'un nid de fourmis-guêpes.

– Colonel ? Les technoscanners !

L'officier s'approcha des instruments.

– Regardez, colonel, lui montra le technicien, une flotte. Une flotte entière se dirige vers nous !

Craxus fronça les sourcils. Des points lumineux, de plus en plus nombreux, convergeaient en effet dans leur direction.

– C'est impossible. À moins que… Mais bien sûr !

Un large sourire éclaira son visage.

– Notre khan a certainement rétabli les Chemins Blancs. Il nous envoie les premiers renforts !

Des hourras saluèrent l'exclamation du colonel. Celui-ci s'avança en direction des hublots. Dehors, Drasill s'élevait lentement au-dessus des montagnes, éblouissant de clarté.

– De quel côté viennent-ils ?

– Ils arrivent en face, colonel. Vous aurez du mal à les voir : le soleil est dans leur dos.

Craxus prit ses jumelles et plissa les yeux. Les navires avaient beau grossir rapidement au fur et à mesure de leur approche, il ne put les distinguer qu'après quelques secondes.

– Mais… ce sont des navires impériaux !

L'évidence le frappa alors que les vaisseaux arrivaient sur eux. La stupeur figea les hommes de Muspell.

– Ils sont une centaine, colonel. Nous ne sommes pas de taille. Que faisons-nous ? Nous pouvons encore leur échapper.

Craxus tapa d'un poing rageur contre le verre du hublot.

– Non. Le Tengri semble vouloir la bataille. Nous accomplirons notre mission et détruirons Spartacus, avant de marcher vers notre destin. Débarquement !

Le vaisseau noir expulsa de ses entrailles une escouade de guerriers qui s'élancèrent à l'assaut des pentes, en direction des bâtiments.

Les occupantes de la station avaient elles aussi assisté à l'approche des navires impériaux. Un déferlement de joie avait salué ce retournement de situation. Mais l'exultation avait été balayée par le cri de Xändrine, découvrant par une autre fenêtre l'attaque imminente des hommes du khan.

– À quelques minutes près on était sauvées, dit Mäthilde à Frä Ülfidas en grimaçant un sourire.

– On a en tout cas la preuve que nos messages sont écoutés, répondit calmement la devineresse. Nos sauveurs n'ont peut-être pas vu que nous étions menacées au sol. Tu devrais le leur signaler. On ne sait jamais, peut-être auront-ils le temps d'intervenir !

Bravement, Mäthilde s'empara du micro :

– À la flotte impériale, ici Spartacus. Si vous nous entendez, sachez que les hommes de Muspell vont pénétrer dans les bâtiments. Nous sommes dans l'incapacité de nous défendre. Sang de trôll, il n'y a que des femmes désarmées ici !

L'appel de Mäthilde avait résonné dans le poste de pilotage du *Rongeur d'Os*, comme dans celui des autres vaisseaux de la Völa.

– Par les Puissances ! s'exclama Rymôr. Nous arrivons trop tard.

Xâvier, devenu très pâle, restait immobile.

– Quelque chose ne va pas, petit ?

– Je connais cette voix. Et je ne connais qu'une seule personne qui jure par le sang des trôlls : ma cousine Mäthilde !

Le géant le regarda d'un air triste.

– Je suis désolé pour elle, mon garçon.

Xâvier n'écoutait pas. Il réfléchissait. Mäthilde n'avait aucune raison de se trouver là. Mais à bien y réfléchir, lui non plus ! En tout cas, si c'était bien Mäthilde qui était en dessous, ils avaient une chance de sauver la situation. Il se décida brusquement. Il s'avança vers le pupitre de commande, établit la communication.

– Spartacus ? Ici *Le Rongeur d'Os*.

Sa voix sortit déformée des enceintes, comme celle de Rymôr avant lui.

– *Le Rongeur d'Os*, ici Spartacus, lui répondit sa cousine. Je suis heureuse de vous entendre ! Est-ce que vous allez pouvoir nous aider ?

– Nous allons vous aider, mais vous devez d'abord vous aider vous-mêmes…

– Que voulez-vous dire ?

– Je veux dire qu'il est grand temps de jouer à cache-cache dans le terrier. Comprenez-vous ce que j'essaye de vous dire ?

Un silence stupéfait accueillit sa dernière phrase.

– Je comprends, oui. Mais… qui êtes-vous ? répondit timidement Mäthilde.

– Peu importe qui je suis. Ce qui est important, c'est que vous m'ayez compris. Je vous supplie de faire vite : dans cinq minutes, il sera trop tard !

Xâvier coupa la communication.

– Qu'est-ce que c'est que cette histoire de terrier ? s'étonna Rymôr.

– Un endroit où nos amies retranchées dans la station seront en sûreté. En tout cas, je l'espère. Bon, dans cinq minutes on pilonne la station et on la rase.

– Tu es sûr que… ?

– Non, chef, malheureusement, je ne suis sûr de rien. Mais si on ne bouge pas ou si on leur laisse trop de temps, les guerriers de Muspell trouveront Spartacus.

– Et les vaisseaux du khan ?

– Ben, on les assaisonne aussi, pourquoi ?

– Pour rien ! répondit le géant en se frottant les mains. Je m'inquiétais, c'est tout. Tu sais, les finasseries stratégiques, c'est vraiment pas mon truc.

– C'est là, annonça Mäthilde en grimpant sur un tas de gravas et en se faufilant tant bien que mal derrière une citerne.

Frä Ülfidas et Xändrine se glissèrent en suivant. La faille était étroite et leur guide avançait péniblement en maudissant son embonpoint. Enfin, elles parvinrent bientôt dans la grotte où Xâvier et Mäthilde jouaient autrefois.

– Voilà, dit la jeune fille couverte de sueur et de poussière, en posant sur le sol la gourde d'eau et le sac de nourriture récupérés dans la cuisine. Il n'y a plus qu'à attendre.

Les guerriers commençaient à investir les lieux au moment de leur fuite. Elles avaient été tout près de se faire prendre.

– J'ai entendu le nom du *Rongeur d'Os*, dit Frä Ülfidas. C'est le vaisseau du capitaine de Xaintrailles. Je croyais qu'il était bloqué devant Planète Morte ! J'espère que ce n'est pas un piège.

– Ils ont peut-être trouvé une solution pour rentrer, répondit Mäthilde. En tout cas, je suis sûre qu'il s'agit du *Rongeur d'Os* ! Mon cousin Xâvier y est stagiaire. Et il n'y a que lui et moi qui connaissons l'existence de cette grotte.

– Puisses-tu avoir raison. Deux personnes chères à mon cœur se trouvent également à bord de ce navire, dit encore la devineresse.

Un grondement sourd, suivi d'une série d'explosions, ébranla les parois de la grotte et interrompit leur conversation. Dehors, un déluge de feu ravageait la station.

# 25

# Les flammes et la fumée

La nuit était tombée sur Muspell, n'apportant aucune fraîcheur. Le cri d'un rapace nocturne qui s'était mis en chasse déchirait régulièrement le silence. Trouant l'obscurité, un rai de lumière s'échappait par l'entrée d'une grande tente de feutre.

– Je suis désolé, grand khan, mais je n'y arrive pas.

– Essaye encore !

Atli Blodox eut un mouvement d'humeur qui envoya son gobelet de thé à travers la tente. Un servant se précipita pour le ramasser.

Dans le feu de flammes froides, accroché à son bâton, un otchigin tentait vainement d'établir le lien avec ses frères de Nifhell. Il cessa bientôt ses efforts et se tourna vers le khan, qui grattait nerveusement le tapis en poil de zogh sur lequel il était assis.

– Inutile. Quelque chose ne fonctionne plus. Je ne comprends pas.

– Explique-toi.

– Le Tengri est vide. C'est comme si tous les otchigins partis sur Nifhell étaient morts.

– Ils sont quatre là-bas. Un chaman, ça ne meurt pas comme ça ! Tu ne penses pas qu'ils font la sieste, plutôt ?

L'otchigin ne répondit pas tout de suite. Il fixa le khan durement.

– Les otchigins, articula-t-il sèchement, sont les plus fidèles soutiens du khanat depuis son origine. Les khans passent, mon frère, mais les otchigins restent.

Atli Blodox sentit qu'il était allé trop loin.

– Je sais tout cela, dit-il d'une voix conciliante. J'ai toujours eu du respect et de l'admiration pour mes frères otchigins. Je suis contrarié, c'est tout. L'opération Rosée de Sang est capitale, elle mobilise l'énergie du khanat depuis vingt ans. De sa réussite ou de son échec dépend le destin de tout Drasill, son renouveau ou son inéluctable décadence. D'un côté la vitalité, le mouvement, la vérité d'une nature qui seule dicte ses lois, de l'autre le contentement de soi écœurant, l'immobilisme, les artifices d'une technologie dévorante ! Ces enjeux, frère, nous dépassent tous. Ils sont à l'échelle du Tengri.

– Je vais essayer encore une fois de contacter Nifhell, grand khan, dit l'otchigin en se concentrant sur les flammes blanches.

*

Déchaînant le feu de ses canons, *Le Rongeur d'Os* fut le premier à piquer sur les gros vaisseaux noirs de Muspell qui encerclaient la montagne. Les navires du khan firent face et répondirent aux boulets de polymétal avec l'acier de leurs obus.

Suivant les consignes de Xâvier, une partie de l'escadre bombarda la station, réduisant en charpie les hommes de Muspell qui la fouillaient. Les bâtiments disparurent bientôt dans les flammes et la fumée.

Les vaisseaux noirs se défendaient férocement. Plusieurs navires de la Völa, gravement touchés, avaient dû rompre la bataille pour se poser en catastrophe. À la barre du navire de Vrânken, Rymôr Ercildur faisait merveille. Il était dans son élément. La barbe remplie d'éclairs, le rire sonnant haut, il était pareil à un dieu de la Guerre des temps anciens.

– Qu'en dis-tu, petit ? Ça c'est de l'action, hein ?

Xâvier, lui, s'efforçait de mettre un peu d'ordre dans cette foire d'empoigne. Privé des pièces polymétalliques de l'exocube, que seul le capitaine pouvait libérer, il avait dû renoncer à utiliser les cybercommandes. Il devait se contenter de suivre la bataille à vue et de donner des instructions dans le micro global. Grâce à lui, ils évitaient le pire, et les capitaines comprirent vite tout l'intérêt qu'ils avaient à l'écouter. Les vaisseaux de Muspell, bien que numériquement très inférieurs, étaient plus puissants et fortement armés. Se jeter contre eux sans réfléchir équivalait à un suicide.

La stratégie de harcèlement imaginée à l'improviste par Xâvier et mise en œuvre par la flotte impériale finit par porter ses fruits. Gênés par les montagnes alentour, aveuglés par les tirs, deux vaisseaux noirs se heurtèrent et s'écrasèrent au sol. Les autres, sous le feu constant des navires impériaux, perdirent peu à peu de l'altitude. Ils furent bientôt obligés de se poser sur les pentes, libérant des guerriers vindicatifs. Mais, cernés par les navires de la Völa pointant leurs canons, ils n'eurent d'autre choix que de se rendre.

– Je croyais que les guerriers du khan ne se rendaient pas, s'étonna naïvement Xâvier.

– Ne dis pas de bêtises, garçon. Tu étais avec moi sur Planète Morte : nous y avons capturé un général, un otchigin et un stratège. Occupons-nous plutôt de Spartacus, ou de ce qu'il en reste !

Xâvier se sentit pâlir à nouveau. Pourvu que Mäthilde ait eu le temps de gagner la grotte !

*

Le rapace nocturne décrivait des cercles au-dessus de la tente du khan. La lumière qui en jaillissait le gênait dans sa chasse et il criait sa colère.

– Je sens quelque chose, annonça l'otchigin penché sur les flammes. Un frère cherche à me joindre !

Atli Blodox se dressa, une lueur d'espoir dans l'œil.

– Un chaman de Nifhell ?

– Non. Un otchigin parti pour Planète Morte avec les spécialistes des Chemins Blancs.

Le khan laissa échapper un soupir.

– Un qui répond. C'est déjà ça. Que dit-il ?

– Il m'annonce que l'expédition touche au but. Et que l'armada impériale semble avoir déserté les abords de Planète Morte.

– Enfin une bonne nouvelle !

Atli Blodox se leva souplement.

– Bien. Que l'otchigin transmette ceci au chef d'expédition : il est très important de vérifier que les vaisseaux de l'empire ont réellement quitté les lieux ! Cette certitude acquise, les savants et les techniciens devront réparer les Chemins Blancs de toute urgence. Répète-le-lui : de toute urgence ! Il se passe à Nifhell quelque chose qui n'était pas prévu et nous devons aller voir quoi. J'attendrai sa réponse à l'astroport.

Le khan jaillit au-dehors, effrayant le rapace qui s'envola en direction de la steppe. Il appela son cheval-serpent et sauta sur son dos. La roue s'était remise à tourner. Il n'y avait plus de temps à perdre.

# 26
# Alliance

Équipés de technoscanners manuels, un groupe d'hommes fouillait les décombres fumants de la station. Guidés par les indications de Xâvier, resté à bord avec Rymôr, ils concentrèrent leurs recherches du côté des hangars. Pendant ce temps, les guerriers de Muspell qui s'étaient rendus étaient mis aux fers dans les cales des navires impériaux.

– J'ai quelque chose sur mon écran ! hurla un homme.

La carcasse d'une citerne éventrée fut poussée par des dizaines de bras, libérant un mince couloir dans le rocher.

– Impossible de passer, nous sommes trop gros. Ohé ! Il y a quelqu'un là-dedans ?

Les sauveteurs entendirent des frottements contre les parois et des bruits de pas. Par précaution, ils reculèrent et levèrent leurs armes. Ils virent sortir une adolescente blonde, puis une autre, brune, et enfin une vieille femme à la longue robe grise.

Ce fut elle qui s'adressa à eux :

– Je suis Frä Ülfidas, directrice de l'école d'Urd, et ces jeunes filles s'appellent Mäthilde et Xändrine. Mais nous sommes plus connues sous le nom de Spartacus. Merci d'être venus. Nous ne refuserions pas un verre de quelque chose pour nous remettre de nos émotions !

Les hommes, d'abord intimidés par la prestance de la Frä Daüda, accueillirent la remarque en riant. Ils escortèrent la petite troupe jusqu'aux navires.

– Capitaine ?

La voix d'un matelot résonna dans le poste de pilotage.

– Je t'écoute, dit Rymôr.

– Nous avons trouvé trois femmes qui disent être Spartacus. Elles s'étaient réfugiées dans une grotte. Elles ont échappé au bombardement de la station.

Xâvier ferma les yeux et remercia mentalement les Puissances.

– Une devineresse du nom de Frä Ülfidas, qui semble leur chef, demande à parler au responsable de la flotte, continua le matelot.

Rymôr coupa la communication.

– Il n'en est pas question. Par la corne du Gôndül, notre stratagème serait éventé ! Il faut mettre cette femme dans un navire et l'envoyer à l'abri loin d'ici. Pendant ce temps, nous irons défier les forces de Muspell à Kenningar et…

– Si vous permettez, l'interrompit Xâvier, je pense que ce n'est pas une bonne idée.

– Pourquoi ? dit Rymôr en se grattant la tête.

– Si nous prenons cette Frä Ülfidas avec nous, nous nous assurons le soutien de la résistance.

– Peuh ! Avec notre flotte, je me fais fort de mater sans l'aide de personne les forces du khan.

– Au contraire, chef. Il faut associer le plus de monde possible à notre action. Le peuple de Nifhell vivra mieux la victoire s'il y a participé.

– Tu as vraiment réponse à tout, gamin, reconnut Rymôr. C'est énervant à la fin ! Et notre petite ruse ?

Xâvier fit un clin d'œil au géant.

– Il faut savoir faire confiance, pas vrai, chef ? Je ne connais les Frä Daüda qu'à travers Mörgane, mais je crois que cette femme ne nous trahira pas.

– Bon, d'accord, bougonna-t-il en faisant le geste de se rendre. C'est comme tu veux. D'ailleurs, c'est toujours comme tu veux !

*

Les tours d'acier de l'astroport militaire de Muspell étincelaient sous l'aveuglant soleil matinal.

De sa démarche féline, Atli Blodox grimpa dans le vaisseau amiral rouge. Il se retourna et son regard embrassa avec fierté l'armada qu'il allait conduire à l'autre bout du système solaire. Les nouvelles qui venaient de lui parvenir de Planète Morte étaient excellentes : la flotte impériale était bel et bien partie, et les Chemins Blancs sur le point d'être rétablis.

Le khan ressentait un indicible soulagement. Miser sur l'impatience et l'impulsivité des capitaines de l'empire était un énorme coup de poker. Si les navires ennemis avaient choisi de rester sur place, son plan tout entier aurait été menacé…

Maintenant, Atli Blodox voulait attendre dans l'espace le moment où il pourrait s'engouffrer dans le tunnel de lumière, vers Planète Morte d'abord, vers Nifhell ensuite. Ce n'était plus qu'une question d'heures.

– Bientôt, hurla-t-il les poings levés vers le ciel, j'essuierai mes bottes sur l'armure des généraux-comtes !

*

La trappe d'accès au poste de pilotage, fermée à double tour jusque-là, s'ouvrit pour laisser monter trois personnes : Frä Ülfidas dans sa robe grise, une novice de l'âge de Mörgane et une autre jeune fille, au visage carré et volontaire.

Rymôr s'avança vers elles.

– Au nom de Vrânken de Xaintrailles, capitaine de ce navire et commandant de cette flotte, je vous souhaite la bienvenue.

– Le capitaine n'est pas là ? demanda la devineresse désappointée.

– Non, madame. Je suis Rymôr Ercildur, son second.

– Peut-être considère-t-il que nous ne sommes pas assez importantes pour lui…

– Le capitaine ne considère rien du tout, madame. Il est à l'infirmerie, dans un état critique. Bien entendu, tout le monde l'ignore.

La Frä Daüda se mordit les lèvres.

– Je suis désolée. Je vous prie de pardonner ma maladresse. Je suis Frä Ülfidas. Voici mon élève, Xändrine. La jeune fille qui nous accompagne s'appelle…

– Mäthilde ! J'étais sûr que c'était toi.

Xâvier se précipita vers sa cousine interloquée et la prit dans ses bras.

– Xâvier ? Je savais que tu faisais ton stage sur ce vaisseau mais je n'imaginais pas…

– C'est ce garçon qui dicte ses volontés à la flotte, expliqua Rymôr avec fierté. Certes, il possède un très mauvais caractère. Mais il se débrouille, question coups tordus ! Sans lui, je n'aurais jamais réussi à donner le change.

– Il exagère, bien sûr, dit Xâvier en rougissant.

– Pour le caractère, ce doit être de famille, ajouta malicieusement Frä Ülfidas à l'adresse de Mäthilde.

Le géant invita tout le monde à s'asseoir autour de la table basse.

– Xâvier a pensé, dit-il lorsqu'ils furent installés, que nous pourrions faire route vers Kenningar, en invitant les groupes de résistants à se soulever dans notre sillage. Les troupes de Muspell seraient occupées au sol et nous pourrions nous concentrer sur les vaisseaux du khan.

– Pour que la résistance bouge, il vous faut l'aide de Spartacus, dit Frä Ülfidas.

– C'est-à-dire vous !

– Plutôt Mäthilde, corrigea la devineresse. C'est sa voix que tout le monde connaît. Nous serons, Xändrine et moi, plus utiles dans le Temple du navire, avec Frä Drümar et Mörgane.

Xâvier et Rymôr échangèrent un regard navré que surprit la vieille femme.

– Il y a un problème avec Mörgane ? s'inquiéta-t-elle.

Rymôr secoua la tête.

– Non madame. Mais Frä Drümar… est morte. Elle a été assassinée par un traître à la solde du khan.

Frä Ülfidas accusa le coup en chancelant. Xändrine lui prit le bras pour la soutenir.

– Ça va aller, ma fille, la remercia-t-elle en s'obligeant à sourire. Allons voir Mörgane. Toi, Mäthilde, reste ici et fais de ton mieux pour aider nos amis.

Le professeur et son élève se levèrent et regagnèrent l'échelle métallique.

– Tristes retrouvailles, non ? dit Mäthilde à son cousin.

– Retrouvailles quand même, et c'est tout ce qui compte. Ça me fait rudement plaisir de te voir, tu sais.

# 27
# L'océan Libre

Lorsque Frä Ülfidas et Xändrine pénétrèrent dans le Temple, elles découvrirent Mörgane allongée sur un matelas, veillée par deux jeunes gens apparemment surpris de les voir. La novice poussa un cri et se précipita.

– Que s'est-il passé ? demanda la devineresse tandis que Xändrine obligeait Mârk à se lever pour prendre sa place au chevet de son amie.

– Mörgane ne répondait plus, madame, expliqua Rôlan. On est entrés et on l'a trouvée évanouie près de… de l'espèce d'arbre. On l'a transportée ici. Elle s'est réveillée un moment, puis elle s'est rendormie.

– A-t-elle parlé ? A-t-elle dit quelque chose ?

– Oui, continua Mârk. Elle a dit qu'elle était contente que l'on soit là. Qu'elle avait fait un voyage terrifiant.

Frä Ülfidas resta silencieuse. Puis elle se tourna vers les deux stagiaires.

– Mes enfants… Je vous remercie infiniment d'avoir pris soin d'elle. Maintenant c'est à nous de nous en occuper.

Mârk ne savait pas s'il devait insister pour rester, mais Rôlan le tira par le bras. Ils quittèrent la pièce.

– Ce sont des Frä Daüda, se justifia Rôlan quand ils furent dans le couloir. Elles sauront mieux que nous ce qu'il faut faire pour Mörgane !

– Je sais, dit Mârk en se renfrognant. N'empêche que je serais bien resté.

– Allez viens. Si on allait manger quelque chose ? Tu n'as pas faim, toi ? J'ai l'impression qu'on est restés des années dans ce temple !

– Tu as raison, se rendit Mârk. J'ai l'estomac qui gargouille.

– Dis donc… Elle est plutôt jolie, l'amie de Mörgane, tu ne trouves pas ?

Ils échangèrent un sourire.

– Et si on revenait, après, pour proposer encore notre aide ?

– Ça ne coûte rien d'essayer…

La flotte de la Völa avançait, *Le Rongeur d'Os* en tête, en direction de la capitale de Nifhell, survolant les comtés les uns après les autres.

Du poste de pilotage, Xâvier regardait défiler les paysages. Sommets hérissés et plateaux enneigés de Skadi, étendues scintillantes et glacées d'Urd, forêts touffues d'Alsvin, lacs limpides et marais jaunâtres de

Sungr, collines pelées et trouées de Vermal, plaine givrée de Grudal, d'où s'élevait la fumée grise d'usines enterrées, caravanes chatoyantes ondulant au milieu des herbes blanches de la toundra de Menglod, rivières fumantes de Gerd... Le garçon ne se rappelait pas avoir jamais fait un tel voyage. Il avait l'impression de venir sur Nifhell pour la première fois.

Pendant ce temps, Rymôr avait confié la radio de bord à Mäthilde et celle-ci, au nom de Spartacus, multipliait les appels au soulèvement général.

La nouvelle de la bataille dans les montagnes de Skadi se répandit comme une traînée de poudre. Vrânken de Xaintrailles était revenu à la tête d'une armada formidable ! Il avait combattu les forces de Muspell et sauvé Spartacus ! Il se dirigeait à présent vers Kenningar ! Ceux qui virent la flotte passer au-dessus de leur tête confirmèrent la rumeur, qui grandit et s'amplifia.

Spontanément, les groupes de résistants lancèrent des actions sur tout le territoire et les hommes du khan se trouvèrent rapidement débordés.

Enfin, le général-comte Rân Gragass, au nom du conseil, apporta un soutien officiel à Spartacus et à Vrânken. Les derniers sceptiques furent bien obligés de se rallier à l'inattendue campagne de libération.

– Regardez, Rymôr, s'exclama Xâvier. Des vaisseaux rejoignent notre flotte !

– Des navires agricoles et des yachts privés, précisa le géant, méprisant. Bah, peu importe, cela prouve l'enthousiasme que déclenche notre passage.

– Sans oublier, dit le garçon, que notre escadre

paraîtra encore plus imposante lorsque nous arriverons à Kenningar.

Dans le Temple régnait un silence apaisant. Comme Mârk avant elle, Xändrine tamponnait le front de Mörgane avec un linge mouillé. Les joues de la jeune fille étaient creusées, son teint terriblement pâle.

– Pauvre petite, murmura Frä Ülfidas, qui s'était assise à côté. Tu as dû vivre des heures difficiles.

Mörgane s'agita.

– Calme-toi, je suis là…

L'attention de la devineresse fut attirée par le collier de verre.

« Quel bijou étrange ! Je ne me rappelle pas l'avoir vu avant. »

Elle essaya de le toucher, en vain. Une force invisible l'en empêchait. Elle eut un mouvement de surprise, mais Mörgane poussa à ce moment-là un long soupir et ouvrit les yeux.

– Frä Ülfidas ? dit la novice stupéfaite. Xändrine ? C'est vraiment vous ? Ou bien un nouveau rêve… Oui, plutôt un rêve, un de ces rêves qui se confondent avec la réalité.

– C'est bien nous et non un rêve, chère petite, la rassura la devineresse, qui remit l'énigme du collier à plus tard. Tout va bien, maintenant. Je… Par les feuilles de l'arbre sacré, Mörgane ! Qu'est-il arrivé à tes yeux ? Ils sont gris ! On dirait du métal !

Mörgane prit la vieille main entre les siennes et la serra contre son cœur.

– C'est… une longue histoire, Frä Ülfidas. Mais je suis fatiguée, si fatiguée.

La devineresse, qui brûlait maintenant de curiosité, s'obligea à la patience.

– Repose-toi, alors. Tu nous raconteras ton histoire après. Nous avons le temps. Tout le temps, à présent.

*

L'amiral Njal Gulax assista depuis les terrasses du palais à l'approche de cette flotte impériale surgie de nulle part. Le colonel Craxus, envoyé à Skadi, avait eu le temps de l'avertir, avant de périr dans l'explosion de son navire. Aussi Njal n'était-il pas surpris. Des nouvelles dramatiques lui parvenaient également des comtés, où ses troupes se faisaient tailler en pièces.

– Est-ce que je fais donner l'artillerie, amiral ? demanda un homme à ses côtés.

Njal Gulax avait eu le temps de réfléchir. Seule l'arrivée du khan par les Chemins Blancs aurait pu changer le cours des choses. Mais Atli Blodox, ignorant tout de la situation à Nifhell depuis la mort des otchigins, jugeait peut-être qu'il était encore trop tôt. Ou bien les techniciens chargés des réparations sur Planète Morte rencontraient des difficultés imprévues. Dans les deux cas, lui, Njal, restait seul, à la tête de forces devenues dérisoires, pour s'opposer à la charge irrésistible d'une puissante armada que suivait un peuple tout entier.

– Non, répondit-il. J'ai vu assez de guerriers mourir. Des guerriers qui ont souffert pendant vingt ans d'avoir tout laissé derrière eux. Le Tengri a tranché : nous avons joué et nous avons perdu. Qu'on hisse le drapeau blanc et que les hommes déposent leurs armes. J'obtiendrai des généraux-comtes des conditions honorables.

*

La flotte vit de loin l'étendard de Muspell glisser le long du mât au sommet du palais Comtal, et le drapeau blanc prendre sa place. Des cris de joie retentirent dans tous les bâtiments. Dans le poste de pilotage du *Rongeur d'Os*, Xâvier avait entrepris une danse endiablée avec sa cousine. Rymôr, lui, était songeur. « Le commandant des forces de Muspell est un homme sage, reconnut-il en lui-même. L'honneur d'un officier consiste parfois à éviter les bains de sang inutiles. »

Il s'approcha des vitres du dôme et laissa son regard se perdre au loin, au-delà du palais et de la ville, au-delà du port, sur la vaste étendue d'eau.

– L'océan Libre, murmura le géant, indifférent à la joie qui éclatait partout autour de lui. Il n'a jamais aussi bien porté son nom, celui-là…

*

Atli Blodox faisait les cent pas dans le poste de commandement de son navire.

Sitôt les Chemins Blancs restaurés, il s'était engouffré dedans, entraînant à sa suite l'armée qui achèverait de conquérir Nifhell et lui permettrait d'asseoir son autorité sur la galaxie tout entière. Pour que triomphe le Tengri et son ordre naturel !

– Grand khan, vint le prévenir le pilote, nous approchons de l'issue. Nous allons arriver sur Planète Morte.

– Bien, se réjouit-il. Nous ne nous attarderons pas : les vaisseaux prévus iront renforcer la garnison de Planète Morte, les autres gagneront avec moi le vortex conduisant à Nifhell. Je suis pressé d'en finir !

Il se sentait excité comme un enfant.

Soudain, les vaisseaux de Muspell jaillirent des Chemins Blancs et remplirent l'espace, au milieu des étoiles. Le côté le plus sombre de Planète Morte présentait sous leurs yeux son visage lunaire.

Une sonnerie d'alerte retentit.

– Grand khan, nous avons un problème.

Atli Blodox se précipita vers le hublot et regarda dans la direction qu'indiquait le pilote.

– Par les caprices du Tengri ! Non. C'est impossible…

Devant lui, à portée de canon, surgissant du côté clair de Planète Morte comme des fourmis-guêpes sortant de leur nid, des vaisseaux arborant la licorne impériale lui faisaient fièrement face. Bientôt, une armada entière se dressa entre le khan et le vortex conduisant à Nifhell.

Atli Blodox resta immobile, comme foudroyé. Redoutant sa colère, les guerriers de Muspell présents à ses côtés reculaient à petits pas. Mais le khan leva simplement les yeux en direction des Brisants.

– Ô dieux, ô Puissances ! Ô Tengri… Pourquoi m'avoir abandonné ?

Pour la première fois de sa vie, il sentit le désespoir l'envahir.

# 28
# Les honneurs

Le vent heurtait les volets, qui gémissaient mais tenaient bon. Le temps s'était gâté dans le comté de Skadi. On attendait une tempête.

Vrânken fit jouer les muscles de son bras. L'attelle régénératrice avait fait merveille, et c'est à peine s'il ressentait une douleur dans l'épaule. Mais il était encore fatigué. La fusion avec le Gôndül, réalisée alors qu'il était blessé, l'avait considérablement affaibli. S'il se forçait à marcher autour du manoir tous les matins, il passait encore le plus clair de son temps à lire ou à se reposer dans son fauteuil en cuir, le regard perdu dans les flammes d'un bon feu.

Il se servit à boire dans un verre gravé aux armes de sa famille. Egîl Skinir et Rân Gragass avaient annoncé leur visite pour aujourd'hui. Vrânken avait décidé de les attendre en sirotant une eau-de-vie, devant la cheminée…

Lorsqu'il s'était réveillé à l'hôpital de Kenningar, il avait trouvé à côté de lui son vieil ami Rymôr. Celui-ci, défiant les médecins qui avaient interdit toute visite, l'avait veillé pendant son long sommeil.

Le géant lui avait fait tout le récit des événements qu'il avait manqués :

– À la vue du drapeau blanc flottant sur le palais Comtal, nous avons compris que c'était terminé. La flotte s'est posée sur l'astroport. Au même moment, la résistance s'emparait de la ville. Le chef des forces d'occupation, Njal Gulax, un amiral mon cher, s'est rendu et a voulu négocier sa reddition avec le commandant suprême, comme il disait. Les capitaines ont donc fait appeler Vrânken de Xaintrailles. Tu aurais vu leur tête quand je suis descendu du *Rongeur d'Os* en te tenant, inconscient, dans mes bras ! Xâvier et sa cousine Mäthilde marchaient à côté, fiers comme des paons, tu imagines. J'ai bien cru que l'amiral allait perdre un œil dans la poussière. Ensuite, les généraux-comtes ont rappliqué. Il faut reconnaître qu'ils ont vite fait pour que tout rentre dans l'ordre. Et puis l'armada de Planète Morte est rentrée. Des savants de Muspell avaient rétabli les Chemins Blancs pour que le khan puisse venir savourer sa victoire sur Nifhell ! Malheureusement pour lui, notre flotte restée cachée sur Planète Morte a réussi à bloquer l'entrée du vortex. Ayant entre-temps appris la reddition de Gulax, le khan a préféré faire demi-tour…

Vrânken avait voulu interrompre le géant à plusieurs reprises pour lui poser des questions précises, mais celui-ci était intarissable et il avait renoncé, remettant les détails à plus tard.

Dès qu'il s'était senti mieux, Vrânken avait demandé à rejoindre son cher comté de Skadi. Il avait retrouvé avec joie la vieille demeure des Xaintrailles, blottie au pied des montagnes, où l'intendant, qui était aussi maître d'armes, et sa femme s'étaient occupés de lui comme de leur propre fils...

– Vrânken ? Les généraux-comtes sont arrivés, annonça le vieil homme qui était déjà au service de son père et de son grand-père.

– Fais-les entrer, Vîctor.

L'intendant s'effaça. Egîl Skinir et Rân Gragass, qui portaient leurs armures comtales, pénétrèrent dans le salon.

– Je vous en prie, messieurs, asseyez-vous, dit Vrânken en désignant des sièges proches du feu. Voulez-vous boire quelque chose ?

Sans attendre leur réponse, il remplit deux verres d'alcool de prune.

– Merci, Xaintrailles, commença Egîl Skinir. Nous sommes heureux de vous voir si bien rétabli.

– Venons-en au fait, général-comte, si vous le voulez bien. Je suis un homme d'action, pas un courtisan.

– Très bien. Votre franc-parler vous honore. Vous le savez sans doute, tout le monde ne s'est pas très bien comporté pendant la parenthèse de l'occupation par les troupes de Muspell. Arvâk Augentyr le premier. Les gens de Skadi expriment à ce sujet un mécontentement croissant. Ils ne seraient pas fâchés de voir un autre homme à la tête du comté. Un homme comme vous, Xaintrailles !

– Moi, général-comte ?

– Ne faites pas l'étonné, continua Rân Gragass. Vous êtes devenu un héros à Nifhell. De plus, la majorité des généraux-comtes voit d'un bon œil l'arrivée de sang neuf au conseil. Nous sommes prêts à vous appuyer.

Vrânken ne répondit pas tout de suite. Il but une gorgée d'eau-de-vie, qu'il fit rouler un moment sous sa langue avant d'avaler.

– N'importe qui hurlerait de joie à l'idée de devenir général-comte ! s'exclama Egîl Skinir, piqué au vif par son absence de réaction.

Vrânken le regarda dans les yeux.

– Avant de partir pour Planète Morte, dit-il en détachant ses mots, votre conseil me faisait déjà l'effet d'un musée qu'il fallait dépoussiérer de toute urgence. Si vous m'aviez soumis cette proposition à ce moment-là, j'aurais bondi sur l'occasion. Mais j'ai changé. Et je ne suis plus n'importe qui. J'ai vécu ces derniers temps des choses tellement incroyables que tout le reste me paraît fade à côté…

Subjugué par l'intensité de son regard, Egîl Skinir hésita à reprendre la parole.

– Votre réponse définitive, Xaintrailles ?

Le jeune capitaine porta son attention sur le liquide au fond de son verre. Il s'amusa à le faire tourner, de plus en plus vite.

– Que va devenir Alyss, la jeune stratège que j'ai capturée sur Planète Morte ?

La question surprit les deux comtes.

– La Pieuvre ? Pourquoi tenez-vous à le savoir ?

– J'ai mes raisons.

– Le khan exige qu'elle lui soit livrée, tout comme ce général Xamar que vous avez ramené et l'amiral Gulax. C'est l'unique condition à la signature d'un traité qui mettra fin au conflit. Un traité, je vous le rappelle, Xaintrailles, très avantageux pour l'empire !

– Il ne manquerait plus qu'il ne le soit pas, dit Vrânken en éclatant de rire. Nous avons gagné cette guerre, non ?

– Vous connaissez la susceptibilité des hommes de Muspell. Atli Blodox attribue son échec à ces trois individus. Il veut le leur faire payer. Il préférera tout perdre plutôt que de renoncer à un seul d'entre eux.

– L'empire ne doit pas céder. Alyss est notre prisonnière, pas celle du khan.

– Vous mettriez votre peuple en péril pour une femme de Muspell ? Je commence à penser que nous faisions une erreur en vous imaginant général-comte. De toute façon, le débat est clos puisque nous avons déjà donné notre accord : la Pieuvre sera livrée au khan quand celui-ci viendra signer le traité, tout comme l'amiral et le général.

– Le seul péril qui menace mon peuple, répondit Vrânken froidement, c'est le manque de courage. Mais vous avez raison sur un point, Skinir : en votre compagnie, je ferais assurément un très mauvais général-comte...

Messieurs, vous n'êtes plus les bienvenus. Vîctor va vous raccompagner.

Les généraux-comtes se levèrent, indignés. Invités par le maître d'armes à sortir, ils quittèrent la pièce sans un regard pour leur hôte.

La colère gagna Vrânken. Il jeta son verre qui alla s'écraser dans le feu. L'alcool s'embrasa, libérant des flammes bleues. Il se calma à leur vue.

Il resta pensif un moment puis il se décida.

Il sortit de sa poche un technophone et composa le numéro de Xâvier.

# 29
# L'éternité ?

La tempête qui menaçait Skadi s'était muée en promesse de pluie, à Kenningar. Le ciel était d'une tristesse infinie.

Vrânken présenta son visage à la cybercaméra. La porte blindée s'ouvrit et il pénétra dans l'enceinte du quartier de haute sécurité qui hébergeait les prisonniers importants, sur une hauteur proche de l'astroport. Il portait sa tenue de prédilection, chemise sombre, ample et épaisse, pantalon de toile noir et bottes de cuir. Il avait abandonné à l'entrée le manteau pourpre, marque d'une noblesse dans laquelle il ne se reconnaissait plus. Comme le règlement le lui imposait, il avait également laissé son poignard et ses paléopistolets.

– Vrânken de Xaintrailles, annonça-t-il au gardien derrière sa guérite de polyverre. Je viens voir la Pieuvre.

– Vous avez une autorisation, capitaine ?

Il tendit à l'homme un parchemin frappé du sceau d'Arvâk Augentyr.

– Tout est en ordre, dit le garde avec un grand sourire, en lui rendant le document. La Pieuvre se trouve dans la cellule n° 9, au troisième sous-sol. Je débloquerai les sas de sécurité au fur et à mesure de votre passage…

« Merci infiniment, Xâvier, pensa très fort Vrânken. Je te revaudrai ça… »

Le garçon n'avait pas hésité à s'introduire de nuit dans la chambre de son père pour emprunter le sceau comtal indispensable au plan. La fausse autorisation, confectionnée trop rapidement, n'aurait pas résisté à un examen approfondi. Mais le gardien semblait s'en accommoder.

Vrânken allait s'engager dans le premier sas lorsque l'homme le retint.

– Capitaine ?

– Oui ? répondit-il calmement en se retournant.

– Je voulais vous dire… Je vous admire beaucoup. C'est un honneur pour moi et mes collègues de pouvoir vous aider.

Le garde lui adressa un clin d'œil.

Vrânken, surpris, ne sut comment réagir. Il opta pour un sourire, avant de tourner à nouveau les talons. « Allons, pensa-t-il ému, tout n'est pas complètement pourri dans l'empire ! »

Il descendit l'escalier qui conduisait au troisième sous-sol. Comme le garde l'avait promis, les portes blindées s'ouvraient et se refermaient sur son passage. Enfin, il parvint devant la cellule n° 9. Il entendit un déclic, qui en actionna l'ouverture. Alyss, debout devant une table, le dévisagea avec stupéfaction.

– Tu es bien la dernière personne que j'attendais !

– Tu n'espérais pas ma venue ?

– On peut espérer sans pour autant se bercer d'illusions.

Vrânken sentit son cœur s'emballer. Il avait oublié à quel point elle était jolie. Pour masquer son émotion, il fit quelques pas dans la pièce, spacieuse et confortable.

– Tu es mieux logée que sur *Le Rongeur d'Os*, dis-moi.

– C'est vrai. Mais la vue est nulle.

La boutade lui tira un sourire.

– Et toi, capitaine, reprit-elle moqueuse, que t'a offert l'empire pour cette grande victoire ?

– Une place autour de la table ronde des généraux-comtes.

Alyss émit un sifflement.

– Félicitations, capitaine. Je comprends mieux comment tu as réussi à descendre jusqu'ici !

– Tu n'y es pas, Alyss. Je suis parvenu jusqu'à toi grâce à un faux document… et quelques amis compréhensifs. Les généraux-comtes ne m'aiment plus depuis que j'ai refusé leur proposition.

La jeune femme parut extrêmement surprise.

– Tu as refusé ? Mais pourquoi ?

– Pour toi, Alyss.

Saisie, elle ne trouva rien à dire et s'assit sur le rebord du lit.

– Je sais que tu es l'objet d'un marchandage ignoble entre Atli Blodox et les généraux-comtes, poursuivit Vrânken. L'empire va te livrer au khan, qui te réserve certainement un sort terrible. Je ne veux pas de ça !

Alyss leva vers lui des yeux noyés de larmes.

– Pour moi ? C'est pour moi que tu renonces à tout ?

Il n'y tint plus. Il se jeta à ses genoux et prit ses mains entre les siennes.

– Je n'ai renoncé à rien, au contraire ! J'ai compris, en entrant dans cette pièce, pourquoi tout me semblait si vide, si fade depuis quelque temps. Je pensais que c'était à cause du Gôndül, de la fusion, mais non. C'est parce que tu n'étais pas là, Alyss ! Ici, près de toi, les choses s'éclairent à nouveau. Fuyons tous les deux : mon *Rongeur d'Os* est prêt à appareiller. La galaxie est vaste. Nous vivrons loin de Nifhell, de Muspell et de leurs conflits imbéciles.

La jeune femme paraissait ne rien avoir entendu. Les yeux perdus au plafond, elle se contenta de répéter :

– Pour moi… Pour moi…

Vrânken se releva.

– Alyss, pourquoi ne réponds-tu rien ? Veux-tu finir tes jours dans un cachot, ou bien en esclavage ?

Elle se leva à son tour.

– Vrânken, cher Vrânken ! J'ai cru une fois, à cause de toi, pouvoir me soustraire à mon destin. Mais celui-ci m'a rattrapée. Je suis une fille de Muspell. Le Tengri veut me rendre à mon khan, je me soumettrai à sa volonté.

– Mais enfin, explosa Vrânken, ton destin sera ce que tu en feras ! Je te tends la main, prends-la, s'il te plaît…

– Tu te trompes, mon ami, comme je me suis trompée, répondit Alyss d'une voix tranquille, qui doucha l'emportement de Vrânken. Notre destin nous dépasse. Si j'acceptais de fuir avec toi, la guerre reprendrait, déchirerait encore des vies et causerait bien des souffrances à mon peuple. L'avenir que tu m'offres me serait trop insupportable. Je ne suis pas allée au bout de ma destinée. Celle-ci s'achèvera en même temps que cette guerre.

Une grande tristesse envahit le cœur de Vrânken lorsqu'il comprit la justesse de ces paroles. Il éprouva un sentiment encore plus fort pour cette jeune femme qu'il connaissait à peine, avec laquelle il avait passé si peu de temps.

– J'accepte ton choix, dit-il d'une voix qui tremblait. Nous ne nous reverrons plus, je le crains. Je regrette, Alyss, que ton Tengri et mes Puissances n'aient pas voulu…

Elle s'avança vers lui.

– Tes cheveux, capitaine, on dirait le soleil !

Vrânken ne sut quoi répondre. Le visage d'Alyss était tout proche, maintenant. Il laissa son regard plonger dans le sien.

– Tes yeux, balbutia-t-il. Ils ont la couleur de la mer…

Elle eut un sourire tendre.

– Vrânken, Vrânken… Là où je suis née, les sentiments amoureux sont un luxe. Je te remercie de me les avoir fait connaître. Grâce à toi, j'aurai goûté un bref instant cette liberté après laquelle courent les hommes, celle qui leur donne l'illusion de tenir enfin les rênes de leur vie… Et puis, quand mes sœurs de Muspell apprendront que tu as renoncé aux plus grands honneurs pour moi, pour la femme insignifiante que je suis, elles en crèveront de jalousie !

– Je n'ai pas le cœur à rire, Alyss. Dans quelques instants, je t'aurai perdue. Pour l'éternité !

– Laisse donc l'éternité au Tengri, murmura-t-elle en approchant ses lèvres des siennes. Contentons-nous de ces instants…

# 30
# L'infini !

*Le Rongeur d'Os* était amarré sur un quai secondaire de l'astroport de Kenningar. Des marins s'activaient autour, transportant des caisses remplies à ras bord et des sacs pleins à craquer. Le vaisseau se préparait assurément à un long voyage.

Vrânken et Rymôr attendaient les deux derniers membres de l'équipage, dans une petite salle d'embarquement mise à leur disposition par les autorités comtales.

Mârk fut le premier à arriver. Il poussait devant lui le technofauteuil d'un vieil homme. Une délégation du quartier des tisserands les accompagnait.

– Alors Mârk, demanda Vrânken en lui serrant la main, pas de regrets ? Tu veux toujours partir ?

– Il n'a pas été facile à convaincre, répondit à sa place l'homme au fauteuil. Il ne voulait pas quitter le vieil imbécile que je suis et qui a largement fait son temps sur cette planète. J'ai dû le menacer d'embarquer à sa place !

– Capitaine, soupira Mârk, voici mon grand-père, si vous ne l'aviez pas compris...

– Maître Glabar, dit Vrânken en retenant un sourire, je sais maintenant d'où Mârk tient son caractère.

Le vieil homme prit son petit-fils dans les bras.

– Va de l'avant, garçon, ne te retourne pas. J'appartiens au passé, comme ta vie ici. Et dis-toi que tu auras fait de moi le plus fier et le plus comblé des grands-pères !

Mârk ne chercha pas à retenir ses larmes.

– Allez, fiston, dit Rymôr en coupant court aux effusions, il y a du travail à bord. N'oublie pas que tu es cuisinier en chef, maintenant. C'est une sacrée responsabilité !

Mârk se redressa et essuya ses joues. Il embrassa son grand-père une dernière fois, puis il prit la direction du quai. Il ne se retourna pas.

– Je vous remercie de me confier votre petit-fils, dit Vrânken une fois Mârk parti. Votre confiance m'honore beaucoup.

– C'est vous, capitaine, qui m'honorez en acceptant mon garçon à votre bord, dit le vieillard, dont le menton tremblait. Vous prendrez soin de lui à ma place.

Mörgane fit son apparition dans la pièce peu de temps après le départ du vieux Glabar. Elle semblait plus grande dans sa nouvelle robe grise de Frä Daüda.

– Frä Ülfidas ne t'a pas accompagnée ?

– Elle voulait venir avec Xändrine, mais j'ai refusé.

– On m'a dit que Frä Ülfidas était devenue la devineresse-conseillère des généraux-comtes. C'est une bonne chose, je crois. Cette nomination consacre le retour des Frä Daüda sur le devant de la scène.

– Oui, et les demandes d'inscription affluent à l'école d'Urd, depuis la libération. Les gens pensent que nous sommes pour beaucoup dans la victoire.

– Ils n'ont pas tort. Mais dis-moi, pourquoi as-tu refusé que ton ancien professeur vienne te faire ses adieux ?

– Il faut que je m'habitue à être seule.

Vrânken se tut. Il considéra la robe grise de Mörgane.

– J'ai aussi appris que tu avais brillamment réussi ton examen de passage. Te voilà désormais Frä Daüda à part entière.

– Oui, c'est la première fois dans l'histoire de l'ordre qu'une fille de treize ans devient devineresse. Il paraît que ma robe s'accommode bien avec ma nouvelle couleur d'yeux !

Malgré la légèreté affectée, une gravité sans rapport avec son âge émanait de sa personne.

– Quoi qu'il en soit, Mörgane, je suis très content que tu aies accepté ma proposition. Et que les Frä Daüda t'aient laissée partir.

– Je leur fais peur, je crois, dit-elle en jouant avec les perles de verre de son collier. Les Frä Daüda seront plutôt soulagées de me savoir loin !

– Si quelqu'un est en droit de se sentir soulagé, Mörgane, c'est moi. Le voyage que nous allons entreprendre est dangereux. Pouvoir compter sur une devineresse à bord est essentiel.

– Vous savez, capitaine, de nombreux événements me rattachent désormais au *Rongeur d'Os*. Je me sens chez moi dans son Temple ! Et je n'y serai pas tout à fait seule, ajouta-t-elle mystérieusement.

– Ça y est, Vrânk, lança Rymôr, tout le monde est là maintenant. On peut y aller.

La sonnerie du technophone de Vrânken retentit.

– Encore un instant, vieux, dit-il en s'éloignant de quelques pas. Xâvier ? C'est toi ? Je t'attendais en chair et en os pour les adieux.

– C'est mon père, répondit une voix furieuse dans l'appareil. Il a fermé les portes de la maison à double tour, cette nuit !

– Quel homme prudent. Il a dû avoir peur que tu joues au passager clandestin.

– J'aurais tant voulu partir avec vous, capitaine, gémit Xâvier.

– Tu sais ce que je t'ai dit, lui rappela doucement Vrânken, l'empire a encore bien besoin d'un brillant stratège comme toi pour maintenir l'équilibre avec le khanat et ses prochaines pieuvres. L'équilibre, Xâvier, c'est tout ce qui compte, et tu en fais partie.

– Je vous trouve bien bon avec les généraux-comtes ! Eux, ils vous détestent.

– C'est vrai que les généraux-comtes ne me portent pas dans leur cœur. Et qu'ils ont hâte de me voir partir. Mais je ne leur en veux pas. Ils ont des raisons pour ça. Et puis, Nifhell ne se résume pas à eux. L'empire mérite de survivre, tu me l'as dit toi-même !

– Oui, ça va, j'ai compris. Mais j'aurais adoré partir moi aussi dans les Brisants, vers l'inconnu, à bord d'un vaisseau comme *Le Rongeur d'Os*… Au fait, il paraît que Mârk et Mörgane embarquent ensemble ? Le petit malin ! J'ai perdu toutes mes chances avec elle, maintenant.

Vrânken sourit.

– Je crois que Mörgane te regrettera, comme tout le monde ici, tu sais. Quant à moi… Les parties d'échecs vont me paraître bien insipides.

Rymôr lui fit des signes.

– Je suis désolé, Xâvier, mais Rymôr s'impatiente. Je vais te laisser. Ah, une dernière chose : ne juge pas ton père trop sévèrement…

Il sentit le garçon se crisper sur son technophone.

– Des bruits courent sur lui, dit Xâvier d'une voix sèche. Je m'efforce de ne pas les écouter, mais je les entends. J'ai décidé de m'en détacher, et de travailler encore plus dur pour racheter un jour l'honneur de ma famille.

– C'est une bonne réaction. Finalement, tu auras appris pas mal de choses pendant ton séjour sur *Le Rongeur d'Os*.

– Bon voyage, capitaine, hoqueta le garçon. À bientôt !

– Qui sait, mon garçon, qui sait…

Vrânken monta à bord en dernier et la porte se ferma derrière lui. Il s'empressa de gagner le poste de pilotage, où l'attendait Rymôr. Il prit place à la barre.

Le géant donna l'ordre d'appareiller. Les moteurs photoniques rugirent.

– C'est parti, Vrânk. Cap sur les Brisants, comme au bon vieux temps !

– Comme au bon vieux temps, reprit Vrânken. Lorsqu'une poignée de fous, confiant leur espoir aux lointains, se lancèrent à l'aventure et bâtirent un empire.

Le vaisseau quitta l'astroport au moment où une pluie fine commençait à tomber.

Ils laissèrent Kenningar à bâbord et survolèrent le bâtiment isolé qui abritait la prison de haute sécurité. Depuis ses sous-sols, on ne voyait pas le ciel.

Le capitaine pâlit. Il crut que son cœur allait s'arrêter. Il eut du mal à respirer.

Son regard courut alors sur les vagues de l'océan. Perçant les nuages, Drasill caressa l'immensité verte avec les minces rayons de l'aube. On aurait dit que l'eau avait pris feu.

– Je l'ai trouvée, Rymôr, murmura tout à coup Vrânken.

– Quoi ?

– L'éternité ! C'est la mer mêlée au soleil…

Son visage reprit des couleurs. Il arracha son regard de la surface des flots et le dirigea vers les étoiles. Il caressa la barre.

– *Rongeur d'Os*, mon ami. Tu me rends la liberté. Laisse-moi t'offrir l'infini !

# Épilogue

Xâvier regarda le technophone qu'il tenait encore dans la main, puis le posa sur son ordibureau. C'était fini. Ses amis étaient partis. Il éprouva un terrible sentiment d'abandon, qu'il chassa avec un soupir. S'il était obligé de rester, il ne l'était pas de se morfondre.

Il ramassa un livre qui traînait par terre et le glissa dans la bibliothèque. Sa chambre était impeccablement rangée. Il avait même fait son lit, machinalement, en se levant. Vrânken avait raison : il avait pris des habitudes sur *Le Rongeur d'Os* ! Des habitudes qu'il n'abandonnerait pas pour tout l'or du monde.

Il regarda sa montre. L'heure du rendez-vous avec Mäthilde, Xändrine et Rôlan approchait. Il prit sa veste et son sac, qu'il ajusta sur une épaule, puis dévala les escaliers. Son père avait libéré les verrous de la porte d'entrée en partant. Il était à nouveau libre.

Dehors, le temps était au crachin. Xâvier accéléra le pas. Ils avaient bien fait de choisir un antique bar de la vieille ville pour se retrouver ! Refaire le monde autour d'un chocolat chaud restait une bonne façon de commencer la journée.

Le crachin se transforma en pluie et il se mit à courir.

Les flaques tout autour reflétaient un ciel bleu-gris. Pour Xâvier, elles ressemblaient aux sources des devineresses, où se profilent les brumes du futur.

# Table des matières

**Chien-de-la-lune**

**Le Secret des abîmes**

# Erik L'Homme

## L'auteur

**Erik L'Homme** est né en 1967 à Grenoble. De son enfance dans la Drôme, où il grandit au contact de la nature, il retire un goût prononcé pour les escapades en tout genre, qu'il partage avec une passion pour les livres. Diplômes universitaires en poche, il part sur les traces des héros de ses lectures, bourlingueurs et poètes, à la conquête de pays lointains. Ses pas l'entraînent vers les montagnes d'Asie centrale, sur la piste de l'homme sauvage, et jusqu'aux Philippines, à la recherche d'un trésor fabuleux. De retour en France, il s'attaque à la rédaction d'une thèse de doctorat d'Histoire et civilisation. Puis il travaille plusieurs années comme journaliste dans le domaine de l'environnement. Le succès de ses romans pour la jeunesse lui permet désormais de vivre de sa plume.
*Chien-de-la-lune* et *Le Secret des abîmes* sont les deux premiers volets d'une trilogie qu'un dernier ouvrage viendra bientôt compléter dans la collection Hors-piste (Gallimard Jeunesse).

## Benjamin Carré

### L'illustrateur

**Benjamin Carré** est né en 1973 dans la région parisienne. Après des études d'arts graphiques à l'école Penninghen, il réalise des illustrations de jeux de rôle, puis conçoit des couvertures de romans de science-fiction. Designer de jeux vidéo chez Darkworks pendant huit ans, il sort ensuite son premier album BD : *Smoke City*. Benjamin exerce désormais toutes ces activités en même temps et découvre le métier de designer dans le monde du cinéma… Ses créations graphiques ont été célébrées par le prix Vision du futur, le prix de l'Imaginaire, ainsi que celui d'Art et Fact et des Imaginales.

Découvrez d'autres livres
d'**Erik L'Homme**

dans la collection

Découvrez les aventures de Guillemot
dans la trilogie fantastique
« Le Livre des Étoiles » :

## 1. QADEHAR LE SORCIER

n° 1207

Guillemot est un garçon du pays d'Ys, situé à mi-chemin entre le monde réel et le Monde Incertain. Mais d'où lui viennent ses dons pour la sorcellerie que lui enseigne Maître Qadehar ? Et qu'est devenu *Le Livre des Étoiles,* qui renferme le secret de puissants sortilèges ? Dans sa quête de vérité, Guillemot franchira la Porte qui conduit dans le Monde Incertain, peuplé de monstres et d'étranges tribus…

## 2. LE SEIGNEUR SHA

n° 1274

Après son voyage dans le Monde Incertain, Guillemot poursuit son apprentissage de la magie à Gifdu. La Guilde des Sorciers est en émoi : elle ne parvient pas à vaincre l'Ombre, créature démoniaque, et rend Maître Qadehar responsable de cet échec. Le sorcier doit fuir, tandis que le mystérieux Seigneur Sha s'introduit dans le monastère. Qui est-il ? Pourquoi veut-il rencontrer Guillemot ? Saurait-il où se trouve *Le Livre des Étoiles ?*